ПОБЕДИТЕЛЕЙ СУДЯТ

фридрих НЕЗНАНСКИЙ

РЕКЛАМНАЯ ЛЮБОВЬ

ЭКСМО

Москва
2004

УДК 821.161.1-312.4
ББК 84 (2Рос-Рус)6-44
    Н44

Эта книга от начала до конца придумана автором. Конечно, в ней использованы некоторые подлинные материалы как из собственной практики автора, бывшего российского следователя и адвоката, так и из практики других российских юристов. Однако события, место действия и персонажи безусловно вымышлены. Совпадения имен и названий с именами и названиями реально существующих лиц и мест могут быть только случайными.

Оформление художника *В. Щербакова*

Незнанский Ф. Е.

Н44   Рекламная любовь: Роман / Ф. Е. Незнанский. — М.: Агентство «КРПА Олимп», Изд-во Эксмо, 2004. — 336 с.

В Москве убит один из китов отечественного рекламного бизнеса. В живых не остается ни приговоренных, ни исполнителя. Убийство носит явно заказной характер, но кто заказчик? Причиной расправы может быть все, что угодно, — от участия в президентской кампании до примитивной «бытовухи». «Важняк» Александр Турецкий не соблазняется на простые версии, но даже он, с его опытом и интуицией, поначалу не ожидал такого исхода следствия… Как легко превратить человека в орудие убийства, убедив в том, что он наказывает Зло. Но разве при этом побеждает справедливость? Так кто же победитель?

УДК 821.161.1-312.4
ББК 84 (2Рос-Рус)6-44

ISBN **5-599-08555-6** (Издательство «Эксмо»)
ISBN **5-7390-1544-8** (Агентство «КРПА Олимп»)

Глава 1
ВСТРЕЧА

В уютном отдельном кабинете ресторана «Узбекистан» сидели двое мужчин: Александр Борисович Турецкий и его давний друг и соратник Вячеслав Иванович Грязнов. Успешные люди, как принято сейчас говорить. Лет за двадцать оба сделали прекрасную карьеру. Саша Турецкий, начав со стажера городской прокуратуры, дорос до старшего помощника генерального прокурора, а Слава Грязнов прошел путь от простого опера до руководителя столичного МУРа, а ныне он начальник Управления собственной безопасности МВД. Они любили вспоминать прежние времена и с высоты нынешнего своего возраста и положения подсмеивались над собой тогдашними, когда были мальчишками, щенками... Правда, как говорится в известной шутке, щенками породистыми, что, собственно, и определило нынешний статус обоих.

С тех давних пор переплелись их пути-дорожки так тесно, что более двух десятилетий идут они по жизни рядом. Многое было в их жизни, в том числе и риск, отвага, горечь поражения, «ранние наши потери и поздние наши утраты»...

И если уж продолжить цитировать поэта, сказавшего, что «время — бесстрастный художник, словно по белым страницам, что-то все пишет и пишет по человеческим лицам», то лица друзей за минувшие годы стали значительнее... Пожалуй, чуть строже. И морщины появились, и седина изрядно посеребрила бороду. Но и бес, конечно, присутствовал в положенном ему месте (особенно касаемо Александра Борисовича Турецкого), и глаза часто вспыхивали веселым блеском, убеждая пытливый взор в том, что в душе оба остались отчасти прежними мальчишками, способными радоваться жизни даже в тяжелые минуты.

Собственно, одна из таких минут и собрала их в ресторане «Узбекистан». Турецкий по служебным делам отсутствовал в столице две недели. За полмесяца в таком большом городе, как Москва, много чего может произойти. Вот Грязнов и делился с другом впечатлениями последних двух недель. То есть он собирался ими поделиться. Но вначале, под первую-вторую рюмку, шел обычный разговор.

— Как твои девочки? Где Ирина, Ниночка?

— Отдыхают, как и положено летом девушкам из хорошей семьи, — улыбался Александр, радуясь другу.

— И где нынче отдыхают?

— Отправил в Черногорию.

— Модный курорт, — оценил Грязнов.

— Главное — погода там хорошая. А мы здесь скоро жабрами обрастем, ей-богу. Сколько же может воды вылиться на наши бедные головы в единицу времени?

— А какова единица времени? — поинтересовался Грязнов, наполняя рюмки.

— Ну, скажем, лето две тысячи четвертого.

— Трудно измерить. Лето еще не кончилось.

— Мне кажется, оно и не начиналось.

— Это все, Санечка, глобальное потепление.

— Где же оно, потепление?

— В Сибири, Санечка. Россия, она ведь живет в провинции. Через пару лет сможешь отправлять семейство на отдых куда-нибудь в Пермь или Семипалатинск.

— Не думаю, что Семипалатинск будет мне по карману даже через пару лет, — усмехнулся Турецкий.

— Взятки нужно брать, Санечка, взятки. Все берут, а ты не берешь. Красиво ли это?

— Кто это — все? Ты, что ли?

— Я, дурак старый, не беру. Мы с тобой одной крови. Но... Да что там! Не слышал, что ли, о последнем чепэ? К вам, в Генпрокуратуру, жалоба пришла.

— Так меня ж две недели не было, — напомнил Александр.

— Ну да, ты у нас теперь в свите генерального. Официальные мероприятия, пресс-конференции, то да се... — ревниво произнес Грязнов.

— Это региональные совещания во всех федеральных округах «то да се»? Переезды, перелеты, бессонные ночи? Чечня, что ли, «то да се»? Господь с тобою. Опять парней наших положили. Зампреда убили... Мы там три дня сидели.

— Извини, Саня, — спохватился Вячеслав. — Это я своими мыслями занят, своими проблемами.

— Так облегчи душу, я ж вижу, что тебе невтерпеж, — рассмеялся Турецкий. Моторный, нетерпеливый Грязнов тут же начал с места в карьер:

— Нет, Сань, каково? Идет мой Колобов по коридору «Беринга», заходит в кабинет начальства и видит гражданина Сидихина, которого три года назад сам задерживал и который вот уже два года должен валить лес в колонии поселка Демино, что в Ленобласти.

— «Беринг» — это что? Сидихин — это кто? — пытался сообразить Турецкий. — Ты, Слава, не тарахти, ты давай по порядку.

— «Беринг» — крупный строительный концерн, — набрав воздуха, замедлил «пулеметную очередь» Грязнов. — Старший оперуполномоченный МУРа Колобов...

— Колобова твоего я знаю, — перебил Турецкий. — Он теперь уж и не твой. Он, насколько я помню, все так же в МУРе трудится, да? А кто такой Сидихин?

— Сидихин — бывший начальник второго отдела ОБЭП. Погорел на взятках. Мой, а он все-таки мой, Колобов участвовал в его задержании всего-то три года назад.

— Это ты уже поведал. Давай дальше.

— Так вот, пару недель назад Колобов нанес визит руководителю концерна «Беринг» в связи с расследованием одного дельца. Входит, значит, в приемную, и что предстает его изумленному взору? Зэка Сидихин в костюме от кутюр сидит в соседнем кабинете, дверь которого распахнута настежь. В то время, как он должен...

— Валить лес в поселке Демино, — снова перебил Турецкий, наполняя рюмки. — Давай-ка хлопнем, а то от твоей трескотни голова болеть начинает.

— Чего это? Раньше не болела, — набычился было Грязнов.

— Да я же прямо с поезда, ночь не спал. Что ты все обижаешься, как барышня, — вздохнул Турецкий.

— Ладно, не буду. Давно не виделись, соскучился, видно, — обезоруживающе улыбнулся Вячеслав Иванович. — Ну, давай по малой. За нас! Хорошие мы мужики.

Турецкий не возражал.

Арнольд Теодорович Трахтенберг, президент рекламного агентства «АРТ», заканчивал работу поздно, не ранее десяти часов вечера. Но нынешний день был исключением. Кабинет одного из самых успешных бизнесменов страны был завален роскошными букетами: Арнольду Теодоровичу стукнуло ровно пятьдесят. Отличный возраст для мужчины.

Арнольд, или, как звали его близкие, Алик, еще раз перелистал страницы праздничного журнала, выпущенного сотрудниками к юбилею шефа. Красочный, яркий буклет с множеством фотографий, коллажей, шаржей и, конечно, стихов. Он пробежал глазами строки:

> ...И бывает период
> В середине пути,
> Когда опыт и сила
> Могут рядом идти.
> Этот возраст счастливо
> Сочетает в себе
> Два коротеньких слова:
> «Еще» и «уже».
> Так что жить в это время
> Легко и приятно:
> Вам еще все доступно,
> Вам уже все понятно...

Примитив, конечно! Звучит что-то подобное чуть не на каждом юбилее. Но все равно приятно. Приятно, когда тебя любят, даже если по обязанности, усмехнулся Трахтенберг, разглядывая в зеркале высокого, лысоватого, слегка обрюзгшего, но вполне обаятельного мужчину.

Часы показывали четверть девятого. Следовало заехать домой переодеться, подхватить супругу и... праздник, праздник! На всю ночь снят красавец теплоход, готовый принять на борт более ста приглашенных. Трудновато уже тусоваться но ночам, но что поделаешь — положение обязывает. Да и завтра суббота — можно позволить себе выходной.

Арнольд включил громкую связь:

— Душа моя, дай отмашку Семену, пусть машину подает. Пора покидать сей казенный дом, труба зовет, понимаешь!

— Арнольд Теодорович! Вы про Сидихина забыли? Он ведь просил аудиенции.

— Черт! Забыл, представляешь? А где он, сиделец наш?

— В комнате переговоров. Уже два часа.

— Ладно, пусть еще посидит, — после минутного раздумья решил Арнольд. — Наш офис все же не колония, верно?

На другом конце провода хихикнули.

— А что ему передать? Вы его не примете?

— Ладно уж, приму бедолагу. Поедет со мной в машине, изложит свои проблемы. Все, через пять минут выхожу.

Обед продолжался...

После недолгого молчания, прерываемого позвякиванием приборов, Турецкий возобновил разговор:

— Ну и?.. Что делал зэка Сидихин в концерне «Беринг»?

10

— Он, понимаешь, руководил строительством светлого будущего, — откликнулся Грязнов. — Выяснилось, что Сидихин работает в «Беринге» менеджером. Как бы будучи одновременно на лесоповале. А когда возмущенный Колобов кинулся за объяснениями к руководителю концерна, тот ответил буквально следующее: «Ты, мент, не бузи, мы Вовчика официально выкупили, по-а-ал? Вот письменный договор с Хозяином».

— То есть? — не понял Турецкий. — Это как?

— А так! Как выяснилось в ходе оперативных мероприятий, руководство деминской колонии официально освобождает своих подопечных за определенную сумму, которая определяется статусом заключенных. А деньги вполне официально перечисляются на расчетный фонд колонии. Как в гостинице. Только там платят за проживание, а здесь за «непроживание». Посуточно, так сказать. И расчетный час есть — полдень. Всё как у людей.

— Шутишь?

— Серьезно. Настырный Колобов тут же навел справки, и что ты думаешь? Оказалось, из трехсот семидесяти сидельцев указанной колонии, где мотают сроки преимущественно VIP- персоны, триста душ мирно существуют в своих московских, питерских и прочих, по месту прописки, квартирах.

— И что дальше?

— Дальше мой Колобов настрочил жалобу в ваше ведомство. Тебя как раз не было. И вот два высоких чина — старший помощник по надзору Каменев и заместитель генерального Юрин на «волгешнике» мотанули в колонию. С проверкой, так сказать. А пока они тряслись по шоссе, всю дорогу их обгоняли шустрые иномарки в сопровождении кортежей охраны.

Приехали. И что открылось их изумленному взору? На площадке перед колонией яблоку упасть негде. Все сплошь «мерсами» забито. А на плацу перед колонией, то есть перед двумя дощатыми бараками, весь списочный состав выстроен от «а» до «я». Все триста семьдесят грешных душ. Нормально, да? Кто их о проверке предупредил? До сих пор выясняем. Но дело-то как поставлено, а? Вот я про взятки и говорю.

— М-да-а-а, — Александр затянулся, глядя в окно. — А чему, собственно, удивляться? Факты, в общем-то, известные. Скажем, про деминскую колонию я не слышал, но то, что такса существует на всех этапах, на каждой стадии уголовно-процессуального производства, это-то известно! Да хоть на этапе задержания. Помнишь, журналист из «Комсомольца» шум поднял? Терещенко, кажется. Или как-то похоже. Украинская фамилия, в общем. Его с газовым пистолетом задержали. А у него, дурашки, ста баксов с собой не оказалось. И что? Что было в протоколе, помнишь?

— Помню. Как не помнить? Целое расследование было. В протоколе говорилось о вызывающем, наглом поведении журналиста и нецензурной брани. Вменили вполне серьезную двести двадцать вторую статью УК. Самое смешное, что наглый журналист оказался беременной женщиной из «хогошей евгейской семьи». У нее самое матерное слово — нехороший человек. А газовое оружие она носила, так как хулиганья боялась. Но, как выяснилось, бояться нужно, как ни прискорбно, родной милиции.

— М-да, не повезло девушке. Но вообще-то, Слава, у меня мнение следующее: преступник, конечно, должен в тюрьме сидеть, здесь вопросов нет. Но в том, что его «стригут», тоже беды особой не вижу. Пусть богатенькие Буратины и на пенитенциарную систему пожертвуют. Что здесь такого?

— Они и жертвуют. Правда, не добровольно. Даже термин появился — «бандерлог-пушистик». Слышал?

— Нет, — рассмеялся Турецкий.

— Ну как же! Богатенькие заключенные, в том числе олигархи, — это и есть «пушистики». Да взять хоть Лебединского. Помнишь, он всего три дня в Бутырках прокуковал, а раскрутили его не только на холодильники и телевизоры, но и на Фонд помощи заключенным Бутырской тюрьмы. Так что «пушистиков» все стригут — от начальства до соседей по камере. Возможно, это и неплохо, однако взявший деньги один раз уже не остановится, это-то мы с тобой знаем. И заводит данная хозяйственная деятельность весьма далеко. До вот таких колоний, как в Демино.

— И что же в Демино? Так все и останется?

— По итогам визита в колонию твои коллеги насочиняли гневных докладных. Да только где они пылятся, я не знаю. Пока генеральный со своими замами по городам и весям...

— Ладно, ладно, не ворчи. Не может быть, чтобы ты сам в эту тему не включился.

— Включился, а как же! Пасем Сидихина. Похоже, он опять в Москву направился. Есть такие данные. А у меня на этого проходимца душа отдельно горит. Из-за таких гадов пятно на всех нас ложится. Так что он у меня будет сидеть! Может, сегодня возьмем его. Снимем с трудовой вахты менеджера.

Из кармана Грязнова послышался «Турецкий марш».

— Ага! Вот и орлы мои. Наверное, взяли красавца.

С этими словами Вячеслав Иванович извлек трубку мобильного телефона.

— Что?! Как? Где?! — вскричал он. — Сейчас приеду!

Турецкий поднял брови, задавая безмолвный вопрос.

— Сидихина взорвали! — отключив трубку, вскричал Грязнов.

— Как? Где? — повторил теперь уже Турецкий.

— Поехали, Саня. Все увидим на месте.

Глава 2
БАЙКИ ИЗ СКЛЕПА

Дежурная оперативно-следственная бригада РУВД одного из округов столицы проводила свободное от вызовов время за бутылочкой коньяка, который добавлялся в чай или кофе в пропорции один к двум, в пользу коньяка разумеется. Кроме того, досуг бригады скрашивали карты и всяческие «байки из склепа».

— Давай, Митрич, сдавай. — Криминалист Бобров закурил очередную беломорину.

Следователь Митрофанов, он же Митрич, принялся тасовать колоду, продолжая прерванный рассказ:

— ...Так вот, значит, братан мой Колька...

— Это который летчик?

— Ну да, служит он в истребительном полку, я рассказывал. Так вот, послали их как-то в командировку. Что-то в их полку со взлетной полосой было, ремонтировали ее долго. Так чтобы ребята, значит, не расхолаживались, их на другой аэродром перекинули. Надолго.

— На год, что ли?

— Не... Не на год, конечно. Ну там месяц-другой.

Но мужики-то все молодые, здоровые кобелины. Как месяц без бабы? Ну и многие, естественно, нашли себе подружек. А Колька мой настолько правильный мужик, я от него торчу просто. По-моему, у него, кроме жены Маринки, и женщин-то других не было. Они, значит, с десятого класса сдружковались, сразу после окончания школы поженились, и все... Пропал мужик. Любит ее, значит, нежно и преданно и на сторону не глядит...

— Не в тебя пошел, — вставил опер Грузанов.

— Это точно. Ну вот, значит... Ходи, Петрович, спишь, что ли? Так вот... И в командировке Колька мой весь полк достал своей правильностью: никуда не ходит, все спортом занимается, книжки читает и каждый день названивает своей Маринке. Ну перед отъездом самые ярые гуляки решили над ним подшутить и засунули в карман форменной рубашки две резинки для безопасного секса... Незаметно так. Колька возвращается домой, ничего не подозревает, сразу к жене... Там стол накрыт, любовь-морковь, все как положено. А утром Маринка берет его барахлишко, дабы постирать, и перед тем как в машину сунуть — по карманам, а там, как мы помним, лежит резиновое изделие номер два. В двух экземплярах. Она к мужу. Вся почти в обмороке. Как это, мол, понимать? Дескать, что это за изделие и зачем оно тебе на фоне нашего большого и светлого чувства? Ну, Колян-то мой не дурак...

— Весь в тебя, — вставил все тот же Грузанов.

— Ага, — как бы не заметил иронии Митрофанов. — Так вот, он сразу смекнул, что к чему, и говорит Маринке примерно следующее: «Понимаешь, любовь моя, время сейчас такое, что можно подхватить чего угодно. Вот полковой доктор и выдал нам всем перед командировкой по две штуки. На всякий пожарный... Видишь, я свои не использовал, обратно привез, поскольку я верный и преданный тебе муж». Маринка, в общем-то, не сомневалась в его большом и светлом к себе чувстве, а посему байке поверила. Но бабы народ болтливый. Она к соседке: мол, твой привез? Та к другой: а твой? И пошло-поехало... Что в гарнизоне было — не описать!

Мужчины посмеялись.

— Ха! — вступил Грузанов, которому не терпелось привлечь внимание коллег к своей персоне. — Твой Колька хоть женат, у него чувство есть. А наш Бобров — он вообще бесчувственный. Не трогают его женщины. Правда, Бобрик?

Степенный, могучий телом оперативник Бобров лишь неопределенно хмыкнул.

— Чего хмыкаешь-то? Рассказать ребятам, как мы в прошлый выходной на рыбалку ездили?

Бобров вновь неопределенно хмыкнул, разглядывая свои карты и то и дело прикладываясь к стакану.

— Ну давай, не томи!

— Рассказывай, раз начал.

— Ладно. Дело было в субботу. Мы с Бобриком на рыбалку отправились. Есть у нас одно заветное местечко.

— Где это?

— Ага, тебе скажи, там вообще рыбы не отыщешь. Короче, приезжаем, Бобрик сразу по-деловому так к речке. Устроился, удочку закинул, ждет. Тут компания бабенок нагрянула. На «девятке» прикатили. У них там мясо замариновано, винишко, водочка, все как положено. День рождения отмечали. А бабенки все как на подбор: от тридцати до сорока, кровь с молоком. Разделись, затеяли купаться. И кидают на нас призывные взгляды. Мол, мужчины, подходите, мы живые и теплые. Берите здесь и сейчас. Но Бобрик на эти призывы ноль внимания. Наоборот, гневается: бабы шумят, у него не клюет. Я, конечно, не такой бесчувственный, я себе одну выбрал и пошел с ней в лесок за хворостом для костра. И все у нас идет как по маслу: я ее уже облапил пару раз и вижу: бабец что надо! Мой размер. Я, знаете ли, люблю грудастых. Так вот, мы с моей пассией расположились на травке, тары-бары, поцелуи... Короче, двигаемся к конечной цели. Вдруг с берега визг, шум, гам, суматоха. Пока поднялись, в порядок себя привели, прискакиваем на бережок, а там картина маслом: одна из девушек натурально тонет, товарки ее кричат благим матом на Бобрика: дескать, спасай, ты мужик или кто? Бобрик тем временем неторопливо так раздевается, одежду аккуратно складывает, а сам все посматривает на жертву: мол, не рано ли спасать? А жертва тем временем раз — и исчезла с водной глади. Ну тут наш Бобрик проявил себя во всю свою мощь: кинулся в воду, доплыл, нырнул пару раз и выволок утопленницу за ее перманент. Вытащил на сушу, через колено перекинул, по спине постучал, все как положено. Затем еще и дыхание искусственное произвел, рот в рот. Тоже как учили. Ожила утопленница. Бабенки вокруг перед Бобриком в священном трепете склонились. Прямо травой стелются. Мол, бери нас всех! И утопленница тоже синими губами шепчет: «Я вся твоя, мой спаситель! Что для тебя сделать? Ты только шепни!» — И прямо обвивает руками могучую шею нашего Бобрика... — Грузанов сделал долгую театральную паузу.

— Ну-у? — хором воскликнули мужчины. — А Бобрик что? Не томи!

— А Бобрик снял ее руки со своей выи и холодно

так, как Евгений Онегин, произносит: «Это все лишнее. Ты лучше вот что скажи, рыба там есть?»

Хохот потряс стены ветхого здания. Прямо-таки ржание. Сквозь которое не сразу прорвался голос дежурного по отделению, кричавшего по «громкой связи»:

— Дежурная оперативно-следственная бригада, на выезд! Взрыв на углу Вавилова и Ульянова. Есть жертвы! Бригада, на выезд...

Арнольд Теодорович покачивался на заднем сиденье бронированного «Вольво S80». Рядом в угодливой позе, буквально на краешке широкого сиденья, прижимая к груди кожаную папочку, сидел бывший полковник, а ныне зэка Сидихин. Он лопотал что-то про условно-досрочное, которое должен был обеспечить всесильный Арнольд.

— А почему, собственно, должен? — холодно осведомился Алик, вертя в руке бокал с виски.

В бокале уютно позвякивали кубики льда, настраивая бизнесмена на праздник. Праздник! А не на проблемы бывшего обэповца, продажного, как вся их ментовская братия. «И надо же быть столь бестактным, чтобы припереться со своими заморочками в день моего рождения», — раздраженно думал Трахтенберг. Короче, никакого сочувствия Сидихин не вызывал.

— Но как же, как же, Арнольд Теодорович?! — едва не плакал Сидихин. — Вы ведь должны помнить, как я обеспечивал вам карт-бланш в...

— Помню, помню, — холодно оборвал его Арнольд. — Но, во-первых, не забесплатно, не так ли? Во-вторых, я уже не занимаюсь этим бизнесом. Как шутят юристы: «Оказанная услуга ничего не стоит», —

безжалостно отрезал Арнольд. — Да и день вы выбрали...

— Я знаю, знаю, — вскричал Сидихин, прижимая к груди свою папочку. — Я вас от всей души поздравляю с юбилеем! Простите мою бестактность, но легавые за мной буквально по пятам... Я ведь без нужды не обращался! Прекрасно сидел у Хозяина, вернее, не сидел. Работал в «Беринге». Солдат спит, служба идет, ха-ха, — мелко рассмеялся он. — Но эта проверка прокурорская, она все карты сбила! Вот я выйду из вашего авто, и меня тут же схватят, будьте благонадежны!

— Так что ж, прикажете скрывать вас под сиденьем? Как безвинную жертву репрессий?

«Сидихин под сиденьем», — хмыкнул про себя бизнесмен, любивший каламбуры по роду трудовой деятельности.

— Нет, помилуй бог, нет, конечно. Но смею напомнить, что тогда, когда вы еще занимались этим бизнесом, я был вашей надежной защитой... Между прочим, ответственность за ведение подобного бизнеса определяется очень серьезными статьями УК. И срок давности не истек. А следак, что вел мое дело, весьма вами интересовался. Я, конечно, ничего такого... Но вообще-то мне терять нечего... Активное сотрудничество со следствием — это ведь тоже путь к условно-досрочному...

— Более внятно можно? Чего вы хотите? — В голосе бизнесмена зазвенела сталь.

— Просто я знаю, что среди ваших гостей будет...

— Мои гости — не ваша забота, — перебил его Арнольд.

— Этот человек может устроить мне условно-досрочное...

— Ладно, поговорю, — процедил Арнольд. — А теперь вон из моей машины! Семен, тормозни!

— А мы и так сейчас на светофоре зависнем, — откликнулся невозмутимый Семен. — На этом месте вечно пробки, хоть бы раз сразу проскочить...

Действительно, маячивший впереди светофор заполыхал красным. «Вольво» затормозил. Сзади тормознул джип с охраной.

— Я вас более не задерживаю. — Арнольд отвернулся, разглядывая здание на противоположной стороне проспекта.

— Ага, ага, — кивнул Сидихин и взялся было за ручку дверцы.

В этот момент кто-то в черном заслонил собой пространство за окном машины. Над головами пассажиров что-то брякнуло.

— Это еще что? — успел взреветь охранник, сидевший впереди рядом с водителем.

Страшный грохот потряс все вокруг.

Глава 3

ПОДАРОК

Взрыв, прогремевший на углу улиц Вавилова и Дмитрия Ульянова, вынес стекла из окон четырех этажей дома напротив, разметал крышу бронированного «Вольво S80». Три автомобиля, затормозившие перед светофором позади джипа сопровождения, также пострадали: они стояли искореженные взрывной волной, развернутые под разными углами, словно участвовали в какой-то жуткой пляске смерти. Возле машин отчаянно ругались мужчины, посеченные осколками, но оставшиеся в живых. Истошно кричала женщина, склонившаяся над лежавшим мужчиной, из головы которого хлестала кровь. Пожилой грузин с иссеченным осколками стекла лицом стоял на коленях возле «доджа», молитвенно сложив руки. Бестолково топтались возле машины хозяина охранники из джипа сопровождения.

«Вольво» превратился в факел. Рядом лежал мотоциклист с оторванными руками. Из ран толчками хлестала кровь. Он странно улыбался и что-то бормотал. Послышался вой сирен. К месту катастрофы мчались пожарные машины. Пожарные вызвали «скорую». До приезда врачей они сами пытались оказать помощь мотоциклисту, но уже через минуту стало ясно, что помощь более не требуется.

Когда подъехал наряд с оперативно-следственной бригадой, пожар был уже потушен. Но для того чтобы проникнуть в салон «Вольво», пришлось вызывать спасателей и применять автоген: дверцы автомобиля заклинило намертво. Впрочем, особо спешить было некуда: сквозь разбитые окна были видны обгоревшие трупы Трахтенберга и Сидихина. За рулем автомобиля сидело туловище без головы. Охрана, мешая всем и каждому делать свое дело, названивала по мобильникам. Было слышно, как один из них кричал в трубку: «Все, пи—ц! Теодорыч убит!»

Грязнов с Турецким прибыли на место происшествия в тот момент, когда спасатели разрезали корпус иномарки. К служебному «мерседесу» Грязнова направился старший оперативной группы майор Митрофанов.

— Докладывайте, — коротко скомандовал Вячеслав Иванович.

— Четыре трупа, товарищ генерал, — отрапортовал тот, — трое пострадавших средней тяжести. Вызвали «скорую». Осмотр и дознание только начали: пожар был сильный. Пока потушили...

— Киллера взяли?

— Киллер, судя по всему, мотоциклист. Свидетели из задних машин видели, что он положил на крышу «вольво» сумку. Сразу же и рвануло. Ему руки оторвало. Кончился уже.

— Кто был в машине?

— По сведениям, полученным от охраны, в автомобиле находились глава рекламного агентства «АРТ» Трахтенберг...

— «АРТ»? Это крупнейшее рекламное агентство! — заметил Турецкий. — Они президентскую кампанию девяносто шестого года проводили, насколько я помню... Так это, видимо, по его душу громыхнуло...

— Может, теракт? — вставил кто-то из оперативников.

— В нашей жизни все возможно...— заметил Грязнов.

— Кто еще был в машине?

— Его водитель и некто Сидихин.

— Знаю я этого «некто». Хорошо, работайте, — отпустил оперативника Вячеслав Иванович, направляясь к месту катастрофы.

— Слава! Я нашу бригаду вызываю, слышишь?

— Вызывай! Дело ясное, что дело темное...— откликнулся Грязнов.

Турецкий набрал номер, прокричал кому-то, чтобы вызвали Левина с дежурной бригадой.

Подъехали два рафика «скорой». Люди в белых халатах осматривали раненых. Двое опустились на корточки возле мотоциклиста.

— Этому уже помощь не нужна, — раскрыв зрачок затянутого в кожу парня, меланхолично заметил врач.

Тела убитых вытащили наконец из машины. К работе приступил судмедэксперт.

— Ого! — воскликнул один из спасателей, копавшийся в открытом багажнике «Вольво». Он показал полиэтиленовый пакет, в котором находилась увесистая пачка стодолларовых купюр. — Навскидку здесь тысяч пятьдесят — семьдесят.

— Не слабо! — откликнулся Грязнов. — Это на мелкие расходы, что ли?

— У Арнольда Теодоровича сегодня день рождения, юбилей, — сообщил один из охранников, — он собирался на банкет. Пароход сняли на всю ночь. Для этого и деньги.

— Вона как! И кто ж ему такой подарок приготовил? — задал Грязнов риторический вопрос.

— Пустите! Пустите меня! — Через милицейское оцепление прорывался одноногий человек на костылях.

Турецкий подошел.

— Вы кто? Зачем вам сюда?

— Я охранник Арнольда Трахтенберга! Я его бывший охранник! Пропустите меня! Дайте взглянуть!

— Представьтесь! Документы есть?

Мужчина вытащил из кармана удостоверение на имя Малашенко Григория Николаевича, сотрудника службы безопасности рекламного агентства «АРТ».

— Пропустите! — приказал Турецкий.

Мужчина, шустро переставляя костыли, добрался до машины, замер.

— Вы можете опознать убитых?

— Да! Это он! Арнольд. Кто рядом — не знаю. А за рулем... О, господи! Семен, что ли? Горе какое! А я не верил, думал, пронесет...

— Что значит — пронесет? — вцепился Турецкий.

— Так ведь на нас уже покушались. Я вон ногу потерял.

— Когда это было?

— В марте. После того случая Арнольд и завел бронированный автомобиль. Но и это не спасло...

— Кому это было нужно? У вас есть соображения?

— Не знаю, — покачал головой одноногий. — Я не знаю, — более решительно добавил он.

— А откуда вы узнали о нынешнем покушении?

— Да ребята позвонили, — кивнул он на охранников из джипа.

Один из них молча кивнул.

К месту взрыва подъехал белый «линкольн», из которого буквально вывалилась грузная дама в легких, струящихся мехах, которые, впрочем, выглядели на ней весьма нелепо. Дама кинулась к ограждению, ее пропустили. Истошный женский крик разорвал угрюмое мужское молчание.

— Жена приехала...

— Это его жена...

— Нехилая тетка!

— Тетка-то что... Вот прикид у нее — это да! Мне на такой десять лет вкалывать...

— Лучше замуж удачно выйди.

— Видишь, какие бывают жены? А я у тебя три года одну юбку ношу.

— Да какая она жена? Она теперь вдова...

Так переговаривалась толпа праздных зевак, неизбежная при любом, даже самом страшном и кровавом событии.

Глава 4

МАЛЬЧИК

Мальчик промерз под аркой. Прошло сорок минут. Конечно, раз она так опоздала, то уже и не зайдет сюда. Она сразу к подруге пойдет. А может, уже прошла, поднялась на четвертый этаж и сидит в теплой квартире, чай пьет... Вдруг она опоздала и решила, что он уже не ждет ее на таком морозе? А как же он?.. Но она могла подумать, что он сам туда зайдет. И ждет его в квартире подруги... Но как же ему туда зайти, если он был там всего один раз, и вся компания подсмеивалась над ним? А вдруг он придет, а ее еще нет? И подруга опять будет смеяться... Плохо, что нет мобильного телефона. Теперь почти у всех есть мобильники. А у него нет. Попробуй скажи маме... Он сразу представил себе ее окаменевшее лицо. Это лицо всегда принимало оскорбленное выражение, едва он просил купить что-нибудь такое, что было ему абсолютно необходимо, но, по мнению мамы, являлось предметом роскоши...

И у нее нет мобильника. Это-то, впрочем, понятно. Откуда у нее? Кто ей купит?

Мальчик вышел из-под арки, дошел до парадного, озираясь по сторонам, не идет ли она... Ровная как стрела улица была пустынна. Вошел в подъезд, поднялся на три пролета, занял место между третьим и четвертым этажами возле высокого окна. ·

Теперь он ее не пропустит...

Он растер перчатками лицо, уши и подумал, что теперь красный как рак. И если она войдет сейчас, то увидит его с таким ярким румянцем на щеках, и будет смеяться. И он стал просить кого-то неведомого, чтобы она чуть-чуть задержалась, пока проклятый румянец истает в тепле.

Но она и так не приходила. Иногда ему казалось, что дверь внизу хлопнула, но это только казалось. Мимо него проходили люди, неприязненно и настороженно оглядывая мальчика. А она все не шла...

...Тогда он подумал, что, может быть, она все-таки ждет его возле арки, и помчался туда. Но ее не было. Тогда он подумал, что, пока он торчит здесь, она может войти в подъезд. И он побежал обратно. Но и там ее не было. Он встал возле приоткрытой двери, глядя на улицу, чтобы не пропустить ее. Но вошел какой-то толстяк, отодвинул мальчика своим крупным телом, проворчал: «Тепло нужно беречь!» — и захлопнул дверь. Мальчику показалось, что именно в этот момент она прошла мимо. Он выскочил. Впереди шла девушка в тонком осеннем пальтишке. Даже со спины было видно, как ей холодно. Мальчик бросился следом, схватил ее за рукав пальто. На него оглянулась пожилая тетка. Тетка вскрикнула, вырвала рукав и почти побежала прочь от мальчика. Дура! И он дурак. Мальчик вернулся к подъезду.

Нельзя быть таким ребенком! Нужно спокойно все обдумать. Прошло больше часа, и, конечно, она уже не подойдет к арке. Она пошла бы прямо сюда. И тогда одно из двух: или он ее пропустил, пока носился взад-вперед, или она еще не пришла. Значит, нужно ждать. И нечего торчать у входных дверей. Холодно. И кто-нибудь его снова прогонит. Он поднялся на третий этаж, прислонился к батарее. Вот так. Здесь хоть погреться можно.

Мальчик присел на широкий подоконник, вынул из кармана пачку сигарет. Закурил. Он совсем недавно начал курить, в сентябре, когда поступил в институт. Все однокурсники курили, и он тоже закурил. Оказалось, что это приятно. Он разглядывал дым, пытаясь сделать кольца...

Внизу хлопнула дверь. Мальчик вскочил, чувствуя, что краснеет. Сердце отчаянно заколотилось. Он затушил сигарету, начал приглаживать волосы и поправлять шарф... Но вскоре по звуку шагов понял, что это не она. Это была бабка. Она прошла мимо как-то боком, смерив мальчика взглядом с головы до ног. Так и поднималась, все поворачивая голову назад и не отрывая водянистых выпученных глаз от мальчика. Остановилась возле квартиры напротив той, что была нужна мальчику, и завозилась с ключами, затем суетливо открыла двери и ввалилась внутрь. Тут же защелкали замки и загремела цепочка.

Мальчик посмотрел на часы. Десять. Он ждет уже полтора часа. Нужно было бы позвонить домой, чтобы мама не волновалась. Но неоткуда. И пусть волнуется, мстительно подумал мальчик. Был бы у него мобильник, он бы позвонил. Ну да, она сама бы звонила каждую секунду, тут же подумал он.

Ладно, он скоро вернется. Увидит Машу, поговорит с ней — и домой. Нужно заниматься: зачетная неделя. Конечно, мама и так поняла, куда он идет. Стоит вспомнить, как чуть презрительно она оглядывала его в новых ботинках и рубашке, купленной к новогоднему празднику. В общем, она не должна особо волноваться, решил мальчик. И стал смотреть на дверь.

Должно быть, они разминулись. Нужно просто узнать, там ли она. Может, он вообще зря ждет?

Он поднялся на площадку, потянулся к кнопке звонка. Но не нажал. Он вспомнил, как смеялся над ним высокий смазливый дядька, когда мальчик был в этой квартире. Смеялся и похлопывал мальчика по

27

щеке. И Маша тоже смеялась... Но нужно же выяснить, там она или нет? В конце концов, он взрослый человек! Мальчик решительно нажал на кнопку и почувствовал себя увереннее.

Дверь открыла ее подруга. На мальчика из раскрытой двери вывалился шум, табачный дым и звон бутылок.

— А, это ты... — протянула подруга, разглядывая мальчика. — А она еще не приходила.

Подруга была крупной девушкой с круглым лицом. Мальчик пытался посмотреть ей в глаза, чтобы понять, лжет она или нет. Он смотрел и никак не мог поймать ее взгляд. Утыкался в переносицу или в висок. Подруга как-то уворачивалась от его взгляда.

— Она вообще сегодня не придет, — добавила она в тот самый момент, когда мальчик явственно услышал среди общего гула голос Маши.

— Ты врешь! — сказал он.

— Что такое? — вскинула брови подруга и захлопнула дверь.

«Дрянь, дрянь, дрянь!» — повторял про себя мальчик, спускаясь к своей батарее.

А если ее действительно там нет? Он уже не был уверен, что услышанный им голос принадлежал Маше. А если все же Маше?.. Может, подруга просто не передала ей, что я здесь стою. А что? Такая холодная и злая рыбина — она на все способна. А может, «рыба» не соврала и Маша не пришла? Вдруг она заболела? Сейчас грипп в городе...

Не чуя под собой ног, он бросился к автомату. Маша снимала комнату и не позволяла ему звонить туда по пустякам. Говорила, что у нее из-за этого неприятности. Но если человек болен, это же не пустяк!

Грубый мужской голос ответил, что ее нет, что ушла давно и когда вернется — неизвестно.

Мальчик вернулся к батарее. Нужно еще подождать. Может, она в дороге. Он снова закурил. Он казался себе очень спокойным и взрослым. Вот как значительно он пускает дым, и молчит очень значительно, и загадочным, демоническим взором смотрит в оконное стекло. А за окном чернота ночи. Уже половина двенадцатого. А она все не идет.

Дома будет скандал. Но нужно же все выяснить! Предположим, подруга обманула его, и она там, внутри, среди шума, дыма, бутылок. От этой мысли сердце его сжалось. Что ж, она же должна вернуться домой ночевать! Значит, нужно дождаться. Раз он прождал ее три часа, глупо уходить сейчас. Она выйдет, и он скажет ей все! Он обольет ее презрением! Да!!! Он будет говорить ей жестокие, обидные слова. А она будет умолять о прощении. Но он будет непреклонен! Он уйдет. Красивый, бледный, гордый. А она будет плакать и смотреть ему вслед. Но он даже не обернется...

Эти мысли наполнили сердце горьким удовлетворением.

Он залез на подоконник с ногами. В подъезде было тихо. И он задремал.

Он увидел себя больным, очень тяжело больным. В пустой большой комнате. А-а, это больничная палата. Входит медсестра. Это Маша. Она хочет сделать ему укол. Но он отталкивает ее руку. Он шепчет: «Не нужно! Все это пустое. Поздно!» И умирает.

Мальчик проснулся. Он встал, размял затекшие ноги. Ощутил свое послушное, сильное тело гимнаста. За окном горел одинокий фонарь. Мела метель.

Он снова уселся на подоконник. Он уже все знал

про эту лестницу. Про трещину на стене, похожую на очертания Австралии. Про другую, напоминающую жирафа. Про то, что Верка — дура, а Борис — клевый чувак.

Шаги, голоса. Из-за «его» двери. Мальчик напрягся, не спуская глаз с черного прямоугольника. Вот дверь приоткрылась на секунду, на долю секунды... И снова захлопнулась. Но ему показалось, что в проеме он увидел Машу. Мальчик вскочил, не зная, что делать дальше. Все произошло слишком быстро: мелькнуло и исчезло. И теперь он не был уверен, что видел ее. Тяжелая, почти бессонная ночь вконец измучила его. Сердце колотилось как бешеное.

Дверь вновь отворилась, и на площадку вышел мужчина. Тот самый, что трепал его по щеке. За его спиной мелькнуло что-то женское, не то рука, не то прядь волос. Но он опять не был уверен, что это она. Он лишь успел присесть на подоконник и принять, как ему казалось, независимый вид. Мужчина неторопливо спускался вниз, разглядывая мальчика. Вот он поравнялся и окинул его таким взглядом... Чего там только не было, в этом взгляде. Мальчик просто остолбенел. Мужчина прошел мимо. Мальчику показалось, что от него пахнет ее духами! Да, он очень хорошо знал этот запах! Это были дешевые духи. С резким ароматом. Но это были ее духи. А все, что имело к ней отношение, мальчик боготворил.

Но это в прошлом! Теперь он ее ненавидит! Да, ненавидит!

— Я убью ее! Я просто ее убью! — как заклинание повторял мальчик.

Лестница ожила. Люди начали спускаться вниз. Каждый из них оглядывал мальчика неприязненным взглядом. Но ему было все равно. Он уже ничего не чувствовал, кроме тупого, упрямого желания дождаться, убедиться в своей правоте... И покончить с этим...

И тут неожиданно на лестнице появилась она. Она была спокойна и так красива, что у мальчика перехватило дыхание.

— Это ты? — удивленно и ласково пропела она, увидев мальчика, и улыбнулась.

Боже мой, как она улыбалась! Так ласково, так приветливо, так открыто... Но нет, его теперь не обманешь!!!

— Ты ждал меня всю ночь? — заглядывая ему в глаза, спросила она и взяла его за руки.

Он выдернул их, заговорил, стараясь преодолеть спазмы, сжимающие его горло.

— Да! Ты была там всю ночь! Я ждал тебя под аркой — ты не пришла! Потом, когда звонил в квартиру, велела сказать, что тебя нет! А ночью, вернее, в пять утра, ты открыла дверь и выпустила мужика. Увидела меня и спряталась. Я все знаю! — Мальчик сорвался.

— Глупый, все было совсем не так, — пропела она, заглядывая в его глаза. — Ты ошибаешься, глупенький мой! Я действительно не пришла к арке, потому что не смогла. И не знала, как тебя предупредить. Ведь твоя мама очень не любит, когда я звоню, верно? А когда ты звонил в квартиру, меня там действительно еще не было. Я пришла позже. И когда я поднималась по лестнице, тебя не было. Я решила, что ты меня не дождался.

— Я был здесь все время!

— Нет, миленький, не все время. Нет, мой хороший. Видимо, ты куда-то отлучился на минутку, а я в это время прошла. Мы разминулись.

— Не говори так! Не смей называть меня хорошим. Ты пробыла там всю ночь! С этим мужиком!

— Господь с тобою, ну что ты говоришь, — ласково напевала она. — За кого же ты меня принимаешь? Этот мужчина, он ухаживает за моей подругой, разве ты не заметил этого в прошлый раз? Это она открыла ему дверь, а не я. Я спала в другой комнате. И вообще... Он уезжает. Его здесь больше не будет. Ну давай поднимемся в квартиру. Она тебе подтвердит.

— Нет, — сказал мальчик.

— Милый мой, хороший, славный... Все было так, как я говорю. Ты мне верь! Ну что же мы стоим здесь? Пойдем. Ты что, так всю ночь здесь и просидел? Что, наверное, у тебя дома творится!

— Ерунда, — сказал мальчик.

Она рассмеялась и прижалась к его щеке губами. И у него закружилась голова.

Они вышли.

— Иди домой, милый, ложись спать. Бедный мой мальчик! Иди домой. Увидимся завтра.

Он шел домой. Здесь было недалеко. В их маленьком городе все было недалеко.

Метель улеглась. Проклевывался серый, мутный день. В дымке этого дня все казалось неверным и призрачным. И машины, и пешеходы, и дома... И его собственное тело казалось ему невесомым.

Ну да, я ведь выходил звонить. А она в это время прошла, и мы разминулись. Все правильно! Все так и было, как она говорит. А я подлец. Перед всеми. И перед нею, и перед матерью. Свинья — и больше ничего. А она права. Все так и было.

Глава 5
ДОЗНАНИЕ

В милицейском рафике, припаркованном возле места происшествия, проводились первые оперативные мероприятия. На теле убитого мотоциклиста нашли портативную рацию.

Такая же рация, настроенная на ту же частоту, была обнаружена в брошенной на месте ЧП красной «девятке» — одной из трех машин, пострадавших от взрыва.

Дознаватель Субботин опрашивал свидетелей катастрофы. Перед ним сидела женщина средних лет с перевязанной рукой, которая все прикладывала к глазам платочек и судорожно всхлипывала.

— Ирина Петровна, пожалуйста, успокойтесь. Всего несколько вопросов, и вы отправитесь домой.

— Домой? Я в больницу помчусь, к мужу!

— Мужу вы сейчас ничем не поможете. Ему в данный момент хирурги помогают. И ничего, слава богу, страшного у него нет.

— Он весь в крови был! Как вы можете...

— Но врачи «скорой» сказали вам, что у него просто рассечен лоб, верно? Ну и стресс, конечно. Зашьют ему раны, дадут успокоительного. Он отоспится, будет как новенький.

— Как у вас все просто! — успокаиваясь, произнесла женщина.

— Ну а чего ж лишние проблемы создавать? — ласково произнес Субботин, славившийся умением работать с населением. — Итак, Ирина Петровна, ваша «пятерка» шла второй за джипом охраны. Вы что-нибудь необычное, подозрительное видели перед происшествием?

— Да что же необычного? — пыталась сосредоточиться женщина. — Ничего такого. Дорога как дорога. Мы ведь на дачу собирались, я все про огород думала. Что вот неделю не были, все заросло, поди...

— И все-таки, — мягко перебил ее Субботин, — женщины ведь более наблюдательны, чем мужчины. Вы думали о своем, а глазами могли что-нибудь отметить. Ну, например, вы у светофора какое-то время стояли. За вами шла «девятка», так?

— Я в марках, знаете ли, не очень. Какого цвета?

— Красная.

— А-а, да, шла за нами красная машина. И тоже очень осторожно.

— Почему — тоже?

— Ну-у... Мы когда увидели, что светофор переключается на «желтый», муж сбавил скорость, он очень осторожно машину водит. Боится, знаете ли, «подставиться» под иномарку. Я еще в зеркальце заднего вида посмотрела, кто за нами едет? Некоторых, знаете ли, очень нервируют осторожные водители. Но красная машина тоже скорость сбавила; и я успокоилась.

— Из этой машины никто не выходил?

— Не видела... Нет, не видела, — подтвердила она.

— Может, что-то еще привлекло ваше внимание?

— Да что же?.. А-а... Вы знаете, привлекло! Этот мальчик, мотоциклист... Господи, какая ужасная смерть, какое горе матери...

Она опять всхлипнула. Субботин протянул приготовленную рюмочку с корвалолом. Женщина выпила.

— ...Когда мы притормозили, этот мотоциклист оказался возле нас. На уровне нашей машины. И тоже сбавил скорость. Муж еще говорил: «Вот, все улицы этими байкерами забиты. Носятся как угорелые». Они

34

и вправду мешают ездить, особенно пожилым людям. Но этот мальчик, он как раз не похож на байкера.

— Почему?

— Ну... Как вам сказать... Они все такие здоровенные, мордатые, обросшие. А он очень... чистенький какой-то. Я имею в виду лицо. Потому что, когда он с нами поравнялся, я его лицом невольно залюбовалась. Красивый такой мальчик. И он на меня взглянул... И что-то такое было в его лице... Отчаяние, что ли...

— А вы этим маршрутом часто ездите?

— Нет, только по пятницам. Когда на дачу отправляемся. А на неделе мы работаем.

— Раньше этого мальчика-мотоциклиста на этой трассе не видели?

— Нет, — подумав, ответила женщина.

— Ирина Петровна, вы сказали, что ваш муж сбавил скорость, как только светофор дал «желтый», так?

— Так. Он бы все равно не успел проскочить.

— А мотоцикл успел бы?

— Думаю, да! Конечно. Я не специалист, но машина-то у него серьезная такая. Видно, что сильная машина.

— То есть он мог проскочить на «желтый», но тормознул возле вас, правильно?

— В общем, да.

— Что было потом?

— Потом он чуть вперед проехал, и я от него отвлеклась. Перед нами ведь джип стоял. Он массивный. Я не смотрела вперед. А дальше — взрыв.

— Может, вы видели еще что-то подозрительное? Уже после взрыва?

— Господь с вами! Что я могла видеть позже? Моего мужа ранили! Мне самой руку посекло. Машину нашу раскорежило. Кто за это ответит? — снова всхлипнула женщина.

— Хорошо, Ирина Петровна, на сегодня закончим. Распишитесь вот здесь. И не волнуйтесь. Все образуется. Возможно, мне придется еще раз вас побеспокоить. Работа у меня такая, — улыбнулся Субботин. — Если что-нибудь вспомните, пожалуйста, позвоните по одному из этих телефонов, обязательно позвоните! Договорились?

Он протянул женщине визитку.

— Конечно, обязательно, — женщина поднялась.— Я могу идти?

— Разумеется.

— Это он, этот щэнок! Я все видэл! Гомахлебуло! — выругался темпераментный житель гор, владелец разбитого «доджа».

— Что вы видели? Спокойно, пожалуйста! — строго осадил свидетеля Субботин.

— Видэл, как этот щэнок, этот чучхиани, положил на крышу «вольвэшныка» сумку какую-то. И почти сразу рвануло! А все говорят, «кавказцы», «кавказская» мафия! У вас свой мафия столко, что хоть ... ешь!

— Не выражайтесь! — прикрикнул Суботин. — Скажите, вы этим маршрутом часто ездите?

— Каждый дэнь! Каждый дэнь езжу! С работы домой, из дома на работу.

— Кем работаете?

— Частный прэдпринимател. Ларьки возле мэтро дэржу. А что, нэлзя?

— Ну почему нельзя? Если разрешительные документы в порядке, можно.

— У мэня в порядке!

— Хорошо, хорошо, мы это проверим. Вы раньше на этой трассе не видели мотоциклистов?

— Не видэл? — Кавказец наморщил лоб. — Зачэм не видэл! Вчера видэл! И позавчера видэл! Этот же модел «Сузуки». Классный мотоцикл! Я все хочу своему парну купит, но пока нэ заработал на такой. А этот малчишка, наверно, сэбе такой красавец мотоцикл на трупах заработал, чучхиани!

— Спокойно, гражданин Чантурия! После взрыва вы что-нибудь подозрительное видели?

— Что видэл? Мой машина разбит, вот что видэл!

— А красного цвета «девятка», она перед вами стояла, так?

— Да, так.

— Из нее никто не выходил?

— Нэ выходил? — Чантурия вновь наморщил лоб. — Вах! Как нэ выходил? Как раз мотоциклист проехал вперед, к светофору, мы все стояли, а мужик из красного «жигуля» выскочил к ларьку за сигаретами.

— Как он выглядел? Вы его рассмотрели?

— Нэт, зачем мне? Ну как? Качок такой. Стрижка короткая. Бычара. Лица нэ видэл, врать нэ буду.

— Рост?

— Что рост? Рост как рост. Высокий такой. Сто восемьдесят или даже выше.

— Он в машину вернулся?

— Какой вернулся?! Тут как раз и рвануло.

— А после взрыва вы его видели? Ну представьте, у мужика машину покорежило. Что же, он ее бросил на дороге?

Кавказец наморщил лоб.

— Нэт, не вэрнулся! Точно. Я еще к его машине бросился.

— Зачем?

— Нэ знаю... В состоянии этого... эффекта.

— Аффекта, — машинально поправил Субботин.

— Ну да. Впереди пятерка стоял. Там мужик ранэный. Его женщин голосил как полуумный. Я и бросился к задней машине. Думал, нужно помощ какую оказыват, так чтобы бычара помог. А никого в машине нэ было.

Субботин связался по рации с напарником:

— Иван, допроси ларечницу из сигаретного киоска... — Дав вводную, он протянул Чантурия протокол допроса. — Ознакомьтесь, распишитесь. Если понадобится, мы вас еще вызовем. Вы никуда уезжать не собираетесь?

— Куда уезжат? Здэс бизнес, женщин любымый, ты что!

— Хорошо, распишитесь.

Продавщица из сигаретного ларька подтвердила тот факт, что за несколько секунд до взрыва высокий бритоголовый мужчина лет тридцати покупал у нее сигареты «Парламент». Расплатившись, мужчина завернул за ларек и исчез из поля зрения продавщицы. В этот момент и прогремел взрыв.

Женщину повезли на Петровку для составления фоторобота.

Глава 6
ДЕВОЧКА

Маша шла домой, зябко ежась в тонком, продуваемом всеми ветрами осеннем пальтишке. Пальтишко сначала носила старшая сестра, затем оно перешло к

Маше. А еще до старшей сестры пальто это носила другая девочка, из благополучной семьи. Вещи им часто отдавали соседи, которые не могли спокойно смотреть на свору вечно голодных, плохо одетых детишек Насти Разуваевой.

Разуваевы когда-то были обычной семьей обычного рабочего поселка, вернее, довольно крупного железнодорожного узла, где все мужчины работали на «железке», а женщины держали коз и кур, занимались огородом, кричали на детей и старели. Мужчины попивали и поколачивали домочадцев.

С раннего детства Маша знала, что уедет отсюда как можно скорее. Например, после восьмого класса можно уехать в областной центр и поступить там в педагогическое училище.

Но когда Маша училась в восьмом классе, отец, путевой обходчик, черной декабрьской ночью угодил под колеса скорого поезда. Как было сказано в медицинском заключении, «в состоянии тяжелого алкогольного опьянения». Мать взяла на себя его функции по части выпить и поколотить домочадцев. А на Машу и ее старшую сестру Нину были возложены все домашние обязанности, к которым, впрочем, добавились и хлопоты по уходу за младшими детьми, поскольку каждые год-два в доме появлялись новые братики и сестренки. Мать рожала от кого ни попадя, совершенно не заботясь о детях. Одни умирали, другие рождались... О педагогическом училище можно было забыть. Мать попросту не отпустила бы ее из дому. Да и горячо любимую Нинку не могла Маша бросить одну со всей этой сворой...

Ее сознание перевернулось, когда Маша заканчивала девятый класс, а сестра Нина, лучшая подруга и отчасти мать, уехала из поселка с каким-то чумовым археологом. Археологи работали у них целый месяц, возились с руинами древней церквушки. Они тоже были вечно пьяными, но веселыми, остроумными и так много знали... Нина с Машей пропадали у них каждую свободную минуту.

Минуты выпадали поздними вечерами, когда все дела по дому были переделаны, а у археологов горел костер, звучали под гитару чудесные песни, по кружкам разливалось вино. И один из них, бородатый, чернявый, похожий на цыгана, не сводил влюбленных глаз с Нинки. И все повторял, что такой красоты он не видел нигде — ни в Москве, ни в Париже. Но Маше и в голову не приходило, что это случайное знакомство, это беззаботное и ни к чему не обязывающее времяпрепровождение может закончиться словно финал волшебной сказки. Не для нее, для Нины. И еще она никак не думала, что Нинка сможет вот так запросто бросить ее и уехать неизвестно куда... Впрочем, почему неизвестно? Нина прислала письмо, в котором сообщала, что вышла замуж и уезжает с мужем в Германию. Ничего себе, сходили на вечерний костерок!

Маша, оставшаяся в доме за старшую (не принимать же в расчет вечно пьяную мать), поняла две вещи: нет ничего невозможного в этой жизни, следует только идти напролом к поставленной цели. И второе: каждый за себя! Только за себя!

Она взялась за учебу с каким-то бешеным остервенением. По сути, весь десятый класс она прожила в доме учительницы Раисы Михайловны, которая очень жалела способную девочку и изо всех сил натаскивала ее для поступления в институт. Окончив школу, Маша рванула в областной центр, не оглядываясь назад, на бессмысленно улыбающуюся вслед уходящему автобусу мать и ватагу братьев и сестер, поднявших рев на весь поселок.

Поступить на дневной не удалось — не добрала баллов. Но это и к лучшему. Зато прошла по конкурсу на заочный факультет Московского гуманитарного университета, устроилась на работу в детский сад, где нянечки всегда были в дефиците, а бесплатная еда — в избытке. Первый год она там и жила — в детском саду. И только потом сняла комнату, вернее, угол, у давних знакомых отца. К тому времени она была уже воспитательницей и подрабатывала уборщицей. Можно было выкроить на отдельный угол в чужом доме, но на свой собственный дом — нет, никак. Но это пока! Это временно! За пять лет, проведенных вдали от дома, она осознала, что: первое — красива, второе — умна, третье — достаточно образованна.

Оставалось познакомиться с принцем. Желательно иностранным. С этим было труднее. Хотя их городок, почти сплошь усеянный прелестными церквями, привлекал толпы туристов, пробиться в экскурсоводы все никак не удавалось. Слишком хлебное место, слишком много желающих. Что ж, может, ее ждет совсем другой успех?

Она подошла к двери подъезда, опасливо оглядываясь по сторонам. Как хорошо, что она назначила ему свидание возле арки, а не здесь. Теперь нужно быстро вбежать наверх, потому что он непременно пожалует сюда, не обнаружив ее в условленном месте.

Маша взлетела на четвертый этаж, нажала кнопку звонка.

— Ты что такая заполошенная? — окинула подругу внимательным взглядом Надя. — Гонятся за тобой, что ли?

— Пока нет, но все возможно, все возможно...

— Этот твой Ромео семнадцатилетний, он, что ли? — усмехнулась девушка.

— Да, он! А что? — с вызовом ответила Маша. — Вообще-то ему восемнадцать, ты это прекрасно знаешь.

— Ну да, ну да, — рассмеялась подруга. — Большой мальчик. Жениться может, да?

— Да!

— Что же не женится? Мама не разрешает?

— Отстань, Надежда! Завидуешь?

— Чему? — хмыкнула Надя.

— Тому, что он такой молоденький, чистый. Что я на пять лет его старше, а он меня обожает.

— Что ж тут удивительного? Ты его первая женщина. Еще бы ему... Но это ненадолго, не надейся, — безжалостно произнесла она.

— Да тебе-то что? — обозлилась Маша и взялась было за ручку двери.

— Ладно, ладно, я пошутила, — испугалась девушка. — Раздевайся, Антон Владимирович уже здесь, — шепнула она. — Ждет тебя не дождется... Везет тебе, Машка!

Маша сняла меховую горжетку, облагораживающую старенькое пальто, разделась, поправила складки платья. Это платье, единственное нарядное, купленное в дорогом магазине, очень ей шло. И волосы сегодня лежали как-то особенно хорошо, и глаза блестели, и вся она чуть дрожала, словно породистая лошадка или лань...

— Надя, — шепнула Мария, — если он придет, ну... в дверь позвонит, ты скажи, что меня здесь нет, ладно? Он меня ждет неподалеку... Я сказала, что к тебе за выкройкой зайду.

— Зачем же ты ему сегодня свидание назначила? Знала же...

— Ах, что я знала? Что Антон назначит встречу на сегодня? Откуда? Ты мне только днем сообщила. А он с утра телефон оборвал.

— Сама виновата. Приручила...

— Ну все, хватит, хватит! — злобно шепнула Маша.

— Девочки, что вы там так долго? — послышался густой баритон, и тут же в дверном проеме появился высокий вальяжный мужчина, этакий опереточный красавец.

— Мария! Ты ли это, душа моя? Приди, припади к моей груди, мое юное дарование, лучшая из моих студенток, любимейшая из учениц!

Он шагнул навстречу Маше, обнял ее, прижал к себе. Девушка ощутила его запах, почти забытый, а сейчас вновь узнаваемый и завораживающий смесью дорогого табака, коньяка и парфюма.

Маша села рядом с Антоном Владимировичем за накрытый белой скатертью стол, уставленный рыбными и мясными деликатесами и нарядными бутылками.

Здесь еды на неделю, отметила Маша. Вот был бы у меня свой дом, он бы все это ко мне принес, а не к Надьке, мимоходом с привычной злостью подумала она, мило улыбаясь при этом Антону Владимировичу. Тот стремительно принялся ухаживать, наливать шампанское, накладывать в тарелку всякие вкусности.

— Ну, Машенька, рассказывай, как живешь? Надя уже отчиталась, пока мы тебя ждали. Хочу узнать о тебе все: где работаешь, с кем дружишь, как проводишь досуг, чем разгоняешь скуку...

Антон Владимирович раскурил трубку, благодушно и с удовольствием разглядывая девушку.

— Да что же узнавать, Антон Владимирович? — пожала плечиком Маша. — Когда мы с вами в последний раз виделись?

— Летом, душа моя. Когда я приезжал сюда экзамены у заочников принимать. Летом мы виделись. Или ты забыла? — укоризненно взглянул он в зеленые глаза.

— Помню, конечно! Как не помнить, — улыбнулась ему Маша. — С тех пор, собственно, ничего нового не произошло. Работаю там же, в детском саду. Через год обещают заведование.

— Замуж не вышла?

— Вас жду, — спокойно глядя в глаза бывшему преподавателю, ответила Маша.

— Ну это напрасно, это напрасно, — несколько натянуто рассмеялся преподаватель. — Я уже стар для тебя. И недостаточно хорош, душа моя.

— У Маши молодой жених есть, — тут же наябедничала Надя.

— Вот как? — удивленно поднял бровь преподаватель.

— Да, есть, — с вызовом откликнулась Маша, бросив на подругу свирепый взгляд. — Есть! Юный мальчик из очень хорошей семьи. Он моложе на пять лет и обожает меня. Просто обожает!

И она прошила Антона Владимировича ледяным взглядом.

— На пять лет моложе? — всплеснул руками тот. — Помилуй, Машенька, зачем же тебе детский сад? Тебе этого добра на работе хватает! И ты сама еще не настолько стара, душа моя, чтобы западать на юных мальчиков. Тебе нужен зрелый мужчина. Способный оценить твой ум, красоту. Дать тебе положение в обществе.

— Осталось только найти такое счастье, — усмехнулась ему Маша.

— Ну, голубка моя, я тебе обещаю, что в следующий раз привезу сюда какого-нибудь подходящего холостяка. С деньгами и положением. Чтобы собственноручно, так сказать, передать тебя в надежные руки.

— Вы уже обещали это в прошлый раз. Давайте лучше выпьем, — подняла бокал Маша.

Надежда злорадно посмеивалась.

— Отличная идея, — подхватил Антон Владимирович — За встречу! — провозгласил он тост и, значительно глядя Маше в глаза, коснулся ее бокала своим. Раздался мелодичный звон и одновременно короткий, резкий звонок в дверь.

От неожиданности Маша дернула рукой, соусник наклонился, и густая красная жижа пролилась на платье.

— Единственное платье! — вскричала она. — Вот черт! Гадство!

— Машенька, ну что за ерунда? Я куплю тебе завтра новое!

— А это что, выбрасывать? Надя, да открой же дверь! Это он! Он так и будет трезвонить!

Надя, фыркнув, вышла из комнаты.

— Пойдем, душа моя, пойдем в ванную, я замою твое платье. Это же ерунда на постном масле...

Он встал, взял ее за руку, повел по коридору. Маша, что-то сердито выговаривая, шла за ним. Надя открыла дверь, за ней слышался взволнованный мальчишеский голос. Маша юркнула в ванную.

— Что такое? Кого ты испугалась, прелесть моя? — шагнул следом Антон Владимирович.

Он наклонился, обнял ее, приник к полуоткрытым губам, рука потянулась вниз. Щеточка усов щекотала кожу. Маша отдалась поцелую...

Они вернулись в комнату. Надежда, явно злясь, курила и смотрела телевизор. Маша была замотана в ее махровый халат. Ишь, два раза завернулась, как в кокон. Чтобы подчеркнуть, какая она худая, а я толстая, еще больше разозлилась Надя.

— Где твое платье?

— Засыпала солью. Не знаю, отойдет ли...

«Черта с два отойдет!» — подумала Надя. Настроение немного улучшилось.

— Я уж вас потеряла, — нарочито весело произнесла она. — Твой юный пионер, Машка, он бешеный какой-то. Зашипел на меня, как змееныш. Будто я виновата, что тебя здесь нет.

— Кто это? — весело поинтересовался Антон Владимирович. Он выглядел словно холеный, сытый кот.

— Да поклонник Машкин, сосунок этот...

— Ладно, давайте выпьем, — перебила подругу Маша. — Антон Владимирович! Дамы желают шампанского!

— Желание дам — закон для меня!

Бокалы были стремительно наполнены.

— За что выпьем?

— Давайте за наш университет, — предложила Надежда. — За альма-матер. Все-таки здорово, что мы с Машкой получили образование в московском университете, пусть и заочном! Это же звучит гордо!

— Присоединяюсь! — вставил Антон Владимирович.

Они выпили. Пузырьки шампанского били в нос,

46

Маша сморщила его и была похожа на девочку-школьницу.

— Теперь я понимаю, Машенька, почему в тебя влюбляются юные пионеры. Ты и сама как пионерочка. Тополек в красной косынке, — явно любовался ею Антон Владимирович.

— А как там наши преподы поживают? — опять встряла Надя, которой совершенно не нравилась эта игра в одни ворота. В Машкины, разумеется. Нужно было пригласить своего ухажера, Саню. А то сидит здесь как на чужой свадьбе. — Как там бывший ректор поживает?

— О! Прекрасно! Что же с ним сделается, со старым хрычом? Шучу. Мы с ним приятельствуем. Что ж, он большая шишка. Вы его по университету помните?

— Нет. Когда мы поступили, он уже ушел. Слышали очень много, это правда. От девчонок со старших курсов.

— Да, насчет девчонок он у нас мастак...

— Но он ведь и помог многим, — как бы невзначай вставила Маша. — Я слышала, что он многих девочек, которым симпатизировал, пристроил в модельный бизнес. И в рекламу.

— Возможно, возможно... А вам с Надюшей тоже хочется в рекламу? — усмехнулся Антон.

— Почему нет? — вскинула бровь Маша.

— Деточка моя, это только с виду все так лучезарно. Огни рампы, и все такое... Знаю я этих девочек-мотыльков. Промелькнула — и нет ее. Кроме смазливой мордочки нужно кое-что еще уметь и иметь в этой жизни...

— Что уметь? Что иметь?

— Покровителя, например. Или большие деньги. Просто так в телевизор не пускают, — улыбнулся он и поймал на себе напряженный, даже сердитый взгляд Маши. И принялся растирать грудь с левой стороны.

— Что-то устал я. Сердце побаливает. Надюша, где у тебя прилечь можно?

Он прекрасно знал, где можно прилечь. И Надя знала, что он знает. И Маша знала, что они все знают... И каждый его приезд они ломали одну и ту же комедию...

— В соседней комнате, Антон Владимирович. Там уже постелено. Может, доктора вызвать? — участливо спросила она.

— Нет, не нужно. Просто устал от студентов, от экзаменов. Маша вот что-то сердито на меня смотрит...

— Что вы, Антон Владимирович, — всплеснула руками Маша. — Я не сердито, я вижу, что вам нехорошо, и волнуюсь за вас.

— А ты лучше принеси мне коньячку рюмочку в постельку, хорошо? Ну я пошел, жду тебя.

Они лежали на узкой тахте, за стеной тарахтел телевизор.

Антон все терзал ее, разворачивая то так, то этак. Она сотрясалась под его тяжелым телом, словно кукла. Она делала все, что он требовал, исполняла каждую его прихоть, не забывая постанывать в нужных местах...

Наконец он угомонился, откинулся. Маша перевела дух.

— Хорошая ты девка, Машка! — дружески потрепал он ее по груди.

Его тон показался ей невероятно оскорбительным. Она просто задохнулась от этих слов. И, сцепив зубы, переводила дыхание.

— Каждый раз еду сюда и думаю: Машу увижу! И сердце радуется, представляешь? Уж сколько раз поднимался вопрос о том, что хватит, дескать, выездные сессии экзаменационные устраивать, пусть заочники сами приезжают. Но я — ни в какую! Как же, думаю? Как же моя Маша? Как я без нее буду? — весело откровенничал Антон.

— А я замуж выхожу, — ровным голосом ответила вдруг Маша.

— Как — замуж? — Антон даже привстал на локте. — Ты — замуж? Не может быть!

— Почему не может? — зло рассмеялась Маша. — Что, на мне уж и жениться нельзя? Такая никудышная?

— Нет, что ты! Ты чудесная! Замечательная! Но... За кого же тебе в этой дыре выходить?

— За мальчика... За Сережу.

— Это за поклонника твоего? — Антон упал на постель и расхохотался. — Ну ты даешь! Пожалей ребенка!

— Почему — пожалей? — разозлилась Маша. — Да он счастлив будет, понимаешь? Он до меня дотронуться боится! Хочет и не смеет! Пока я сама не позволю. Ноги мне целует, слышишь? Он меня боготворит! И будет всю жизнь... — Она задохнулась, смолкла и отодвинулась от него.

Замолчал и Антон. Так они и лежали молча. Затем Антон протянул к ней руку, погладил по голове, провел пальцами по лицу, ощутил на них влагу.

— Маша, ты плачешь, что ли? — испугался он.

Девушка молча мотнула головой.

— Плачешь, — подтвердил он, слизывая соленую влагу с пальцев.

— Нет! Да! Плачу! Сколько лет ты приезжаешь

сюда? Пять! Пять лет два раза в год ты приезжаешь, развращаешь меня...

— Ой, ну только давай без достоевщины, — поморщился в темноте преподаватель.

— Хорошо, приручаешь к себе. Я за этот месяц привыкаю, привязываюсь... И каждый раз ты мне обещаешь, что заберешь меня в Москву. Что устроишь в шоу-бизнес, или в рекламу, или еще куда...Что поговоришь с нашим ректором бывшим, что покажешь меня ему. А потом уезжаешь. И нет ни тебя, ни твоих обещаний. Я устала. Устала снимать углы, приглашать тебя в гости к подругам... Я выхожу замуж за хорошего, честного, чистого, умного мальчика, понял?

В комнате опять повисла тишина. Затем Антон произнес:

— Послушай меня. Ты ведь не дурочка, понимаешь, что просто так взять и всунуть тебя в телевизор, или в кино, или на подиум я не могу. У меня есть связи, но не такие. Не такого уровня. Сейчас, милая моя, за все нужно платить.

«А я! А я что делаю?..» — едва не вскрикнула Маша. И вцепилась зубами в подушку.

— Тихо, тихо, ну что ты так? Хорошо, я тебе твердо обещаю, что переговорю с кем нужно. Конечно, ты очень красивая женщина. И умная. Но нужно не только это и не столько это. Нужно быть фотогеничной, обаятельной, раскованной, органичной. Нужно уметь быть дурочкой. Это в кадре. А за кадром нужно быть хитрой, злой, жестокой, никому и ничему не верить. Отстаивать свои интересы...

— Я все это могу! Ты совсем не знаешь меня! — убежденно произнесла Маша.

— Да? Что ж, сказано так, что я уже почти верю.

Хорошо, когда Алик будет проводить следующий кастинг, я тебя вызову. О'кей?

— Йес! — Маша захлопала в ладоши.

— А теперь мне пора в гостиницу. Сколько там на часах? О, уже четыре. Нужно собираться. Давай-ка я тебя напоследок немножко изнасилую. Так, неофициально...

— Антон, ты обещал на платье... Оно испорчено.

— Конечно, моя радость. Возьмешь сколько нужно. Потом, потом...

— Нет, сейчас! — жестко произнесла девушка.

— Ого! Сколько металла в голосе. Ты ли это? — изумился Антон.

— Я. Просто я хорошая ученица. Схватываю на лету...

Антон расхохотался и потянулся за бумажником.

Через час они тихо прокрались к дверям, чтобы не разбудить спавшую в кресле Надю.

Маша повернула замок, выглянула на площадку и отпрянула, захлопнув дверь.

Глава 7

ВМЕСТЕ

Она должна была позвонить, но не звонила. Сергей маялся, бродил по комнате, бесцельно перебирая то тетради с конспектами, то глянцевые проспекты мотоциклов. Он включал магнитолу, ставил диски. Временами ему казалось, что в прихожей звонит телефон, он нажимал на кнопку, чтобы остановить музыку. И вслушивался в звенящую тишину. Снова ставил запись, и опять ему слышался телефонный звонок. И телефон действительно дребезжал. Но это не его. Мама подзывала то отца, то бабушку, то сама болтала с подругами. И он решил не ждать больше. Сел за стол, раскрыл конспект, включил музыку. Он любил учить математику под Стинга. И тут в комнату вошла мама.

— Тебя к телефону, Сергей.

По тону, каким были произнесены эти слова, и по особому выражению маминого лица, словно собранного в кулачок, он понял, что звонит Маша. И кинулся в прихожую.

— Здравствуй, Маша, — выдохнул он в трубку.

— Это мама подходила? — весело и ласково спросила Маша.

— Да...

— Какой у нее голос...

— Какой? — напрягся Сергей.

— Красивый. А как ты догадался, что это я звоню?

— По... лицу.

— Мамином?

— Да...

— А...

Голос Маши сразу погас, словно выключатель повернули. Сергея бросило в жар. Вот дурак!

— Нет, ты не думай...

— А я ничего и не думаю, — пренебрежительно кинула Маша.

— Ты что сегодня делаешь? — торопливо спросил Сережа, чтобы уже покончить с проклятым маминым голосом.

— Я... Стираю. Да, стираю. Скоро мой день рождения. Нужно приготовиться.

— Можно, я зайду?

— Нет. Я буду занята, я же сказала.

— Ну, пожалуйста, я не буду мешать, — канючил Сергей.

— Нет, — холодно и решительно отвечала Маша.

Но чем больше она отнекивалась, тем вернее было, что он придет.

Он начал собираться, едва повесил трубку. Для начала отправился в душ.

Маша жила на одной из тихих улочек недалеко от центра. Снимала угол у старых знакомых ее отца. Сереже становилось смешно и грустно, когда она говорила: «Да, снимаю угол».

Как будто этот угол был геометрической фигурой. И Маша его фотографировала. На самом деле ничего смешного не было в том, что двадцатитрехлетняя женщина живет в одной квартире с чужими людьми: отцом и дочерью. Отец был крепкий мужик лет шестидесяти. Еще работал. Дочь — Александра, старше Маши лет на десять, все время пыталась учить Машу жить. Так рассказывала ему Маша. Комната, в которой обитали Александра и Маша, была большой, метров тридцать. И Машин «угол» с большим стрельчатым окном был довольно обширной частью комнаты за шкафами. Там всегда было холодно, потому что батареи грели плохо. В Машином «углу» стояли тахта, покрытая уютным шерстяным пледом, небольшой письменный столик с зеркалом над ним и двумя стульями рядом и ножная швейная машинка «Зингер». Маша хорошо шила. Основными ее клиентами были хозяева.

Сергей позвонил. Долго никто не открывал. Он еще раз нажал кнопку. И снова тишина. Наконец за дверью послышались шаркающие шаги, и дверь распахнулась.

Маша стояла на пороге в халате, в больших, явно мужских кожаных шлепанцах на босу ногу. Руки ее были мокрыми. Волосы — влажными и закручивались веселыми барашками вокруг чистого лба.

Всякий раз, когда готовился увидеть ее, Сергей напоминал себе: да, она красива. Ну и что? Пора бы привыкнуть... И не мог привыкнуть. Каждый раз стоял, словно громом пораженный...

— Ну что ты? — рассмеялась Маша. — Что ты как столб соляной?

— Я... Можно к тебе? — теряя от волнения голос, спросил Сергей.

— Ой, ну что ты! Ну конечно нет! — рассмеялась Маша.

В этом она вся. Таким тоном говорят «да». Ну конечно да! А она — нет! Весело и непринужденно. И он тоже рассмеялся.

— Если полчаса подождешь, я выйду.

— Полчаса? Конечно!

Полчаса... Ха! Час, два — сколько потребуется. Он спустился вниз и стал ждать ее у лестничного окна.

И она действительно спустилась к нему ровно через полчаса. Они вышли во двор. Там, за трансформаторной будкой, была их скамеечка. Никому не видная, уютная скамеечка. Сережа достал из рюкзачка детское пикейное одеяльце, заботливо расстелил.

— Садись.

— Это твое? Из детства?

Сережа неопределенно кивнул, опасаясь насмешки.

— Хорошо, что захватил. Ты у меня заботливый, — ласково проговорила Маша и села. Сергей просиял, опустился рядом, осторожно обнял Машу. Она держала спину прямо, не поддаваясь его объятию.

— Что ты? Что ты, Маша? — Он заглядывал в ее лицо.

— Сереженька, я так больше не могу. Так нельзя.

— Что?

— Ну зима же, Сереженька. Холодно! А я хочу, чтобы было тепло. И чтобы я могла куда-то прийти. Это обязательно, понимаешь? Сколько же можно? Вот сейчас я из ванной, распаренная и на мороз... Я же простудиться могу...

— Мы в кино ходим. Там тепло, — глупо ответил Сережа.

— Ах, что кино? — как воспитательница на слова недоумка вздохнула Маша. — Это же не дом. И потом, не все же тратить на кино деньги, которые она дает тебе на завтраки. И этот угол... И ждать тебя по утрам, когда все уйдут... А вдруг кто-то вернется? Помнишь, так уже было. Александра забыла зонтик и вернулась в самый неподходящий момент... Ну что мы все бродим по улицам, сидим во дворах?.. Целоваться на морозе холодно!

— Мне с тобой всегда тепло. Всегда и везде.

— Это тебе тепло, а мне холодно...

— Не надо так... Не говори так... Это неправда. То есть это, конечно, правда... Но ведь я тебя люблю! И ты меня... любишь. И мы часто бываем одни, совсем одни... Нам еще здорово везет! Я иногда удивляюсь, как нам везет... И ты знаешь, ведь я все могу... Все-все. Правда! И знаешь, счастье ведь в каждом из нас, не в обстоятельствах, понимаешь... Вот я люблю...

— Ну да, ты любишь... Я забыла. Дай, посмотрю на тебя. Ты еще ребенок. Мой любимый мальчик. А я злая. Я плохая, испорченная. Хотя... Кто знает. Ты говоришь, что без всего можешь прожить. Но ведь ты не знаешь, можешь ли без этого прожить! Ты живешь дома, понимаешь? Д о м а. Мама тебе ужин готовит. Постельку расстилает. Одевает тебя. Что молчишь?

— Я... Я уйду, если ты хочешь! Я завтра же уйду! Я тебе уже говорил...

— Ах, перестань! Ты же умненький, зачем говорить глупости? Никуда ты не уйдешь, милый. Ты привык. Ты, солнышко, гораздо больше без этого не можешь, чем я. Тебе не уйти...

— Уйду!

— Ну что ты! Ну вот и обиделся. Какой ты еще ребенок! Ну не ребенок. Я пошутила... Я же ласково... Ну дай я тебя поцелую. Вот сюда и сюда... Ну, наклонись...

Сережа упрямо вырвался из ее рук.

— Все равно завтра же уйду! Не потому, что ты... А вообще...

— Ну куда же ты уйдешь, Сережа? Ко мне, за шкафы? Да кто же тебя туда пустит? Александра? Ее папаша? Да они нас обоих выгонят, понимаешь? Главное, зачем тебе уходить? Для меня? Мне это не нужно! И почему, собственно, ты должен уходить? Ты прописан, имеешь все права, — она тихонечко рассмеялась. — Знаешь что? Ты же можешь... Ты можешь привести меня... — она смотрела в сторону и продолжала говорить, все посмеиваясь, как будто говорила в шутку: — Ты вполне взрослый человек и можешь привести к себе любимую женщину, а что? У тебя же отдельная комната... Правда, маленькая, ну и что?.. Ты приведешь меня и скажешь: вот, мы решили... Представляю, какое будет у н е е лицо!

Маша продолжала хохотать, но вдруг всхлипнула и затихла.

— Ну что? Что молчишь... Что, не приведешь? Слабо ведь... А то приведи. Заживем. Отдельно, законно.

— Не надо, не надо так говорить, прошу тебя... Ты же знаешь...

— А что я такого сказала? Что — не надо? Что я такого знаю?! А если я хочу к тебе прийти?! Почему же я не могу?! Почему?

— Ты сама знаешь. Это будет не жизнь...

— Почему же — не жизнь? О н а ведь у тебя умная, благородная, сдержанная. Слова лишнего не скажет. Почему же не жизнь? — Маша помолчала и продолжила дрожащим голосом, глотая слезы: — Я вот иногда мечтаю, чтобы она была стерва. Чтобы, к примеру, сахар считала или яйца... Да я бы счастлива была... А, собственно, чем о н а такая уж хорошая? Не перебивай, знаю, знаю... Но ведь это выгодно, быть такой хорошей. Она ведь тебя этим и держит. Ты же ее боишься! Не любишь — боишься! Будто я тебя отнимаю. В этом-то все и дело, если разобраться! Это ведь не любовь, а чувство собственности: мое, никому не отдам! Что молчишь? Я знаю, ты сейчас думаешь так же, как о н а. Вы похожи.

— Я на отца похож.

— Перестань! Я не о лице говорю, и ты прекрасно понял!

— Д-да, — пробормотал Сергей. И Маша сразу смягчилась.

— Ты все-таки удивительный! — пропела она. — Только ты можешь так ответить «да». Немного набычившись, но так... За душу берет. Ведь никто, никто не знает, какой ты на самом деле! Ты еще маленький, не обижайся, маленький, правда. А какой же ты будешь, когда повзрослеешь? Господи, все с ума будут сходить! А я буду гордиться — это мой! Буду или нет? — заглянула она ему в глаза.

Сережа даже чуть отпрянул. Так властно, требовательно мерцали в темноте ее глаза.

— Будешь, — не очень понимая, о чем она, ответил он.

— Ну и хорошо! — она рассмеялась, прижалась к нему.

Они целовались. Так долго, что у Сергея закружилась голова.

— Ну все, все, хватит, — она ласково провела по его щеке. — Да, совсем забыла... У меня ведь день рождения скоро..

— Я помню! — с жаром воскликнул Сережа. — Давай пойдем куда-нибудь!

— Куда? Куда же мы пойдем, дурачок?

— Ну... К ребятам моим в общагу...

— Не хочу я туда! — резко отстранилась Маша. — Там твои придурки... Будут смотреть на меня, как... Не хочу!

— Ну хорошо, можно у тебя...

— С Александрой? С ее папашей чокнутым? Нет уж, уволь, они мне и так надоели дальше некуда...

— Хорошо, пойдем в ресторан! — храбро заявил Сергей.

— На какие шиши? Да и вообще... У меня платья нет.

— Как же? А синее? Оно очень красивое и так тебе идет.

— Нет больше синего. Надька на него соус пролила. Это она специально!

— Зачем? Вы же подруги...

— Она мне завидует. Тому, что я красивая. Тому, что ты у меня есть. Знаешь, как она говорит? «Сколько ты еще будешь с этим сосунком возиться? Он же типичный маменькин сынок!» А я ей отвечаю: «Дура ты, Надька! Ничего не понимаешь»...

— Я достану денег! — вскричал Сергей.

— Перестань, не нужно... Ты меня не слушай... Я ведь тебя люблю... Люблю, а вот еще и платье нужно... Люблю, а пойти нам некуда... И ты ведь ничегошеньки не можешь. Даже не задумываешься для приличия, настолько не можешь!

— Не надо! Только молчи! Я достану! Ты купишь новое платье! И мы пойдем в ресторан!

— Прости, милый, не сердись... Я не хотела... Господи, не хочу я в ресторан. Я хочу с тобой дома быть, понимаешь, д о м а! Чтобы у нас был свой дом и чтобы никто нам не мешал. Где он, дом?

Она отвернулась. Сергей отчаянно прокричал:

— Я решу! Я все решу, честное слово! И денег достану, и вообще...

— И мы летом на юг поедем? Я никогда не была на море...

— Поедем! — воскликнул Сергей. — Господи, деньги! Разве дело в деньгах? Хорошо, я переведусь на заочный, пойду работать. Все у нас будет, слышишь? — с отчаянием проговорил он.

— Тихо, тихо, маленький... Ну что ты так? Я верю, все будет... Я подожду немножко... До лета еще четыре месяца... Все будет хорошо. И в ресторан пойдем, я немножко накопила. А потом ты что-нибудь придумаешь... Ты не слушай меня, когда я такая... Это от неустроенности, — и, помолчав, тихо и жестко произнесла: — Или, наоборот, слушай... Потому что я от безысходности черт знает что натворить могу...

Он по-щенячьи уткнулся носом в ее холодную щеку, развернул к себе, прижал крепко-крепко.

— Я тебя не отдам. Никому, слышишь? — прошептал он в пахнущие морозом волосы.

Глава 8

ВРЕМЯ СОБИРАТЬ КАМНИ

В кабинете Турецкого проходило первое рабочее совещание в связи с расследованием уголовного дела, возбужденного по факту гибели граждан Трахтенберга, Шатрова, Сидихина и неизвестного мотоциклиста.

За длинным столом сидели оперативники, следователи, эксперты-криминалисты. Присутствовал, разумеется, и Грязнов.

Начальный этап расследования включал анализ первой информации о самом происшествии, о его жертвах и об убийце. На основании этого анализа и рождались версии.

Только что следователь Задохин живописал присутствующим общую картину происшествия, тыкая карандашом в схему, отображавшую местоположение участников трагического события.

— Таким образом, — закончил он, — взрывное устройство находилось в сумке, которую киллер, видимо, держал между ног. И когда светофор дал «красный», парень положил взрывное устройство на крышу «вольво». Это подтверждают все свидетели, находившиеся в непосредственной близости к «вольво». Из этого следует, что, первое: киллер знал, каким маршрутом будет двигаться «вольво». То есть знал, какой дорогой Трахтенберг ездил с работы домой. Второе — знал, в какое время в этот день бизнесмен покинул свой офис, а он покинул его раньше, чем обычно, на целый час в связи с днем рождения. Третье: киллер знал, что Трахтенберг сидит в первом автомобиле, а не в джипе сопровождения, и, наконец, четвертое: киллер знал, что на данном перекрестке почти всегда горит «красный».

Переключение на «зеленый» там очень кратковременно, буквально на полминуты. А потом полторы минуты — «красный». В этом месте всегда бывают пробки.

— Да какой он киллер? — перебил Турецкий. — Профессиональные киллеры с места происшествия уматывают по-тихому. И ищем мы их месяцами, а то и годами... Личность мотоциклиста удалось установить?

— Пока нет. Никаких документов на теле убитого не нашли. Зато нашли японскую рацию, закрепленную на поясном ремне. Она мигала «красным», вызывая киллера на связь. Парню на вид лет двадцать. Дали по телику фото для опознания, но пока ни ответа, ни привета.

— Использовали парня, ясно как божий день! Поди, вагон денег наобещали. А они, байкеры эти, все-таки долбанутые слегка. У них вообще инстинкт самосохранения отсутствует.

— Парень не похож на байкера, — вставил следователь Безухов.

— Почему, Кирилл?

— Они же очень специфичны, все на одно лицо — как китайцы. Могучий торс, сверху донизу в дорогой коже, волосы в хвост завязаны, нарочитая небритость, татуировки на теле... А этот парень — как антипод.

— Антикиллер, — вставил кто-то остроумный.

— В принципе, да, — согласился Безухов и покраснел. Но продолжил: — Я на вскрытие ездил, видел, что никаких татуировок нет; тело сильное, спортивное, но не перекачанное, не грузное. Куртка кожаная, но явно не из дорогих...

— Зато мотоцикл у него супер-пупер, — опять вклинился тот же голос.

61

— Да, мотоцикл очень дорогой, это верно. Спортивный «Сузуки». На таких предпочитают гонять «стрит-райсеры».

— Кто?

— Ну, любители экстремальных гонок по городу. Неподготовленный водитель с таким мотоциклом сразу не справится.

— А ты говоришь, не байкер! — перебил Грязнов.

— Да, не похож, — упрямо повторил Безухов. — Мотоцикл он мог взять напрокат. Или его парню кто-то дал. Стрижка опять же аккуратная. Чисто выбрит. Хороший мальчик из хорошей семьи...

— Осталось семью найти, — буркнул Грязнов.

— Не спеши, Вячеслав Иванович, всему свое время, — успокоил друга Турецкий. — Время разбрасывать камни и время собирать их... А за кем этот мотоцикл числится? Кто хозяин?

— Мотоцикл числится в угоне. Уже полгода. Номера перебиты.

— А где прежний хозяин?

— В США. Уехал на ПМЖ. Три месяца тому назад. Связаться с ним пока не удалось.

— Ладно, это за тобой. Криминалист здесь? Где Зуев?

— Здесь, я, Александр Борисович! — высунулся из-за спины соседа невозмутимый Алик Зуев.

— Анекдоты там, что ли, втихаря травите? Расскажите, все посмеемся.

— Какие анекдоты, Сан Борисыч? Обсуждаем с Петровичем детали взрыва.

— А можно к вам присоединиться? — съехидничал Турецкий.

— Отчего же нет, — все так же невозмутимо пожал плечами Зуев. — Я так понимаю, что должен просветить товарищей по оружию по поводу взрывного устройства?

— Верно понимаешь. Приступай.

— Есть приступать! Мощность взрывного устройства соответствует килограмму в тротиловом эквиваленте. Оно самопальное, безоболочное, кумулятивного действия. То есть взрыв был направленным и предназначался именно Трахтенбергу.

— Поясни.

— Поясняю. Начинка бомбочки состояла из чешского пластита. Крыша автомобиля была вскрыта кумулятивной струей, на схеме указано, вот, смотрите, — он указал на экран, куда проецировалось изображение с ноутбука. — Для этого в пластите выдавили воронку, благо взрывчатка эта мягкая — лепи, что хочешь. Благодаря этой незатейливой конфигурации энергия взрыва распространяется не равномерно во все стороны, а концентрируется в этой самой воронке. И, как автогеном, прожигает броню. Дальше работали поражающие факторы этой самой кумулятивной струи: во-первых, она создала колоссальное избыточное давление внутри броневика, то есть взрывную волну в маленьком, замкнутом пространстве. Волну такой силы, что водителю оторвало голову, а стекла близлежащих домов вылетели аж до четвертого этажа.

— Вот, кстати, наши ребята в Чечне прекрасно знают, что в кабине танка один из люков должен быть открыт... — вставил сосед Зуева, оперативник Марченко.

— Верно, Петрович, — кивнул Зуев. — Если бы кто-то из пассажиров захотел, положим, покурить и приоткрыл окно, последствия не были ли бы столь ужасны...

— То есть живы бы остались?

— Это вряд ли, — невозмутимо откликнулся Зуев.

Присутствующие рассмеялись.

— Мне это анекдот напоминает, — встрял Грязнов. — Саня, разреши, расскажу.

— Валяй, тебя разве остановишь...

— Стюардесса инструктирует пассажиров перед взлетом: дескать, пристегнитесь, это очень важно. В случае крушения непристегнутые пассажиры разбиваются всмятку. Поступает вопрос из салона: «А пристегнутые?» Ответ: «А пристегнутые сидят как живые».

Посмеялись еще раз.

— Это действительно в тему, — продолжил Зуев. — Поскольку пассажиры «вольво» были убиты, если можно так выразиться, три раза. Первую причину смерти я охарактеризовал — это необычайно мощная взрывная волна, наносящая не совместимые с жизнью повреждения. Второе: от брони при взрыве отлетели осколки. Пассажиры были убиты еще и кусками собственного автомобиля. Далее возникший следом пожар... Трупы Трахтенберга и Сидихина сильно обгорели... Плюс угарный газ... даже не три, а четыре причины смерти.

— Алик, не отбирай хлеб у судмедэксперта, — остановил его Турецкий.

— Прошу прощения, — улыбнулся Альберт.

— Каким образом взрывное устройство приводилось в действие?

— Дистанционно. Радиоуправляемое. На теле мотоциклиста обнаружена рация. Японская. Такие, между прочим, использует наша родная московская милиция. Не хочу никого обидеть...

Все почему-то посмотрели на Грязнова.

— А я-то что? За все рации в городе отвечаю? Вы что себе позволяете... — взревел было генерал.

Турецкий не дал вылиться праведному гневу и мигом «перевел стрелки»:

— А первое покушение на Трахтенберга, оно похоже на это?

— Да, похоже. Тогда бизнесмен ездил на джипе «тойота». Тоже была подложена взрывчатка, правда, мощность заряда поменьше — четыреста граммов в тротиловом эквиваленте. Тот же пластит. Но взрывчатка была заложена в днище автомобиля, и Трахтенберг не пострадал. На этом месте сидел охранник, которому оторвало ногу.

— Видели мы его, — кивнул Турецкий.

— После первого покушения Трахтенберг и пересел на броневик.

— Что же это за броневики такие делают, что они ни хрена не спасают? — заметил Грязнов.

— Кто занимался автомобилем?

— Я, Александр Борисович, — кивнул сидевший рядом с Зуевым оперативник. — С этой машиной изначально сложности были, несчастливая машина.

— Это очевидно. А поподробнее?

— Этот «вольвешник» продавал салон... — он назвал один из самых модных и дорогих автосалонов города. — И что-то он у них застрял. Не продавался никак. Потом его взял в аренду Трахтенберг. В мае этого года, после первого покушения. Броню ставили в Чехии.

— Что ж так говенно поставили? — не удержался Грязнов.

— Нормально поставили, товарищ генерал. Просто не тот класс брони, вот и все.

— Расшифруй, Петрович, — попросил Турецкий.

— Вообще, есть два пути бронирования транспортных средств. Заказать броневичок в России на заводе-изготовителе или облечь в броню уже имеющуюся машину. Обычно предпочитают второй путь, так как отечественный производитель еще не освоил в полной мере этот вид услуг. За рубежом, в Европе в частности, используется, как правило, защита уровня В4+. По периметру такая броня держит пулю с мягким сердечником, выпущенную, скажем, из АК-47. Такие боеприпасы в нашей стране сняты с вооружения еще в 1991 году. Их сейчас только в Китае выпускают.

— Как в самой мирной стране, — заметил Грязнов.

— Ну да, — согласился Петрович. — Что касается крыши — дело обстоит еще хуже: она держит лишь выстрел под углом в тридцать градусов. Это опять же актуально не для нас, а для Европы, где киллеры ходят на дело с пистолетами. Для более серьезного оружия и для взрывчатки броня уровня В4+ помехой не является. В наших же Палестинах более актуальна защита от модернизированного «калаша» с бронебойно-зажигательным патроном или патроном, имеющим термоупрочненный сердечник — все остальное просто несерьезно.

— М-да-а, что немцу здорово, то русскому смерть, — снова вклинился неугомонный Грязнов.

— Ну да. Для наших богатеньких Буратино оптимальный вариант — своеобразная капсула. Это когда защита устанавливается по всему салону, от двигателя до багажника. То есть бронируются пол, крыша, стойка дверей и все внутренние полости.

— Это уже танк получается.

— Вот именно! А автомобиль не танк. Тот же «вольво» имеет довольно слабую подвеску и такую могучую броню просто не выдержал бы.

— Да если бы и выдержал... Народ у нас талантливый. На каждую хитрую гайку найдет свой болт с винтом... — пробурчал Грязнов.

— Вот именно! — перебил друга Турецкий. — Поэтому давайте перейдем к талантам и, так сказать, поклонникам. Кто собирал информацию о Трахтенберге? Ты, Кирилл?

Глава 9

КТО ВЫ, МИСТЕР?

— Ну давай, рассказывай, кто он, доктор Зорге.

Застенчивый молодой человек, Кирилл Безухов, придвинул к себе сцепленные степлером листки.

— Арнольд Теодорович Трахтенберг родился 14 июля 1954 года в Ярославле...

— Ишь ты, в День взятия Бастилии, стало быть, родился... — отметил Грязнов.

— В этот же день и погиб, — откликнулся Турецкий. — Продолжай, Кирилл.

— ...Окончил Московский заочный гуманитарный университет, где потом несколько лет преподавал русский язык и литературу. Затем стал деканом, потом ректором университета. Последние годы совмещал педагогическую деятельность с рекламной. А в 1995 году покинул стены родного учреждения и создал вместе с двумя компаньонами рекламное агентство «АРТ». Это агентство в 1996 году получило очень выгодный заказ на ведение президентской кампании, чем и прославилось.

— Так это мы ему обязаны... — пробурчал Грязнов.

— Кто ему такой заказ подкинул, вот что интересно, — заметил Турецкий.

— Интересно, — согласился Безухов, — учитывая, что агентство «АРТ» рекламировало в том числе «Аэрофлот». Арнольд Теодорович известен в соответствующих кругах как талантливый, предприимчивый человек, обладающий, как говорят спецы, легкой рукой. То есть, если Трахтенберг взялся что-либо раскручивать, успех гарантирован. В частности, он принимал участие в раскрутке таких известных брендов, как автомобиль «форд», радио «Глобус», весьма известного зарубежного пищевого концерна. А два года назад стал золотым призером конкурса «Лучший бренд года» за продвижение одной из марок пива. Женат первым браком, от которого есть дочь двадцати лет. Она учится в Англии. Со слов вдовы, врагов у него не было и никаких угроз покойный не получал...

— А бронированный автомобиль завел так, для интереса... — хмыкнул Грязнов.

— Продолжай, Кирилл.

— Вот, собственно, и все. Это первая и, конечно, далеко не полная информация. Что касается водителя-охранника, это Семен Шатров. Он, как и вся охрана бизнесмена, является сотрудником ЧОП «ТТ». Работают там люди серьезные, в основном офицеры бывшего КГБ. Рядом с Трахтенбергом находился некто Сидихин, бывший полковник ОБЭП, а ныне зэка. Этот гражданин, согласно официальным данным, отбывает наказание в одной из колоний, расположенной в Ленинградской области. Вернее, отбывал.

— Про Сидихина мы знаем. Непонятно, правда, что он делал в этой машине... — заметил Турецкий. — А не занимался ли покойничек еще каким-нибудь бизнесом?

— Занимался. Одно время увлекался недвижимостью. Строил дома в Москве. Но после скандала со сносом здания девятнадцатого века, представлявшего собой памятник архитектуры, занятие это забросил. Больше пока ничего на него нет. Времени прошло мало, всего сутки.

— Хорошо, Кирилл, спасибо. Ну что, товарищи сыщики, дельце нам выпало необычное. С одной стороны, убийца, так сказать, налицо. Можно взять да закрыть дело хоть сейчас. С другой стороны, совершенно очевидно, что убийство это заказное. А кто заказчик? Или заказчики? Вот что и предстоит выяснить. Удручает то, что неизвестный гражданин, водитель красной «девятки», где была обнаружена та же рация, что и на теле киллера, скрылся с места происшествия. Но не стоять же ему возле киоска в ожидании, когда мы попросим его пройти с нами... Такого счастья не бывает. Есть отпечатки пальцев, снятые с руля и внутренних частей автомобиля. Но таковых не обнаружено в соответствующих анналах. То есть искомый гражданин не судим. Машина, как водится, числится в угоне. Интересно, а в Москве кто-нибудь, кроме присутствующих здесь граждан, пользуется не угнанным автотранспортом? Ладно, это я к слову. Кроме того, есть фоторобот, составленный со слов киоскерши. Показали уже его по ТВ, но тоже пока мимо кассы. Кстати, всем присутствующим следует с ним ознакомиться. Получите ксерокопии после совещания. Какие будут соображения? Например, по поводу киллера? Что это у нас за убийцы такие развелись: двадцати лет от роду, из хороших семей... Последнее, впрочем, не факт. Мы разных киллеров видывали. И лощеных денди в том числе. Смущает возраст... Хотя... Красиво жить хочется и в двадцать.. И, наверное, сильнее, чем в сорок.

— Вот он и пожил... — усмехнулся Грязнов.

— Да подставили парня, — раздался баритон Олега Левина, «важняка» и помощника Турецкого. — Помните, как убили Новожилова? Тогда тоже парнишку наняли. А он слинять не успел. И провалил все дело. Всех взяли. Вплоть до заказчика.

— Я бы не стал так уверенно проводить аналогию, но в принципе, киллер-самоубийца — это что-то новенькое в отечественной криминалистике, — кивнул Александр Борисович.

— Я ж говорю, подставили! Могли нанять и сказать, что, дескать, рванет через пять секунд. И ты, мол, парень, на своем «сузуки-бандите» успеешь оторваться. А рвануло сразу.

— А могли парню вообще «левый» пульт подсунуть. А рвануть с другого, — заметил Петрович.

— Ну да. Стоял некто за табачным киоском. Нажал на пульт, убедился, что все сработало, — и... ноги в руки. Там ведь первые минут пять такой переполох был, никто ничего не соображал, включая постовых...

— Ладно, что гадать? Нужно действовать. А для отработки алгоритма действий нужны... Что?

— Версии.

— Совершенно верно. Итак, первая версия — убийство Трахтенберга и компании явилось следствием теракта. Думаю, мы ее отметаем сразу, чтобы не тратить время на поиск женщин-шахидок, закамуфлированных под мужчин-байкеров. Почему, Кирилл? — решил проверить подчиненного Турецкий.

— Потому, Александр Борисович, что взрыв был строго направленным. А при террористических актах взрывное устройство обычно начиняется металлическими штуковинами, например болтами, обрезками проводов и так далее, чтобы увеличить радиус поражения и число жертв.

— Согласен. Вместо слова «штуковины» я бы применил что-нибудь более научное, но в целом ты прав. Громыхнуло, правда, здорово. Но число жертв при этом минимально: только пассажиры «вольво» да киллер. Остальные отделались легкими ссадинами и сильным душевным переживанием. Напрашивается версия о профессиональной деятельности убитого как причине смерти. Тем более что одно покушение уже было. И «броневик» покойный завел себе не случайно. Олег Борисович!

— Да, Сан Борисыч, — откликнулся Левин.

— Необходимо собрать информацию о том, что делается в рекламном бизнесе. В частности, бывали ли уже покушения на «рекламщиков»... А я тебе и сейчас скажу, что наверняка бывали. Когда и сколько? И по чью душу звонил колокол? И как там нынче расположены фигуры, на этой шахматной доске. И какую клетку занимал Трахтенберг.

— Понятно, Сан Борисыч.

— Еще охрана, Саня! — включился Грязнов. — Вернее, служба безопасности. Куда же они смотрели, когда такую «неправильную» броню на тачку ставили? Может, просто бдительность шефа усыпляли? Кроме того, учитывая, что время последней поездки Трахтенберга к дому было необычным, ясно, что кто-то предупредил киллера. Кто-то из самых близких.

— Охрана? А им зачем? Они теперь безработные.

— Мало ли какие мотивы бывают... Я бы занялся охраной.

— Хорошо, займемся. И следует, так сказать, покопаться в бельишке покойного. Чем занимался кроме рекламы? Раз он у нас такой инициативный, — усмехнулся Александр.

— Правильно, — поддержал Грязнов. — Вон, Сидихин никакого отношения к рекламе не имеет, а сидел в машине Трахтенберга. О чем они беседовали? Заключенный и рекламный магнат...

— Секретарша Трахтенберга показывает, что Сидихин ждал в приемной несколько часов. А Трахтенберг все не принимал его. Потом, после напоминания секретарши, решил выслушать Сидихина в машине, по дороге домой, — вставил Левин.

— Ну и что? Не прогнал же. Согласился выслушать. Значит, что-то их связывало?

— Хорошо, Слава. Это верно и важно. Займемся. Ну и личная жизнь. Тоже всякое бывает. В этом бельишке тоже покопаться придется... Что ж, даю последние вводные — и вперед, по коням!

Глава 10
ОЖИДАНИЕ

И опять он не знал, придет она или нет. Хотя сегодня должна была прийти. Потому что сегодня они собирались купить ей новое платье. Но ее все не было. Сережа топтался на перекрестке, то разглядывая витрину магазинчика, то раскуривая очередную сигарету, и прокручивал в памяти нынешний день...

День начался очень рано. Ах, как трудно подниматься зимой по утрам! То ли дело летом: в окно бьет солнце, щебечут птицы, соседи весело переговариваются во дворе. И кажется, что, если проваляешься в постели лишнюю минуту, пропустишь что-нибудь важное и интересное. И вскакиваешь, делаешь разминку, потом пробежку, здороваешься на ходу с дворничихой Андреевной, могучей теткой, которая с такой силой взмахивает метлой, словно траву косит: вжих, вжих... Или с собачником Михал Михалычем, который уже вышел выгуливать своего сенбернара. И они ласково кивают ему, и он слышит, как они переговариваются, глядя ему вслед. Что вот, мол, какой хороший мальчик Сереженька. Студент, спортсмен, радость родителей...

Но это летом. А зимой все, все держит в постели. Холодный воздух, льющийся из открытой форточки, чернота за окном, тяжелое шарканье бабушкиных ног в коридоре, сухой, мучительный кашель отца...

И сразу вспоминаешь, что нынче контрольная или зачет... Или нужно вернуть долг Мишке Щербакову. И где взять денег... Этот вопрос последние дни сидел в нем острой занозой, дающей резкую боль при каждой мысли о Маше. А поскольку он думал о ней непрестанно, то и боль мучила его непрерывно, не давая делать самые нужные вещи. Вот он должен был подготовиться к контрольной по линейной алгебре, но не подготовился до такой степени, что даже шпоры не написал. Пришел в институт совершенно «стерильный». И стоял в коридоре перед аудиторией, безучастно разглядывая однокурсников. Вон Юра Огибин, отличник, чистый «ботаник», стоит как бы отдельно от всех. Не перелистывая в судорогах конспект, не пристраивая шпоры по карманам... Полон достоинства, чувства превосходства над остальными — суетящимися, копошащимися в своих домашних заготовках. Сережа подумал, что он и сам сегодня похож на Огибина — столь же загадочен и спокоен. Видимо, спокойствие определяют в равной степени как отличное знание, так и полное незнание предмета. Остальные еще чего-то трепыхаются. Борются за жизнь... Вон неразлучные друганы Королев и Голушко. Отрабатывают систему передачи информации посредством мобильной связи. Королев пристраивает к уху микрофон, прикрывая его лохматой шевелюрой. В микрофон Голушко будет по мобильнику надиктовывать ответ. «Был бы у меня мобильник»... — лениво подумал Сережа.

И перестал думать. Потому что в эти последние дни, вернее, бессонные ночи, когда он ворочался на своей узкой тахте, мутная злоба, обида на родителей, от которых он зависел каждой клеточкой своего тела, сформировалась в решение, которое он загонял в самый дальний угол сознания. И теперь было не до мобильника.

Двери аудитории открылись. Ребята кинулись внутрь, занимая дальние столы. Сережа спокойно сел в первый ряд. Красивая молодая преподавательница увещевала группу:

— Что за скопление народа на задних рядах? Впереди совершенно свободно. Ну же, не стесняйтесь! Прошу пересесть вперед!

Призыв относился ко всем, следовательно, ни к кому конкретно.

— Ну что вы как маленькие? Берите пример с Огибина и Гончарова. Когда человек подготовлен, ему незачем прятаться за спины товарищей!

Сережу ужасно рассмешило, что его включили в компанию отличника.

— А вы, Гончаров, рано веселитесь, — преподавательница тотчас сделала строгое лицо. — Ну, быстро расселились по одному человеку за стол!

Через пару минут она прошла по рядам, раздавая листки с вариантами. Мгновенно установилась напряженная тишина. Сережа разглядывал свой листок, не понимая ни слова из задачи. Вообще ни одного слова. Словно он вообще не учился полгода у этой же преподавательницы. Словно не он сдал в зимнюю сессию эту же линейную алгебру на вполне твердую четверку.

От нечего делать он разглядывал аудиторию. Нагло вытащив тетрадь с конспектом, строчил изо всех сил двоечник Куприянов. Преподавательница что-то писала в журнале, изредка поднимая глаза и делая вид, что не замечает, как группа отчаянно «шпорит». Более того, с некоторым недоумением она взглянула на Сережу, который меланхолично вертел шариковую ручку.

Сергей склонился над листком и старательно, вспоминая правила создания портретов, полученные на школьных уроках рисования, начал рисовать преподавательницу. Он так увлекся, что не заметил, как пролетело время. Первым сдал работу Огибин, за ним потянулись другие. Вот и Куприянов отдал исписанные листки. Сережа, очень довольный своим рисунком, сложил листок и положил его на стол преподавательнице.

Он вернулся засветло. Дома была только бабушка.

— Сереженька, это ты?

— Я, бабуля

— Зайди ко мне.

Сережа вошел в маленькую, тесно заставленную мебелью комнату. Здесь всегда стоял особый, тяжелый запах. Запах старости.

— Что-то нехорошо мне. А нитросорбит кончился. Сбегай в аптеку, милый. Деньги возьми в комоде, в верхнем ящике.

Сережа с трудом выдвинул тяжелый, набитый всякой всячиной ящик. Стопки писем, шкатулки с документами, какие-то счета. В правом углу — две сотенные бумажки. А в глубине — пачка тысячных купюр. Он впился в них взглядом. Тысяч пятнадцать, а то и больше... Сережа ухватил около трети пачки, сунул в карман. Затем взял сотенную, закрыл ящик. Все это он проделал мгновенно и бесшумно, только сердце колотилось так громко, что казалось, бабушка непременно слышит его стук.

— Нашел?

— Да, бабуля. — В горле пересохло. Сережа откашлялся.

— Ты никак простудился? — испугалась бабушка.

— Нет, что ты! Все в порядке. Ты лежи, я мигом!

Он принес лекарство, напоил бабушку чаем, посидел с ней рядом, рассказал, как прошел день, как хорошо он написал контрольную, заверил, что с завтрашнего дня снова начнет делать зарядку по утрам...

Бабушка заснула. Сергей дождался, когда вернулся с работы отец, и исчез, радуясь, что не пересекся с мамой, которая, конечно, увидела бы по его лицу, что что-то произошло...

Маша бежала к остановке. Автобус извергнул на слякотную мостовую серо-черную людскую массу, втянул новую порцию горожан и, пыхтя и поскрипывая, собирался тронуться с места. Маша едва успела добежать. И не втиснулась бы ни за что, если бы сзади ее не протолкнула в салон твердая мужская рука. Пристроив ногу на ступеньку, поджав вторую, Маша искала опору для рук. И почувствовала, что сзади ее поддерживают. Автобус, натужно кряхтя, тронулся было, но тут заглох мотор. Пассажиры качнулись единым движением, Маша поняла, что сейчас непременно упадет назад, но та же твердая, крепкая рука ухватила ее за локоть. Чуть обернувшись, она увидела мужчину восточного типа, лет сорока, не более.

— Извините, — убирая руку, произнес мужчина. — Испугался, что вы упадете, хотел помочь.

— Спасибо, — чуть кивнула Маша.

У него был едва заметный акцент и звучный низкий голос.

— Можно, я вас еще поддержу? — спросил голос.

Автобус опять тряхнуло, пассажиры на долю секунды взлетели вверх и шмякнулись вниз, словно куль с картошкой. На Машу навалилась огромная тетка, стоявшая ступенькой выше, и толкала ее назад, прямо в крепкие объятия жителя гор.

— Извините, — пробормотала теперь уже Маша.

— Что вы, мне очень приятно, — не спеша выпускать девушку из объятий, заверил восточный человек.

— Вы на следующей остановке выходите?

— Конечно. Иначе как же выйдете вы? — резонно заметил он.

Он вышел, подал ей руку. Маша наконец рассмотрела автобусного рыцаря. Стройный, хорошо одет, очки в дорогой оправе.

— Меня зовут Арам, — улыбнулся мужчина.

— Маша, — опустила ресницы девушка.

— Маша... Удивительно! Знаете, это самое любимое мною женское имя. Просто удивительно... Наверное, это судьба.

Маша не возражала, выжидающе поглядывая на рыцаря.

— Вы торопитесь, Машенька?

— В общем, да, — улыбнулась та.

— Но, может быть, вы уделите мне пять минут... Здесь рядышком чудное кафе. Варят настоящий кофе по-турецки.

Маша медлила.

— Пожалуйста! Вы поразили меня в самое сердце! Я не могу вас потерять, это... бесчеловечно!

Он так жалобно посмотрел на нее, что Маша рассмеялась.

— Ну хорошо, только недолго. Меня ждут.

Они сидели в кафе. Арам заказал кофе, коньяк и пирожные. Маша наслаждалась легчайшим йогуртовым пирожным с вишнями.

— Как вы замечательно с ним управляетесь. Вообще, вы очень красиво едите, вам это известно? Редко возникает желание смотреть на жующего человека, особенно на женщину. А с вас глаз спускать не хочется... Вы здешняя?

— Ну да, — улыбнулась Маша, облизывая губы кончиком языка. — А вы?

— Я москвич. Здесь в командировке. Впрочем, достаточно длительной...

Словно ток пробежал по Машиным жилам. Как будто был произнесен некий пароль... Как можно небрежнее Маша спросила:

— И что за командировка?

— Я реставратор. Мы приехали реставрировать храм Успения Богородицы. Нас здесь целая бригада маляров, — улыбнулся он.

— А-а, восемнадцатый век. Там недавно обнаружены росписи Врубеля. То есть росписи-то были изначально. Авторство Врубеля обнаружено недавно.

— Верно, — оживился Арам. — А вы, кроме того, что красавица, еще и образованная девушка. Имеете отношение к искусству?

— Я педагог, — скромно улыбнулась Маша. — Просто я здесь родилась и выросла. Как же мне не знать? — Да, именно так! Не рассказывать же ему родословную с вечно пьяной мамашей в анамнезе.

— Может быть, вы пригласите меня на чашечку чая? А то, знаете ли, в гостиничный чай вечно подмешивают соду, — жалобно произнес Арам.

Маша рассмеялась.

— Может быть, приглашу. Но не сегодня. Сегодня меня ждут.

— Жених? Нет, вы скажите сразу, Если жених, я заколю его кинжалом.

— Может быть, и жених, — смеялась Маша.

— О, горе мне, горе! И что, вы выйдете за него замуж?

— Может быть, и выйду, — смеялась Маша.

— Он, наверное, старый, толстый, но богатый, да? Я угадал?

— Нет, все наоборот, — смеялась Маша.

— Что, бедный и худой? Ой, зачем вам такой? Худые очень злые и упрямые.

— Он молодой, красивый, умный.

— Не выходите замуж, не надо... Я не переживу!

— Ну... Я еще не решила. Хотите, я вам его покажу?

— Зачем? Чтобы знал, на кого точить кинжал?

Маша хохотала, запрокинув голову, показывая ряд белоснежных зубов.

— Я сейчас с ума сойду! Вы не женщина, вы демон!

Маше не понравилось это сравнение. Она чуть нахмурилась, взглянула на часики.

— Знаете, мне пора. Спасибо вам.

— Как спасибо? И это все? А реквизиты? Телефон, телефакс?

— Мне правда пора. Телефон... Что ж, пожалуйста...

Они вышли на улицу.

— Я вас все же провожу. Нельзя отпускать такую красивую девушку одну.

Сережа продрог. Вот ведь странно! Бывает мороз за двадцать, а дышится легко, и будто не чувствуешь холода... А сырой ветер пробирает до самых костей... Нужно думать о чем-то приятном. Но что же приятного может прийти в голову, когда стоишь тут фонарным столбом уже почти час?! И не уйти. Она знает, что он никуда не уйдет, будет стоять, пока не окоченеет... Он попробовал мысленно рассердиться на Машу. И в этот момент сзади на него прыгнули, теплые руки обвили его шею. Сережа обернулся, схватив Машу в охапку.

— Привет, миленький! Заждался? Ты уж прости, никак было не вырваться. Представляешь... — ласково говорила Маша, глядя куда-то за его спину...

Сережа оглянулся. Чернявый мужик в дорогой дубленке прошел мимо, внимательно оглядев его. Этот взгляд был чем-то очень неприятен Сергею...

— Эй, ты что, не слышишь? — тормошила его Маша. — Представляешь, мамаша Яковенко опоздала на целый час! Всех детей давно разобрали, а я все сижу с ее сопливым Дениской... Просто зла не хватает! Ну что ты так смотришь? — рассмеялась она.

Он смотрел на ее лицо с румянцем на нежных щеках, на колечки кудрей, выбивавшиеся из-под шапочки, на такие трогательные ямочки... Неприятный мужик испарился, будто его и не было. А были только эти кудри и ямочки на щеках.

— Соскучился.

— И я, милый, соскучилась. — Она поднялась на цыпочки и поцеловала его в щеку.

И весь минувший день истаял, растворился в ее блестящих глазах.

— Ну, куда пойдем? — как бы мимоходом спросила Маша.

— Как куда? Покупать тебе платье, — небрежно ответил Сергей.

Лицо Маши просияло, она опять чмокнула его и повисла на локте.

— Идем! Я уже присмотрела, если честно. Только не знаю, хватит ли нам... У меня немножко есть...

— Пусть тебя ничего не волнует! Главное, чтобы тебе оно нравилось, — солидно произнес Сергей. И застеснявшись этого взрослого тона, тряхнул Машину руку, зажатую в его ладони:

— Ну, где твой магазинчик?

— Бутик, — смеясь, поправила его Маша.

Они шагали, взявшись за руки, размахивая этой общей рукой, и прохожие улыбались им вслед...

— Смотри, какое шикарное! — указала она глазами на что-то бледно-зеленое. — Не бойся, я не это выбрала. Это очень дорогое... А я вон то, черное...

— Нет, примерь именно это!

— Сереженька, это невозможно! Оно очень дорогое!

— Ерунда! У меня есть деньги. Я же говорил, что достану, — и достал!

Она долго торчала в примерочной. Сережу усадили в кресло, и он, как взрослый, самостоятельный мужчина, ждал свою женщину, листая какой-то дурацкий журнал мод.

Наконец Маша отдернула штору. И Сергей ахнул. Платье безумно, невероятно ей шло, оттеняя серо-зеленые глаза, делая ее выше, строже и... шикарнее, что ли. У него дух перехватило.

— По-моему, неплохо, да? — улыбалась Маша. — Если еще волосы поднять...

Она показала, какой должна быть прическа, придерживая волнистые пряди рукой.

— Вам очень, очень идет, — подтвердила продавщица. — И заметьте, это авторская вещь. Эксклюзив.

— Берем! — воскликнул Сергей.

— Хороший выбор, — одобрила продавщица, с сомнением оглядывая Сергея. — Будете платить наличными или...

— Наличными, — уверенно произнес Сергей.

Платье было упаковано в фирменный пакет. Они вышли и, едва завернули за угол, Маша повисла на его шее, осыпая поцелуями.

— Спасибо, Сереженька! Когда ты такой, я самая счастливая женщина! Ты у меня самый лучший, самый щедрый, самый красивый...

Сережа был запредельно счастлив.

Потом они пошли в кино. Смотрели какую-то дребедень модного режиссера и целовались, целовались...

Он вернулся домой очень поздно, почти не видя сжатое в кулачок лицо мамы, поджидавшей его на кухне.

— Я третий раз разогреваю тебе ужин, — сухо произнесла она.

Этот сухой, отчужденный тон стал уже привычным, с тех пор как в его жизни возникла Маша. «Значит, она еще не знает», — подумал Сергей, принимаясь за еду.

Глава 11

НА ТРЕЗВУЮ ГОЛОВУ

Турецкий сидел в своем кабинете, просматривая бумаги в ожидании Грязнова. Накануне, во время ежевечернего созвона и обмена впечатлениями за день, было решено встретиться нынче пополудни, дабы обсудить новую информацию по взрыву на пересечении улиц Вавилова и Дмитрия Ульянова.

— Ну что, Санечка, как дела? — вместо приветствия поинтересовался Грязнов, возникший в кабинете Турецкого, едва приемник, настроенный на волну «Маяка», пропиликал полдень.

— Дела у прокурора... — машинально ответил Александр, отодвигая бумаги и снимая очки.

— ... А у помощника генерального так... делишки, — продолжил Грязнов.

— Какое там! Чем выше сидишь, тем дальше видишь. А знания умножают скорбь.

— Да?

— Да. А то ты не знаешь. Сам что, низко сидишь?

— Ладно, оба мы хороши. Кофейком-то угостишь? А то ведь время пить кофе! Я, Санечка, пожертвовал собственным, извиняюсь, ланчем, дабы предстать пред твоими светлыми очами.

Грязнов уже доставал из дипломата свою знаменитую фляжку.

— Что это ты велеречив не в меру? Ты меня ни с кем не путаешь?

— С кем же тебя можно перепутать, гордость Генпрокуратуры?

— С Клавдией Сергеевной, например.

— С Клавой? Господь с тобою! Как же можно перепутать коня, в смысле жеребца, с трепетной ланью? Это я так, от избытка хорошего настроения.

— Есть повод?

— Для чего?

— Для хорошего настроения?

— Нет, Санечка, поводов особых нет. Но я уже в том возрасте, когда повода ждать не стоит. Можно и не дождаться. А лучше создавать его себе самостоятельно. Глядишь, и повод найдется. Согласен?

— А то! — рассмеялся Александр. — Наташа, сделай нам кофейку. И бутербродов настрогай, пожалуйста, — через селектор попросил он.

— Что, Ириша теперь бутерброды тебе не делает? Зазналась, что ли, как жена высокого чиновника?

— Так нет сейчас Ириши. Они же с Нинкой в Черногории.

— Фу-ты, забыл, старый пень! Ладно, угостимся бутербродами, сделанными твоей секретаршей. Симпатичная особа, между прочим.

— Ты на моих секретарш рот не разевай! У тебя свои есть.

— Так чужое всегда вкуснее, хоть бутерброды, хоть секретарши, — все балагурил Вячеслав.

Симпатичная Наташа внесла поднос.

— Правда, Наташенька? — обернулся к ней Грязнов.

— Что — правда? — От неожиданности девушка едва не пролила кофе.

— Что самые симпатичные девушки работают в Генеральной прокуратуре. А самая симпатичная из них — помощником господина Турецкого.

Наташа покраснела, поставила поднос на журнальный столик.

— Не слушай его, Наталья, это старый ловелас...

— Я старый солдат, и не знаю слов любви, — вскричал Грязнов. — Но в данном случае слова сами льются с моих уст...

— Я могу идти, Александр Борисович? — промолвила ошеломленная Наташа.

— Иди, конечно. И никогда не верь старым солдатам, поняла? Знают они слова любви. Даже слишком хорошо! — как бы строго произнес Турецкий.

— Да, — кивнула Наташа и испарилась.

Друзья рассмеялись.

— Ну, доволен? Напугал девушку?

— Пусть привыкает, Санечка! Она живет в мире мужчин!

— Интересная мысль. Что ж, наливай. За что пьем-то? Не за мужчин же...

— Упаси боже! Мы же не гомики какие... Только за женщин! За женщин, украшающих жизнь мужчин!

— Хорошо сказано. Присоединяюсь.

После чашки кофе, пятидесяти граммов отменного коньяку и пары бутербродов на душу населения, разговор, само собой, перешел на производственную тему.

— Ну что? Кто начнет? — Грязнов полез в дипломат.

Турецкий закурил.

— Давай я начну. Вот что накопали мои ребята о «рекламных убийствах». Информация собрана за десять последних лет. Начиная с девяносто третьего года, то есть до прихода господина Трахтенберга в этот бизнес. Вернее, до создания «АРТ», так как в бизнес он пришел, как ты помнишь, раньше, совмещая данную деятельность с педагогической. Так вот, в период с девяносто третьего по девяносто пятый «ребятишки-рекламщики» слегка постреливали, пошумливали, но так... Скорее для острастки. То машину чью-либо спалят, то какой-нибудь современный «коктейль Молотова» в офис закинут, то ранят какого-либо особо активного «рекламщика». Но все этак почти по-семейному. И вот летом девяносто пятого года было совершено покушение на гендиректора рекламного агентства SGS communication Ивана Артеменко. Это была видная фигура на шахматной доске. Ферзь. Председатель совета Российской ассоциации рекламных агентств.

Артеменко выходил из своего дома, когда неизвестный открыл по нему огонь из «макарыча». Стрелял почти вплотную. Артеменко получил два серьезных ранения: в бедро и в спину.

— Умер?

— Жив. Но не известно, что лучше... Нижняя часть тела парализована. Мужик прикован к инвалидному креслу. Живет теперь уединенно в одном из московских пригородов. Дальше у нас следует что?

— Президентская кампания девяносто пятого — девяносто шестого годов.

— Верно, мой проницательный друг! Так вот, до покушения основным кандидатом на проведение президентской рекламной кампании было именно агентство SGS communication... А после покушения...

— Проведение данной кампании было передано агентству «АРТ», правильно?

— И опять не ошибся, мой догадливый товарищ!

— Саша, не фиглярствуй... — поморщился Грязнов. — Или наливай!

— А-а-а, понял!

Выпив и подхватив по дольке лимона в сахарной пудре, друзья продолжили обмен информацией.

— Так вот... Прошли выборы, жизнь потекла своим чередом. А далее на протяжении девяносто девятого — две тысячи первого года от выстрелов киллеров погибают сразу три руководителя трех наиболее успешно дебютирующих на рекламном рынке агентств. И все. Тишина. С две тысячи второго года — тишь да гладь да Божья благодать. И знаешь, кто являлся председателем совета Российской ассоциации рекламных агентств начиная с две тысячи второго года по прошлую среду? Угадай с трех раз.

— Я сразу скажу — Трахтенберг.

— Вот именно! Комментарии есть?

— Есть. Картинка получается такая: в девяносто пятом произошел передел рынка. На место бывшего вожака стаи пришел новый Акела. Интересно, что Артеменко не убили, а именно изувечили, хотя, как ты говоришь, стреляли почти вплотную. В назидание другим, наверное. Как думаешь?

— В общем-то, так же. Интересно было бы с Артеменко пообщаться лично. Хоть он и изолировал себя от внешнего мира, но, думаю, проявит интерес к факту убийства Трахтенберга. Я уже звонил ему нынче с утра, передал через секретаря... или кто там у него, что хотел бы встретиться. Оставил телефоны. Подождем ответного звонка. Не дождемся, явимся сами, без приглашения.

— А как комментируют убийство Трахтенберга его коллеги или клиенты?

— Никак. Все как воды в рот набрали. Вот вчера Левин беседовал с руководством московских представительств марок «форд», косметических фирм, с пивоварами — это наиболее активные клиенты «АРТ». Все молчат. На каких условиях сотрудничали с Трахтенбергом? Каковы возможные мотивы убийства? Были ли у покойного враги? На все вопросы ответы весьма лаконичны: «Коммерческая тайна», «Без комментариев», «Не знаем, не видели, не слышали»... Все в этом духе.

— Так потому они и живы до сих пор, — усмехнулся Грязнов.

— Что касается партнеров Трахтенберга по бизнесу, они считают, что глава «АРТ» не мог стать жертвой коллег. Вот слушай показания Владлена Игнатьева.

— Это кто такой?

— Агентство «Триада». Рекламируют предметы гигиены, пищевые добавки, ну и пиво, конечно. Помнишь: «Мы такие разные...» Во, это они. Так вот что показал Игнатьев. Слушай: «Детище Трахтенберга входило в десятку самых успешных игроков на рекламном рынке. Это добросовестная компания, крепко стоящая на ногах. Сейчас на рекламном рынке так не убивают, не та ситуация. Да и сам Арнольд не был конфликтным человеком. С ним всегда можно было договориться...»

— Ага. А зачем же он, такой белый и пушистый, броневичок себе завел? И кто же покушался на него в прошлый раз?

— Думаешь, появился новый Акела?

— А что? Почему бы и нет? Через три года новая президентская кампания начнется...

— Не скажи, Слава. Все же таперича не то, что давече. Когда рынок поделен, он стабилен...

— Пока не появится новый желающий его поделить, — парировал Вячеслав. — Хотя у меня есть и другая версия...

— Да? Что ж, расскажешь. Хотелось бы все же переговорить с господином Артеменко. Он от активных дел отошел, видит ситуацию со стороны. И бояться ему, наверное, уже нечего: хуже не будет. Так что подожду звонка пару дней, а потом сам к нему выберусь. Ну а что у тебя? Что за версия?

— Меня все же интересовало, что делал в машине Трахтенберга бывший наш коллега Сидихин. Какие такие у них общие дела были?

— И что? Были?

— Представь, да! Оказалось, были эти ребятишки связаны когда-то совместным бизнесом.

— Что за бизнес?

— Старый как мир.

Грязнов помолчал и, насладившись недоумением Турецкого, закончил:

— Золото!

— А конкретнее?

— Пожалуйста! Я тебе говорил, что Сидихина повязали три года назад...

— При участии твоего суперопера Колобова, — не удержался Турецкий.

— Прошу без ехидства! Продолжаю: взяли его на «ювелирке». Была раскрыта целая сеть подпольного производства золотых изделий. Парни из ОБЭП утверждают, что господин Трахтенберг вел в этом бизнесе свою собственную партию. А «крышевал» его бизнес именно Сидихин, бывший тогда полковником того же ведомства. Взять Арнольда не удалось: не было доказательной базы. Никто из задержанных по этому делу его не сдал. Разрабатывали операцию фээсбешники. Все подробности у них.

— Вот как? Что ж, давай свяжемся с Самойловичем. Есть у нас, слава богу, свои люди в системе... Наташа, соедини меня с Самойловичем. Ага, спасибо, голубушка. Игорь Николаевич? Рад приветствовать! Как здоровье? Спасибо, тоже не жалуюсь. По делу, Игорь Николаевич, по делу... Тут у нас «вольво» взорвали, слышали? К счастью, да — на теракт не похоже. И киллер имеется в наличии. Правда, он у нас все еще неопознанный, но уже нелетающий объект... Хотелось бы на заказчика преступления выйти. Трое погибших, а с киллером — четверо. Да какой он киллер? Я тоже так думаю. Скорее всего, подставили. Вот и хотелось бы знать, кто у нас мальчишек под бомбы подставляет. Жертвы? Основная рыбина — акула рекламного бизнеса, господин Трахтенберг. Рядом с ним был некто Сидихин, бывший полковник... Знаете? Ах, вот оно что?! Меня-то вот что интересует: не были ли связаны покойнички какими-либо общими делами? Да? А вы не могли бы... Отлично! Завтра в это же время? Хорошо. Где? Мне к вам... Нет? Лучше вы ко мне? — Турецкий перемигнулся с Грязновым. — Понимаю. Что ж, завтра жду. Мы с Вячеславом Ивановичем будем вас ждать, — поправился он.

— Ну что там? Мадридский двор? «Лучше я к вам», — передразнил Грязнов манеру Самойловича тщательно произносить каждое слово тихим, бесцветным голосом. — От кого прячется?

— Ну, Слава, он же не обязан снабжать нас информацией без санкции своего руководства. Так что ты уж, пожалуйста, завтра не пыхти себе под нос! Учти, у него что-то есть, в том числе и на твоего Сидихина.

— Да раздражает он меня! Одно слово в минуту!

— Но заметь, каждому слову можно верить!

— Пока он свои тетрадочки и папочки раскладывает, карандашиком по ним водит... А потом начнет излагать от мезозойской эры до наших дней, пока дойдет до интересующего тебя конкретного момента... Это ж забеременеть можно!

— Прими контрацептив! Граммов сто! — рассмеялся Турецкий.

— Ладно, во имя истины я готов потерпеть даже Самойловича! — откликнулся Грязнов. — И даже на трезвую голову!

Глава 12
ЗОЛОТОЙ ПУТЬ

Игорь Николаевич Самойлович приехал на Дмитровку ровно к назначенному часу. Турецкий поднялся ему навстречу, приветливо улыбаясь. В отличие от Грязнова, Саша спокойно реагировал на Самойловича. Полковник ФСБ не вызывал у него раздражения. Напротив, Турецкому импонировали скрупулезность и тщательность, с которыми Игорь Николаевич вел каждое порученное ему дело. А что до занудства... Если бы весь мир состоял из одних «грязновых», можно было бы устать от суматохи. Для контраста нужны и «самойловичи». Да и человеческая порядочность полковника не вызывала сомнения, что гораздо более важно! И готовность помочь при расследовании опасных преступлений, которую Самойлович не раз проявлял, обращался ли к нему за помощью Костя Меркулов или он, Турецкий, — это тоже дорогого стоило.

— Добрый день, Игорь Николаевич, присаживайтесь, — Александр пожал мягкую пухлую руку. — Вот сюда, пожалуйста. Через минуту подойдет Грязнов, подождем?

Едва заметная тень мелькнула в серых, почти бесцветных глазах. И тут же исчезла.

— Подождем, — кивнул Самойлович.

«Это у них взаимная неприязнь, — улыбнулся про

себя Турецкий. — Самойлович, однако, умеет ее скрывать, в отличие от друга Славы...»

Друг Слава не заставил себя ждать. Едва Игорь Николаевич расположился возле длинного стола, как в приемной послышался сочный баритон Грязнова. Тот расточал комплименты секретарше:

— Наташенька, вы все хорошеете! Сколько же можно? Пожалейте старика!

— Ой, ну какой вы старик, Вячеслав Иванович! — игриво отвечала явно осмелевшая Наташа. — С вами еще очень даже можно... в кино сходить. На дневной сеанс, — почему-то уточнила девушка.

— Как на дневной? — вскричал Вячеслав. — На дневной, и только-то?! Я оскорблен и потрясен. Нынче же застрелюсь! — пообещал он хохочущей Наташе и ворвался в кабинет.

Губы Самойловича тронула едва заметная неодобрительная полуулыбка. «Что за фиглярство? Серьезные же люди!» — было написано на его лице. Но Саша не разделял этого высокомерного презрения. Ему нравилась манера Грязнова: если самому не создавать хорошего настроения и не заражать им окружающих, то кто это сделает? Кто, как не мы? Хорошее настроение — это немногое, чем заразить не зазорно...

— Заходи, Вячеслав. Садись! — улыбнулся ему Александр. — Мы тебя ждем.

Слава шумно поздоровался, излишне крепко пожал пухлую руку, чем опять вызвал на лице полковника легкую гримаску, шумно уселся, ерзая на стуле, пристраивая свое грузное тело, шумно высморкался в клетчатый платок... Самойлович, не реагируя на разыгранный для него спектакль, раскладывал на столе пластиковые папочки разных цветов.

— Курить будем? — прекрасно зная, что Самойлович не выносит табачного дыма, утвердительно спросил Грязнов.

У бедного полковника полезли вверх почти невидимые брови.

— Нет, Вячеслав Иванович, — решительно оборвал спектакль Турецкий. — Курить будем потом, под кофе и сопутствующие бутерброды.

— Лады, — легко согласился Грязнов и уставился на Самойловича. Дескать, говори уже что-нибудь, раз пришел.

Ну, Славка, ну, паразит! Вот возьмет полковник и уйдет. На фиг ему... Но, похоже, Самойлович удар держать умел.

— Александр Борисович, — невозмутимо начал он. — Вы просили вчера выяснить, что могло связывать Сидихина и Трахтенберга. А также подобрать информацию, которая могла бы пролить свет на их убийство, так?

Саша кивнул, обратившись в слух.

— Связь действительно прослеживалась. Эти господа были связаны «золотым бизнесом». Но, если позволите, я начну издалека.

— Разумеется. Мы вас внимательно слушаем, — стараясь не глядеть на друга, ответил Турецкий.

— Как известно, золотой бизнес — один из самых прибыльных. И действует он в наших Палестинах давно, со времен СССР. Поначалу действовали одиночки. Но там, где есть золотая жила, всегда найдутся желающие припасть к ней, так сказать. Что говорить? Достаточно перечесть Джека Лондона.

— Вот именно, — едва слышно пробурчал Грязнов.

Самойлович не обратил на него ни малейшего внимания.

— Так вот, в застойные восьмидесятые золотой песок с северных приисков уже утекал широкой рекой прямиком за границу. Контролировали этот процесс чеченские и ингушские преступные группировки. Это был изначально их бизнес. И вытеснить чеченов из поселков старателей было делом весьма сложным. Они проживали там вполне официально: каждый десятый житель — чеченец или ингуш. Таскали с приисков и драгоценные камни. Позже, в конце девяностых, в норильский золотой бизнес попытались войти армянские воры под руководством весьма авторитетного вора в законе Арама Барсегяна. Но не вышло. Арам был задержан на улице Норильска милицейским нарядом, а поскольку без ствола на улицу не выходил, ему вменили незаконное ношение оружия и упрятали в камеру. Через сутки физически крепкий Арам скончался на тюремной шконке от сердечного приступа. Вскоре от пуль и несчастных случаев погибло все ближайшее окружение армянского вора.

Грязнов шумно вздохнул. Самойлович невозмутимо продолжил:

— После этих разборок долгое время в «золото» никто не совался. Но пришли другие времена, началась эпоха дикого капитализма, а с ним и челночного бизнеса. И некоторые шустрые граждане быстро поняли, что из Турции можно возить не только дешевые тряпки, но и дешевое золото. Между прочим, знаете ли вы, где провел отроческие и юношеские годы господин Трахтенберг? В Норильске!

— Вот как? — удивился Турецкий. — Какими судьбами? Кажется, он родом из Ярославля.

— Ну да, родился в Ярославле. Арнольд Теодорович — сын военнослужащего. И мотался по стране вместе с родителями. Юношество пришлось как раз на Норильск. И кто ж в Норильске не знал, что чеченцы балуются золотом? И что это очень прибыльно. Каждый знал.

— И что?

— А то, что во времена «великого турецкого пути» Трахтенберг придумал свою схему. Свою цепочку, в которой действовали челноки, подпольные заводы и магазины. Челноки, или, как их называли, «верблюды», ввозили золотые изделия из Турции. Причем изделия создавались под заказ: привозились эскизы самых модных, пользующихся спросом золотых побрякушек. В Турции по образцам изготавливался товар, который «верблюд» вез назад, в Россию.

Иногда «верблюдов» ловили... Но надо отдать должное: на взятки Арнольд Теодорович не скупился. Если на месте «своего» таможенника случайно оказывался другой, «верблюд» декларировал ввозимое золото, заявляя, что намеревается открыть ювелирный салон. И сдавал золото на хранение, ибо кто же будет платить таможенные пошлины за столь дорогой груз, если его ввозят в количестве пятнадцать килограммов? Дураков там нет. Затем золото по-тихому просачивалось через таможню либо с помощью «своего» таможенника, либо какого-нибудь другого заинтересованного лица, вплоть до уборщиц, выносивших золотишко в мусорных баках.

— А как же проба? На изделиях должна ведь быть проба. Кто же ее ставил?

— Вы имеете в виду клеймение, — поправил Турецкого Самойлович. — Хороший вопрос, — кивнул он. — Чтобы на него ответить, я сделаю еще один небольшой экскурс в историю...

Грязнов отчаянно закашлялся. Турецкий не взглянул на него, поощрив Самойловича любезным:

— Продолжайте, Игорь Николаевич.

— После распада Союза протоптала свои криминальные тропы и отечественная ювелирная промышленность. Взять хоть известный завод под Костромой, самый большой в Европе. В советские времена на нем работало более трех тысяч человек. Но независимой России такое количество ювелиров оказалось не нужно. И куда было деваться уникальным специалистам, которых знатоки помнили по именам не только у нас, но и во всем мире? Самый известный мастер-ювелир застрелился от безысходности, оставив троих детей на произвол судьбы. Кто-то спился, а кто-то — и таких большинство — ушел в подполье. И отличить сделанные их руками изделия от легальных невозможно, поскольку работают те же люди, которые ранее производили данную продукцию на заводе. То же самое и с клеймением. По нашим данным, на заводах, изготавливающих кернеры...

— Что? — перебил Грязнов, вложивший в вопрос всю гамму обуревавших его чувств: Самойлович распинался уже полчаса, а до дела... Как до мировой победы социализма.

— Кернер — это инструмент в виде стального стержня с коническим острием для нанесения клейма.

«Восемь лишних слов!» — сосчитал Грязнов и сцепил зубы.

— ...Так вот, на этих заводах зачастую изготавливали кернеры и для «подпольщиков». Отличить одни от других было практически невозможно. Я подчеркиваю: было. Вот вам и преступная цепочка: контрабандная поставка золота — подпольное производство — незаконное клеймение — незаконная продажа через ювелирные магазины — прибыль! Клеймение было налажено прямо в Москве. Трахтенберг арендовал через подставное лицо полуразрушенный, заброшенный заводик и — вперед!

— А как нелегальные изделия «проходили» в магазинах?

— Обычно их сдавали на комиссию. Естественно, была необходимость в том, чтобы золото носили не один-два человека, а группа, так сказать, товарищей. Использовали утерянные паспорта, а то и паспортные данные умерших людей. Данные узнавали через паспортные столы. Говорю же, дело было поставлено широко!

— Какие это годы? — встрял бледный от тихой ярости Грязнов.

— Девяносто первый — девяносто четвертый.

— Насколько мы знаем, в это время Трахтенберг уже занимался рекламным бизнесом, да еще был и ректором в университете.

— Совершенно верно, — подтвердил Самойлович.

— Как же он совмещал?..

— Совмещал. До поры до времени... Он вообще активный был мужчина... Во всех смыслах. — Игорь Николаевич так посмотрел на Грязнова, что тот аж покраснел и зыркнул в сторону Александра Борисовича. «А я-то при чем? Это Турецкий у нас активный во всех смыслах», — выражал его взгляд.

Александр рассмеялся.

— Знаете что? Предлагаю сделать перерыв на кофе.

— И перекур! — взревел Грязнов.

— И перекур. У окошка.

Турецкий дал соответствующие указания через селектор.

— Одну минуту, Александр Борисович! — откликнулась мелодичным голоском секретарь.

Пока Грязнов шумно и сердито курил, Наташа

вкатила сервировочный столик, на котором уютно располагались кофейник, белоснежные чашечки и тарелочки. Очень аппетитно выглядели бутерброды с красной икрой и семгой, а также с нежнейшим карбонатом и твердокопченой колбасой, блестящей капельками жира.

— Ого! — присвистнул Грязнов, вдавливая окурок в пепельницу.

Наташа разлила кофе и так мило улыбнулась именно Грязнову, что тот совершенно растаял.

Глава 13
«ГОЛДОДРАНЦЫ»

После перерыва настроение Грязнова улучшилось настолько, что он почти ласково спросил Самойловича:

— Как я понял, золотым бизнесом Трахтенберг занимался до поры до времени...

— Совершенно верно. Вот мы и подбираемся к событиям не столь отдаленным. Итак, как я уже рассказал, Трахтенберг вел бизнес с размахом. Но, как я опять же говорил, изначально «золотом» занимались чеченцы. И наступил момент, а это конец девяносто четвертого года, когда Трахтенберг начал составлять им серьезную конкуренцию. Они, как мы помним, вывозили за рубеж и золото, и скрап, то есть золотой лом. Скажем, скрап выгоднее продать в той же Турции или Индии. Цена лома пятьсот восемьдесят пятой пробы — пять-шесть долларов за грамм. Плюс полтора доллара за работу турецким ювелирам. Вернувшись в Россию в виде золотого изделия, тот же грамм стоит уже пятнадцать — двадцать долларов. Но изделие нужно продать. А самый большой рынок сбыта золотого товара — Москва. Но там уже вовсю орудует Трахтенберг. Так пересеклись их интересы. Чечены пожаловались своему «русскому» другу, всенародно любимому олигарху Осинскому, которого, как вы знаете, я курирую далеко не первый год. Почему пожаловались, а не разобрались с Арнольдом сами? Потому что именно в это время Трахтенберг-рекламщик весьма успешно рекламировал компанию «Аэрофлот — Российские авиалинии».

— Наш пострел везде поспел! — недоверчиво хмыкнул Грязнов.

— Именно так, — невозмутимо подтвердил Самойлович. — Золотой бизнес был отлажен, приносил огромную прибыль, часть которой Арнольд вкладывал в рекламу. Реклама была его любимым детищем. Для души. И вот Осинский, который был весьма доволен Трахтенбергом-рекламщиком, вызывает его на разговор. Распечатка этого разговора здесь, — Самойлович указал на одну из папочек. — Суть же беседы состояла в том, что Осинский пообещал Трахтенбергу участие в предвыборной кампании президента в обмен на уход Арнольда из «золотого» бизнеса. Арнольд обещает подумать. Пока он думает, ОРБ ГУ МВД как бы внезапно организует рейд по проверке ювелирных магазинов Москвы. Причем проверке подлежат именно магазины Арнольда. Вот здесь Трахтенберга выручил Сидихин, занимавший тогда высокий пост в ОБЭП и, как уже говорилось, «крышевавший» Арнольда от этого ведомства. В ночь накануне проверки в ювелирных магазинах «левый» товар был изъят и перепрятан, а «черная» бухгалтерия уничтожена. Акция ничего не дала. Вернее, пострадали именно чечены, которых никто не предупредил. В их магазинчиках и было найдено «левое» золото. Ну и они, конечно, озверели. У Трахтенберга была любовница, некто Нина Шелестова. Очень красивая была женщина.

— Была?

— Да, была. Однажды утром после совместно проведенной ночи Арнольд с подругой вышли из подъезда ее дома. Во дворе их ждал автомобиль. Из соседнего подъезда вышел мужчина в надвинутой на глаза шапочке и в упор расстрелял Шелестову. После чего скрылся.

— А Арнольд?

— Ни единой царапины. Просто расстреляли женщину на его глазах, и все.

— Охрана?

— Охранник не успел открыть ответный огонь. После убийства Шелестовой последовал еще один звонок от Осинского, в котором тот выражал соболезнования и напомнил, что у него, Трахтенберга, есть еще жена и дочь. И Трахтенберг сдался. Или принял правильное решение... Поскольку взамен весьма рискованного и очень криминального бизнеса вошел в бизнес престижный и респектабельный. Осинский сдержал слово: агентство «АРТ» получило эксклюзивные права на ведение рекламной кампании президента. Арнольд же вскоре занял пост председателя совета Российской ассоциации рекламных агентств.

— Для того чтобы расчистить ему место, и было совершено покушение на Ивана Артеменко?

Самойлович кивнул Александру:

— Видимо, да. Артеменко был обстрелян при выходе из своего дома.

— Что же он так сдался-то? Отказался от золотой жилы? — недоверчиво произнес Грязнов. — Некоторые люди за этот металл не только любовницами жертвуют...

— Думаю, во-первых, он просчитал ситуацию. Я не случайно говорил о том, что подпольное клеймение нельзя было отличить от легального до поры до времени. Как раз тогда, когда Арнольд покинул золотой бизнес, на легальных ювелирных заводах было введено лазерное клеймение, которое резко отличалось от самопального. Вести дело дальше в таких условиях было слишком рискованно. Во-вторых... Я занимался Трахтенбергом в связи с разработкой золотого подпольного бизнеса. Естественно, велась прослушка разговоров, была наружка и все такое... И знаете, у меня о нем сложилось двойственное впечатление: с одной стороны — прагматик, играющий за гранью фола; по сути — уголовник. С другой — этакий артист, обожающий светскую жизнь, хорошее вино, красивых женщин, светские тусовки, и вообще... Человек, который желал публичности. А какая может быть публичность при таком, мягко говоря, неприглядном занятии? Конечно, мы могли взять его еще тогда, в девяносто пятом. Но тогда Осинский был главным финансистом «семьи» — и этим все сказано. Арнольд же, я говорю это с уверенностью, так как располагаю распечатками его самых откровенных разговоров... с женой, например... Так вот, он прекрасно понимал, кого пиарил на пост президента. Видел, в каком физическом состоянии находился кандидат. И предполагал, что смена декораций произойдет достаточно скоро. И Осинский вполне может утратить свое влияние. Так и получилось. И что мы вскоре увидели? Осинский сидит за границей, как крот в норе...

Теперь о Сидихине... Этот гражданин продолжал вариться в той же кастрюле. Он, в отличие от Арнольда, не умел ничего другого, кроме как брать взятки. И «лег» под чеченов. И был взят с поличным в рамках проведения ФСБ операции по пресечению нелегального золотого бизнеса. И получил срок. Тогда была обезврежена группа чеченских контрабандистов. Выяснилось, что нелегальное золото шло и на нужды боевиков. Вот так-то! Сейчас подпольный золотой бизнес переживает весьма трудные времена. И, надеюсь, они будут еще труднее для его участников. А что Трахтенберг? Это респектабельный бизнесмен, весьма состоятельный, если не сказать больше... и уважаемый в соответствующих кругах господин.

— В таком ранге его и взорвали, — злорадно заметил Грязнов.

— Думаю, что заказчика преступления вам следует искать не в среде золотопромышленников. Арнольд давно и навсегда сошел с этой сцены.

— Спасибо за наводку. Вернее, за «отводку»... — язвительно произнес Грязнов.

Самойлович повернулся к Турецкому:

— Я рассказал все это потому, что вы, Александр Борисович, наверняка раскопали бы в прошлом Трахтенберга «золотую страницу». Советую не тратить понапрасну время на разработку ложной версии. Здесь, в этих папках, документы, подтверждающие мой рассказ. Копии, разумеется. Если вам что-нибудь понадобится, материалы в вашем распоряжении. Только...

— Разумеется. Полнейшая конфиденциальность, — понимающе кивнул Турецкий. — А все же, нет ли у вас своей версии случившегося?

— Увы, нет. С тех пор, как Трахтенберг перешел в рекламный бизнес, я им больше не занимался. Так что ничем более помочь не могу, уж не обессудьте.

Самойлович поднялся, чопорно простился и удалился.

— Фу, черт, я окно открою — дышать нечем! — взревел Грязнов.

— Да, проветрить не мешает, — согласился Александр.

— Да я от него, от Самойловича, проветрить хочу! Ну не люблю я его! Всю эту их контору...

— Ты вот, Слава, кипятишься, а они небось тебя слушают. Здесь, поди, жучков-то понаставлено... — рассмеялся Турецкий.

— Да и плевать! Пусть слушают! Я их за это и не люблю! Ты помнишь, как он сказал: самые приватные разговоры? С женой! Это, значит, мужик обласкал свою бабу, слов ей хороших наговорил... Или еще чего... Может, вскрики какие... Мало ли у кого как это происходит... А они все это дело слушают... Кончают или нет?

— Ладно, Славка, не кипятись! Мы и сами прослушкой занимаемся, когда это для дела нужно. Ты-то что? Святее Папы Римского?

— Нет, конечно, — буркнул Грязнов.

— А чего злишься?

— Времени жалко! Он у нас все утро отнял! А толку? Сам и сказал в конце разговора: не тратьте время на разработку ложных версий! Сказал «не тратьте», а сам полтора часа «ла-ла-ла»...

— Ну, полтора часа — это не полторы недели. Так что расслабься. Кроме того, это ведь ты настаивал на выяснении, почему зэка Сидихин находился в машине магната Трахтенберга, так? И собрался заняться этим вопросом. И, конечно, уперся бы рогом в «золотой бизнес» и начал бы копать со свойственной тебе неукротимой энергией... А теперь мы знаем, почему подковник приперся к Арнольду. Прижали их там, в колонии поселка...

— Демино.

— Вот-вот. Прижали его, благодаря твоему доблестному Колобову, вот и ринулся Сидихин за помощью к давнему другану Арнольду. Которого когда-то спас от крутых ребят из ОРБ. Только просчитался мужик. Попал как кур в ощип. Так что спасибо Самойловичу! Он твое время сэкономил.

Грязнов лишь возмущенно фыркнул.

— Сейчас коньячку выпьем... Кофейку...

— Вот это другой разговор, — спустил на тормозах Грязнов. — Это слова не мальчика, но мужа! Наливай!

Глава 14
ШУМНЫЙ ПРАЗДНИК

Сергей шел к Машиному дому, отчаянно волнуясь. Он всегда волновался, каждый раз. Но нынче — особенно. Сегодня был день рождения Маши. Сергей бережно нес в руке лилию. Она была абсолютно неправдоподобна: с плотным мощным стеблем, усыпанная раскрывшимися цветками и нераскрытыми бутонами, и сами эти цветки были какого-то нереального цвета — густого кирпично-красного с почти черными переливами. Он не знал, отчего выбрал именно этот цветок, несколько даже зловещий в своей диковинной красоте... Может быть, этот цветок чем-то напоминал ему Машу? Но Маша хрупкая, легкая. И говорит быстро и легко, и лукаво бросает на него быстрые взгляды, и легко хохочет, и легко переходит на слезы... Но тем не менее что-то роковое, чем была насыщена лилия, проступало и в Маше. Не в том смысле роковое, что навлекающее беды и напасти, а в том, что ее невозможно забыть! Да, Машу невозможно забыть, выкинуть из головы, перешагнуть этот этап жизни, перелистнуть страницу... какие еще расхожие сравнения используются по этому поводу? Сережа очень хорошо понимал, что Маша — это навсегда. Как бы ни сложились их отношения дальше, Маша — это навсегда!

И он очень волновался, понравится ли ей странный цветок. И вообще... то, как он сегодня выглядит. Он очень долго собирался, прихорашивался, менял перед зеркалом галстуки. Их было всего два, поэтому выбрать подходящий было очень сложно. Сережа выбрал наконец темно-серый. И пришлось идти к маме, чтобы она помогла. И стараться не встречаться с ней глазами, когда мама, поднявшись на цыпочки, старательно завязывала узел. И встретившись, выдержать мамин взгляд, печальный и потаенно-ласковый. Стоило Сергею протянуть руку и погладить маму по плечу или просто улыбнуться ей широкой мальчишеской улыбкой, мама тотчас растаяла бы как мороженое в теплой руке. И потрепала бы его волосы, и пошутила бы как-нибудь по-дурацки, неуклюже, но очень трогательно. И он, Сережа, прижал бы маму к себе и закружил бы ее по комнате... Потому что на самом деле он был счастлив, просто нужно было все время напоминать себе, что он счастлив! И не помнить про деньги, вытащенные из комода...

Нет, об этом думать нельзя! Лучше о чем-нибудь хорошем. Вот как они вчера ходили за покупками! Сережа вспомнил и рассмеялся. Маша была такая деловитая, торговалась на рынке! Это было так смешно... Сережа смеялся, а она ворчала, что он мешает ей сбивать цену.

— Ты лучше постой вон там, у входа. А то с тобой невозможно. Ты готов втридорога покупать, а у нас карман не резиновый.

И от этого «у нас» Сережино сердце сладко ныло. Они накупили всякой всячины выше головы.

— Куда столько? Ты же говорила, что мы будем вдвоем? — удивлялся Сережа.

— Ну мало ли... Вдруг кто-нибудь вспомнит и нагрянет неожиданно. Хозяйка должна быть готова ко всему.

И это «хозяйка» тоже согревало его сердце. Потому что создавало иллюзию общей жизни, общей судьбы. Потом они долго выбирали торт. И купили очень красивый — йогуртовый, украшенный натуральными фруктами. Ломтики персиков и киви сейчас, в самом начале весны, казались приветом из знойного лета, которое обязательно наступит! И они с Машей поедут на юг. Они уже решили...

Еще он волновался оттого, что Маша поручила ему купить спиртное. И он мысленно сравнивал список, который она ему вручила, с количеством и качеством бутылок, позвякивающих в пакете. Кажется, все правильно! Коньяк, шампанское, бутылка французского вина и два пакета сока. И минералка. Да, минералку он тоже не забыл. Пакет был тяжелым, но своя ноша не тянет.

Он поднялся на четвертый этаж, позвонил. Маша открыла, и Сережа внутренне охнул. Она была такая... Такая, что невозможно представить! Он вначале даже не заметил, что она в домашнем халате.

— Осторожно, прическу не помни, я только что из парикмахерской, — улыбнулась Маша, подставляя для поцелуя щеку.

Он и не мыслил, что можно дотронуться до забранных вверх в какую-то замысловатую прическу волнистых волос. И только приложился к горячей, бархатной щеке. Как к иконе.

— Это тебе, — Сережа протянул лилию.

— Боже, какая красота! — искренне восхитилась Маша.

У Сережи отлегло от сердца. Радость и гордость заполнили его: вот эту, самую прекрасную на свете, женщину он может назвать своей! Она радуется и ему самому, и его подарку. Он ей угодил!

— Проходи! Я еще салат делаю. Скоро закончу. Ну давай цветок и проходи! Что ты стоишь как столб? — смеялась она.

Сережа прошел в комнату. Стол был покрыт белой скатертью, но еще пуст. Из магнитолы лилась танцевальная музыка, Маша, подпевая, устроила лилию в высокую вазу, водрузила на середину стола.

— Ну вот и праздник пришел в дом! — опять рассмеялась она и закружила Сергея по комнате.

И он, преисполненный щенячьего восторга, подхватил ее на руки и крепко прижал к себе.

— Ну хватит! Хватит! Прическа! — прикрикнула Маша.

Сережа тут же осторожно, словно хрустальную вазу, поставил ее на пол.

— А куда ты подевала Александру и ее папашу?

— Папаша уехал в командировку, представляешь? Вот удача! А Алька сегодня в вечер работает. Она поздно придет. Ну мы ей оставим, конечно... Еды много.

Маша указала на подоконник, где, тесно прижавшись друг к другу, стояли накрытые пленкой мисочки и тарелки.

— Ты расставляй тарелки, бери из серванта. Ставь

бутылки, закуски, а я на кухне салат доделаю, переоденусь и вернусь.

Она чмокнула его и исчезла. Сергей принялся за дело. В прихожей зазвонил телефон. Маша подошла, произнесла какое-то приветствие особенным, волнующим таким голосом... Сережа пытался прислушаться, но она заговорила тише. Чтобы расслышать ее слова, нужно было бы убавить звук магнитолы, а сделать это Сергей не мог — получилось бы, что он подслушивает... Он машинально расставлял на столе тарелки, миски и мисочки, мясные и рыбные деликатесы. «Кто бы это мог звонить? С кем это она так...» Как — так? Он и сам не мог бы ответить. Но тревога охватила его.

Дверь отворилась, Маша вошла в новом платье. И Сережа снова онемел. И забыл про все свои тревоги. И опять стоял молча, сраженный наповал.

— Нравится? — смеялась Маша. — Ну что ты вытаращился? Ты же его видел, мы же вместе покупали. Эй, очнись!

Она щелкнула перед его лицом пальцами и вдруг, подцепив подол, прошлась по комнате в некоем подобии фламенко, щелкая пальцами взамен кастаньет.

— Открывай шампанское!

Пробка вылетела из бутылки прямо в потолок, они хохотали, Сережа наполнил высокие бокалы искрящимся напитком.

— За тебя, Маша! Ты самая прекрасная женщина на свете! И я тебя очень люблю!

— Спасибо, миленький! Ты у меня тоже самый хороший!

Холодное шампанское обжигало горло, пузырьки били в нос. Маша морщила его и становилась похожа на маленькую девочку. Он любовался ею и не мог налюбоваться...

И вдруг все изменилось. Сережа не сразу понял, что в комнату вошла Александра, а за ней еще две девицы.

— Ага! Смотрите-ка, стол накрыла! А кто тебе разрешал брать самые дорогие тарелки? — с места в карьер взвизгнула Александра. — Раздевайтесь, девочки! — бросила она через плечо.

Девицы начали стаскивать шубы.

— Ты же сама... — задохнулась от возмущения Маша. — Ты сама разрешила взять посуду!

— Но не лучший же сервиз! Это, между прочим, мамин сервиз! Покойной мамы! А ты его схватила ручищами...

— Да подавись ты своим сервизом! — закричала Маша.

Началась безобразная базарная сцена. Сергей и неизвестные девицы молча взирали на двух орущих женщин, словно присутствовали на каком-то дешевом спектакле.

— Девочки, не нужно ссориться! Аля, ну зачем ты так? У Маши день рождения...

— А ты молчи, маменькин сынок! Вот возьми ее к себе, там и командуй!

— Я... Я... — растерялся Сергей

— Что — я? Я, я... головка от х...!

Эта матерная фраза совершенно потрясла Сергея.

— Ты! Что! Себе! Позволяешь! — словно речевку, выкрикнула Маша. — Все! Идем отсюда, Сережа! Я здесь ни на минуту не останусь! Пусть подавятся!

Она кричала, а руки ее шустро запихивали в пакет шампанское и бутерброды с икрой.

Он и не заметил, как они оказались на улице, на своей скамейке.

— Мерзавка! Это она специально праздник мне испортила! — В голосе Маши звенели слезы.

— Ну что ты, Машенька, ну успокойся! — Он попытался прижать к себе ее голову.

— Не трогай! Прическу испортишь! — взвизгнула Маша.

Сережа испуганно отшатнулся. Но она тут же сама к нему прижалась.

— Извини, милый. Она просто завидует мне! Что ты у меня есть, такой хороший... Плевать на прическу! Кому она теперь нужна? Знаешь, давай-ка шампанского выпьем!

Она достала из пакета шампанское и пару пластиковых стаканов.

«Откуда у нее стаканы? Как будто знала, что мы уйдем...» — успел подумать Сергей.

— Давай за нас! Никто нам не помешает, — произнесла Маша и всхлипнула.

— Ну что ты, Машенька, ну не надо... Хочешь, пойдем в кафе? Давай?

Маша отрицательно замотала головой.

— Нет, миленький, не хочу. Куда я такая зареванная? Ты и так столько денег потратил. А мы хотели на лето копить, на отпуск. И вообще... я хочу не в кафе. Я в свой дом хочу. Понимаешь? Пусть маленький, пусть частичка дома, но моя. Вернее, наша.

— Будет, Машенька, все у нас будет!

— Когда, милый? Мне уже двадцать три. Многие ровесницы уже детей имеют. А у меня ни кола ни двора...

— Я обещаю тебе. Все у нас будет! Правда! И очень скоро, вот увидишь!

— Да? — Маша улыбнулась. — Ну давай за это и выпьем!

Они глотнули шампанского. Внезапно повалил густой мокрый снег. Целыми хлопьями.

— Ой, миленький! Я ведь без шапки...— Маша вскочила, подняла воротник пальто.

Сережа попытался стянуть куртку, чтобы сберечь ее прическу.

— Не надо, миленький! Простудишься. Да и я замерзла. Пойду я, ладно?

— А я? — растерялся Сережа.

— И ты иди. Иди домой. Что же поделаешь? Раз уж так вышло... Ну, я побежала, а то снег...

И Маша исчезла. Сергей поднялся со скамейки, тупо глядя на захлопнувшуюся дверь подъезда, не замечая мокрых хлопьев, падающих на голову, стекавших холодными струйками за воротник куртки. Через пару минут к Машиному подъезду буквально подбежал мужчина в кожаной куртке. Он прижимал к груди букет.

«Еще у кого-то день рождения», — машинально подумал Сергей и побрел к дому.

День рождения был все тот же, в той же квартире, за дверью которой раздавался веселый женский хохот. Мужчина позвонил, услышал перестук каблучков. Дверь отворили.

Он почти забыл, как она выглядит. Помнил, что красива, но как? И когда увидел, растерялся. Девушка, стоявшая перед ним, была не просто красива... Она была еще удивительно мила. Белозубая улыбка, ямочки на щеках, волнистые волосы подняты в прическу, которая открывала чистый лоб, бледно-зеленое платье, облегавшее ее тонкую фигурку, — все это созда-

вало образ такой... милой уездной барышни и светской львицы одновременно.

— Вы Маша? — уточнил мужчина.

— А вы меня не узнали? — легко рассмеялась девушка. — Вот это да! То есть вы могли перепутать адрес, зайти в другую квартиру и поздравить другую женщину, так?

— Нет, конечно, — улыбнулся мужчина, — просто я не ожидал... Вы гораздо красивее, чем мне запомнились.

— Ну проходите, забывчивый мужчина!

— Меня зовут Арам.

— Я помню, я, в отличие от вас, все помню, — нараспев произнесла Маша, впуская его в квартиру.

— Это вам, — он протянул букет чайных роз.

— Спаси-и-и-бо! — пропела Маша. — Мои любимые цветы. Раздевайтесь, проходите, все уже за столом.

Арам прошел в комнату. Огромный трехстворчатый шкаф делил ее почти надвое. Обстановка очень скромная. За накрытым столом — три девицы, довольно невзрачные. Особенно на фоне именинницы. Подобным девушкам лучше не дружить с такими Машами. Правда, стол накрыт с размахом: бутерброды с икрой, семга, севрюга, мясные нарезки, салаты... Чего только не было! И напитки присутствовали. Две бутылки шампанского, вино, коньяк... Ага, коньячок-то, конечно, паленый. Откуда же непаленому взяться?

— Можно и мне свою лепту внести? Настоящий, армянский. Пять лет выдержки. — Арам водрузил на стол бутылку.

— О, спасибо! Знакомьтесь, девочки. Это Арам, реставратор из Москвы. Он будет реставрировать у нас храм Успения Богородицы. А это мои подруги:

Аля, Рита, Галя, — достаточно небрежной скороговоркой представила она подруг.

Лицо одной из них явно омрачилось.

— Арам, с вас тост! — потребовала Маша.

Мужчина наполнил бокалы.

— Что ж, с удовольствием. Поскольку мы собрались за этим столом по вполне определенному поводу, первый тост за Марию. За женщину, которая носит столь удивительное имя. Мария — это мать Христа. Мария — это лики мадонн с полотен гениальных живописцев.

— Магдалина — тоже Мария, — вставила одна из девиц, кажется, Александра.

Маша бросила на подругу злобный взгляд.

— Что ж, Христос ее принял. Она омывала ему ноги... Кающаяся грешница угоднее Господу, чем гордячка, почитающая себя невинной. Но речь не об этом. Я хочу поднять бокал за прекрасную женщину, которой так подходит ее имя. Я хочу пожелать вам, Мария, светлых солнечных дней, наполненных радостью; жарких ночей, напоенных любовью; верных друзей, счастья в каждом прожитом дне. Ибо...

— ...Каждый кузнец своего счастья, — насмешливо добавила Александра.

— В общем, да! За вас, Мария! Какие у вас милые подруги, — не удержался Арам.

— Да уж, — процедила Маша. — Что ж, спасибо за теплые слова. Очень красивый тост.

Они выпили. На некоторое время воцарилась тишина. Звякали столовые приборы, передавались друг другу мисочки и тарелки с закусками. Но над столом витало напряжение, словно гроза ходила где-то рядом. И вот-вот должно было громыхнуть. Кроме того, Арам заметил наконец, что девушки изрядно пьяны.

Все, кроме Маши. Это хорошо. Может, быстрее по домам отправятся...

— Можно мне еще тост?

— Конечно, Арам! Вы у нас за тамаду, — поощрительно улыбнулась Маша.

— А у нас бокалы пустые! — вскричала Александра.

— Это мы мигом исправим!

Арам разлил коньяк, поднялся:

— Высоко в горах Кавказа стоял замок прекрасной царицы Тамары. Славилась царица не только красотой, но и богатством. И было у нее жемчужное ожерелье, краше которого не видели люди. Каждый вечер снимала царица свое ожерелье и оставляла на окне, чтобы проснуться от сверкания камней в лучах восходящего солнца. И вот однажды утром горный орел увидел ожерелье, подхватил его своими когтями и унес с собою. Но в его острых, как кинжал джигита, когтях разорвалась нить, связывающая драгоценные камни, и рассыпались жемчужины по горным склонам... — Арам сделал паузу. — Но четыре жемчужины упали сюда и сидят за этим столом, радуя взор мужчины. Предлагаю тост за вас, милые дамы! Каждая из вас — настоящая жемчужина!

— О-о-о!! — вскричали дамы.

Арам чокнулся с каждой из девиц. Александра насмешливо кривила губы.

Выпили за прекрасных дам. После чего застолье оживилось. Посыпались вопросы:

— Арам, а вы где работаете?

— Я реставратор, девочки.

— Я ведь вам говорила, — вставила Маша.

— А что вы окончили?

— Архитектурный.

— В Москве?

114

— Конечно.

— И как там, в Москве?

— А что там? Суета сует... «Коль пришлось тебе в империи родиться, лучше жить в глухой провинции у моря», — нараспев произнес он.

— Это вы сами придумали?

— Это Бродский, — раздраженно заметила Маша.

— Ну не такая уж у нас и провинция, — обиделась Александра.

— У вас замечательный город, — легкий поклон в ее сторону.

Эта баба начала всерьез раздражать Арама. Он вообще не предполагал увидеть здесь такой избыток женских тел. Он совсем на другое рассчитывал... В прихожей зазвонил телефон.

— Тише, девочки! — вскричала Маша. — Пожалуйста, две минуты тишины!

Она выскочила из комнаты. Девицы переглянулись, хмыкнули.

— Что за таинственность? — поинтересовался Арам, наполняя бокалы.

— Ха! Это Машкин жених звонит, не иначе! — брякнула Александра.

— Жених? У нее есть жених?

— Ну какой он жених... Малявка такой. Она им вертит, как хочет.

— А что же его сегодня здесь нет?

— Сегодня-то? — Александра взглянула на подруг. Девицы неожиданно прыснули.

— Был он уже сегодня...

И все трое расхохотались. В комнату влетела красная как рак Маша.

— Я же просила вас потише! Слышно же, что хохот стоит!

115

— Это мы случайно...

— А кто звонил-то, Машка? — захлёбывалась от смеха Александра.

— Ты... Что ржёшь? — выкрикнула Маша и осеклась, поймав взгляд Арама. — Что смешного? — надменно произнесла она. — Звонили старые друзья. Чтобы поздравить...

— Старые? — И Александра опять расхохоталась.

Глаза Маши засверкали. Арам поспешил подняться:

— Девочки! Ещё тост!

— Давай!

— Наливай!

— А что так мало-то? Побольше лей...

— Так вот. На берег быстрой горной реки однажды вечером пришла девушка. Стройная, как тополёк, быстроногая, как козочка, лёгкая, как весенний ветерок. На берегу ждал её прекрасный юноша. Они сидели рядом, говорили друг другу слова любви, юноша ласкал девушку, а девушка не отворачивала лицо... На другой вечер на берег вновь пришла девушка, стройная, как тополёк, быстроногая, как козочка, лёгкая, как весенний ветерок. И вновь ждал её юноша. И говорил ей слова любви. И они ласкали друг друга. И в третий вечер было так же. И много ещё вечеров приходила на берег девушка, туда, где ждал её влюблённый юноша... — Арам снова сделал театральную паузу. — И каждый вечер юноша был один и тот же, а девушки — разные. Так выпьем же за постоянство мужчин и непостоянство женщин!

— Как, как? — не поняли девушки.

— Ничего себе! — усмехнулась Маша. — Это про вас, Арам?

— Ну что вы, Мария! Это же шутка!

— Ну если только шутка... — Маша подняла бокал.

— А-а, — облегченно вздохнули девицы и засмеялись.

— Это не про Арама, это про Машку, — вставила вдруг изрядно пьяная Александра.

— Она тоже шутит, — не глядя на подругу, напряженно улыбнулась Маша.

«М-да, пора сваливать, пока они не передрались до поножовщины. Только милиции мне и не хватало», — решил Арам и поднялся.

— Милые дамы! К сожалению, мне пора. В гостинице очень строгий персонал. Да и вставать рано. Мария, спасибо за прекрасный прием. У вас очень милый дом.

— Это не ее дом, а мой. Машка у меня угол...
Маша резко поднялась.

— Пойдемте, я вас провожу.
Они вышли в прихожую.

— Какие у вас странные подруги... — Арам натягивал куртку.

— Да ну их! Какие они мне подруги? Работали когда-то вместе. Вот и приперлись. Все настроение испортили... — Маша кусала губы — Вы уж извините, что так вышло...

— Ну что вы? Я счастлив, что познакомился с вами. Может, я вернусь попозже, когда они уйдут? — склонился к ней Арам.

— Нет, это невозможно. Они будут сидеть до упора. Пока все не выпьют. Знаете, вы можете завтра с утра зайти. Я буду одна. Хоть поговорим по-человечески...

— Замечательно! Так и договоримся. В десять я буду у ваших ног.

Он взял ее руку, поднес к губам, поцеловал каждый палец.

Маша глубоко, порывисто вздохнула.

Закрыв дверь, Мария вернулась в комнату, уперлась руками в бока, готовясь дать волю чувствам.

— Ну что, змея, довольна? Выгнала мужика?

— Я, что ли, выгнала? — тут же включилась в ссору Александра. — Он сам ушел.

— От вас уйдешь! От вас каждый нормальный мужик сбежит! Стервы нетраханые!

— Ты потише! Ты что себе позволяешь в моем доме?

— А что ты пьешь и жрешь в своем доме? Кто это все на стол поставил? Здесь на полторы тыщи рублей!

— Ты, что ли, тратилась? Это недоумок твой купил. Еще неизвестно, на какие деньги! Где это он полторы тыщи взял? Год стипендию откладывал?

— Не твоя забота!

Маша мерила шагами комнату. Подошла к столу, налила себе полный бокал коньяку, залпом выпила, начала убирать закуски.

—Все! Пожрали на халяву и хватит! Я лучше завтра Сережу позову.

— Ха! Да я, может, тебя завтра из дому выгоню.

— С какого перепугу? Я за месяц вперед заплатила!

— Или Сереженьке твоему расскажу, как ты его паришь по полной программе.

— Не смей! Только попробуй! Стерва ты, Алька!.. Мы же вместе с тобой это придумали.

— Мало ли что... Я не придумывала, чтобы ты на меня кричала, как бешеная. И вообще, это ты придумала! Это тебе захотелось чурке пыль в глаза пустить: вот моя квартира, вот какой я стол накрыла!

— Ты же согласилась! Еще и чувырл своих привела. Жрали, пили за мой счет...

— Не за твой. За счет твоего недоумка.

— Все равно! И он не недоумок! Ты еще пойди найди себе такого мальчика... Чистого, хорошего... И зачем ты перед Арамом гадости всякие... Что я тебе сделала? Обшиваю тебя с ног до головы...

— Подумаешь! Ты живешь почти задаром. И еще мужиков сюда таскаешь. Раз уж таскаешь, так таскала бы на всех. А то только себе! Платье нацепила, прическу навертела! Вон я какая красавица, а вы все уродины, так, что ли?

— Так, так! Вы все уродины! — яростно рассмеялась Маша. — Да если бы я и сотню привела, они все мои были бы! На тебя и твоих зачух никто бы и не взглянул!

— Ну все! Ищи себе новое жилье! Хватит! — взвизгнула Александра.

— Вот именно! Хватит, обшивай тебя, папаше твоему жрачку готовь да еще терпи его щипки и приставания...

— Ничего, от тебя не убудет. Ты вон на улицах мужиков цепляешь. Чурок всяких. Да может, ты уже заразная?!

— Сама ты... У тебя небось одно место паутиной заросло за ненадобностью. Там уже пауки небось ползают!

Девицы не участвовали в разговоре, молча поглощая все, что еще стояло на столе, не забывая также подливать спиртное. Крик стоял до тех пор, пока по водопроводной трубе не постучали соседи. Враждующие стороны тут же смолкли. Словно дождались наконец сигнала, позволяющего остановить ссору без ущерба для собственного достоинства. Как говорится, боевая ничья.

Девицы, подъев остатки закусок, поднялись.

— Ладно, Аля, мы пойдем, — лениво произнесла одна из них.

— Ага, пора уже, — согласилась вторая, ковыряя в зубах. — Классно посидели! И чувак клевый был. Ну, пока, девчонки.

Они выкатились. Александра демонстративно улеглась в постель с книжкой в руке.

Глава 15
СТРАСТИ-МОРДАСТИ

Маша на кухне мыла посуду, глотая злые слезы. Ну почему все так в жизни несправедливо?! Почему она, красавица, умница, должна сносить оскорбления, жить приживалкой у злобной, уродливой дуры? Они все ей завидуют: и Надька, подруга по учебе, у которой Маша встречается с Антоном Владимировичем, и Алька. Завидуют, но просят: «Давай устроим праздник, приведи кого-нибудь, познакомь с кем-нибудь!» А кто за эти знакомства расплачивается? Она, Маша. На этих уродин у нормального мужика даже под градусом ничего не встанет. Да если бы и встало, она, Маша, отбила бы всякого. Оттого они и бесятся. Нажрутся за ее, Машин, счет (ну, положим, не за ее деньги, но, если иметь в виду конечный расчет, то да — за ее счет!), так вот, нажрутся — и пошло-поехало... А Сережку вообще с дерьмом мешают. Потому что видят: он ее, Машу, любит до самозабвения. Их-то, зачух, никто никогда так любить не будет, ясно как божий день. Поэтому и ржали сегодня во весь голос, словно старые клячи перед забоем. Чувствовали, что он звонит, Сережа.

Конечно, он и звонил. Волновался, как она себя чувствует. Не обижает ли ее Александра? Ушли ли девицы? Милый, хороший мальчик. Любит ее без памяти. И что? И ничего. Не родись красивой, а родись счастливой. Против этой мудрости деревенской не попрешь, так получается... Ни фига! Попрешь! Буду переть, пока не получу, что хочу, думала Маша, яростно намыливая очередную тарелку.

Чего же она хотела? Денег и славы. Сначала денег... Нет, сначала славы. Потому что это тоже деньги, только гораздо больше! И кто же приведет к цели? Основная надежда была на Антона Владимировича. На старого развратника, бывшего наставника. Но нужно наконец признать, что это не тот вариант, на который следует делать ставку. Вот уже четыре года он зимой и летом приезжает в город, обещает Маше с три короба, пользует ее в хвост и в гриву... И хоть Маше нравилось заниматься с ним сексом (он был ее учителем и в этом), но сколько же можно забесплатно? Где обещанные подиум, карьера модели? Положим, для подиума Маше не хватало росточка, это она понимала. Но журналы? Она никогда не возражала против обнаженки, ей было что показать. И где все это? Положим, у Антона нет там связей; не верим, но предположим. Но где рекламный бизнес, наконец? Уж там-то все схвачено бывшим ректором. А они приятели. И что? И ничего. После последнего обещания вызвать Машу в Москву на кастинг прошло больше двух месяцев. И ни единого звонка. Набравшись смелости, она сама позвонила ему на мобильник, что вообще-то строго воспрещалось. Но раз дал номер... Короче, она позвонила, нарвалась на сухой, раздраженный тон, на лаконичное: «Мне некогда, перезвоню» — и все. С тех пор перезванивает. А на ее, Машины, звонки мобила не отвечает. Видимо, сменил номер.

Сегодня нарисовался этот грузин или армянин, черт его знает. Если он и вправду из Москвы (похоже!), действительно реставратор (похоже!) и не женат (не похоже), нужно брать! Если женат, все равно брать! Приласкать, приручить — это она умела. Тем более, раз он в длительной командировке, у нее есть время. Люди искусства меняют жен, как перчатки. Главное, прорваться в Москву. Завтра же нужно отдаться по полной программе. Чтобы голову потерял! Хоть Алька и орала, что завтра выгонит, это все вранье! Куда она денется? Кто у них этот угол сраный снимет? Кто ее забесплатно обшивать будет? Тем более заплачено за месяц вперед. А за месяц много чего можно успеть...

Ну а на худой конец что? Сереженька. Верный, преданный, надежный. Этот вариант есть всегда!

Арам ворочался на старой, с продавленными пружинами кровати гостиничного номера. Он прокручивал в голове нынешний вечер. Конечно, Маша-Мария женщина фартовая, ничего не скажешь. Такую показать не стыдно. Но, с другой стороны, зачем ее показывать? Ему-то нужно было совсем другое: спокойная телка без претензий, верная, как честное пионерское слово. А Мария, похоже, с верностью и рядом не стояла. Слова-то такого не знает, вот какое впечатление складывается. Мальчишку женихом называет, а сама готова на все с первым встречным... А мальчишка славный. Тогда, на улице, он успел его рассмотреть.

Влюбленный по уши мальчик из хорошей семьи. Жаль парня.

Так что Мария эта того... Сегодня она с тобой, а завтра ищи ветра в поле...

Нет, нужна тихая пристань, запасной аэродром. Место, где можно жить неделями, чтобы не засвечиваться в гостиницах. А при необходимости — вообще залечь на дно. То есть своя, отдельная квартира у телки, предполагаемой на роль постоянной возлюбленной, была обязательна. А Мария, как он понял из разговора, вовсе не хозяйка хаты. Хозяйка, похоже, эта бешеная баба, как ее... Александра. Завтра уточним, но похоже на то... Да еще и влюбленный юноша на ней висит. Нет-нет, никаких довесков в виде дальних и близких родственников, детей и влюбленных мальчиков! Так что продолжительное знакомство с Марией исключается. Но прийти к ней завтра — это дело чести. Как не трахнуть такую красавицу? Тем более она не против, по глазам видно было! Оттрахаю на всю катушку, сладострастно всхрюкнул он, вспоминая Марию в бледно-зеленом платье и чувствуя, что готов приступить прямо сейчас.

Пришлось принять душ и врубить телевизор. Он нашел спортивный канал, лениво следил за игроками, гоняющими по полю мяч. Лениво потягивал коньяк. Потом задремал.

Маша открыла дверь. Утренний, весьма скромный макияж очень шел ей, делал моложе и целомудреннее, что ли.

— Опять цветы? Спасибо, очень красивый букет. — Маша уткнулась лицом в хризантемы.

Арам полюбовался длинными темными ресницами, затем оглядел ее всю. Темная юбочка на пуговках, с разрезом внизу. Светлая блузка с открытым воротом. И тоже на пуговках. Пуговки мелкие, частые... Волнистые волосы обрамляют головку. Высокая шея, чуть выступающие ключицы, ложбинка в вырезе блузки. Арам почувствовал столь острое желание, что голос охрип.

— Проходите, что же вы? — Маша отступила, пропуская мужчину в прихожую. Проходя, он ненароком прижался к ней, ощутил небольшую твердую грудь с торчащими сосками. Внизу живота сладко заныло. Даже резкий запах дешевых духов не мешал. Сквозь него пробивался запах чистой, здоровой кожи юной женщины. Арам скинул куртку.

Маша повела его по коридору, он шел сзади, разглядывая чуть полноватые ноги с тонкими щиколотками. Накануне она была в длинном платье, он не видел ее ног. Хороши, ничего не скажешь. Вся она хороша. Словно плод, румяный, спелый, сочный.

Едва они вошли в комнату, он обхватил ее сзади, запрокинул голову девушки и впился в губы, не давая ей шевельнуться. Маша взбрыкнула было, но так, больше для виду. Эти нюансы он отлично чувствовал. Поцелуй длился так долго, что Маша начала задыхаться.

— Господи, так же задушить можно! — вырвалась наконец она. — Сумасшедший!

— О, ты еще не знаешь, насколько, — прохрипел мужчина, снова прижав ее к себе, покрывая поцелуями лицо, шею, грудь. Рука его перебирала петельки. Медленно, ах как медленно расстегивалась блузка! Когда круглая грудь с розовым соском оказалась наконец открыта его взору, Арам зарычал, впившись губами в упругую плоть. Рука его шарила под подолом юбки, поднимаясь все выше и выше.

— Господи, да подождите же! Разве так можно? — слабела в его руках Маша.

Хризантемы упали на пол, рассыпавшись цветочной поляной. Страстный житель гор подхватил девушку на руки, понес к ближайшему койкоместу.

— Не сюда! — взвизгнула Маша. — Вот туда. За шкаф, — деловито добавила она.

Арам быстро, словно бегун на Олимпиаде, добежал до искомого объекта, буквально швырнул ношу на застеленную клетчатым пледом тахту. На пол полетели юбка, блузка, брюки и прочие предметы туалета.

— Вах! Какая красота, — рычал темпераментный горец, разглядывая обнаженное тело. И набросился на женщину со всей страстью, присущей восточным мужчинам.

Маша, намеревавшаяся показать изысканному столичному гостю свое искусство любви, то есть проявить некоторую инициативу (после светской беседы под чай) была совершенно сломлена. Какая там инициатива! Ее никто не спрашивал! Руки ее были захвачены и прижаты к постели, его сильные волосатые ноги раздвинули ее колени, причинив боль. Нечто тугое, горячее вонзилось в плоть так глубоко, что Маша вскрикнула, запрокинув голову.

— Ва-а-х! — рычал мужчина. — Ты еще и кричать умеешь! О, голубка! Я тебя растерзаю! Я тебя раздавлю! Я изнасилую тебя, моя принцесса!

«Почему в будущем времени?» — изумилась про себя Маша. От бешеных толчков содрогалось не только тело. Казалось, то, что он вонзил в нее, достигло головного мозга, выбив из головы все мысли, кроме одной: «Разве *оно* такое бывает?» Она-то думала, что

Антон Владимирович — половой гигант. Какое там... Детский сад в сравнении с этим...

— Я всю ночь... Не спал... думал о тебе... Как я тебя...

И матерное слово, сорвавшееся с его уст, почему-то не было оскорбительным. Прозвучало как факт, данность. Толчки становились все сильнее. Если сравнивать с землетрясением, где-то на семь баллов, успела подумать Маша, чувствуя, что она близка к сокрушительному оргазму. И они закричали одновременно и стихли.

Маша лежала неподвижно, приходя в себя, затем произнесла:

— Пусти, мне нужно в ванную... — она попыталась было подняться.

— Никуда не пущу! Никуда не пойдешь! Ты моя пленница, рыбка моя золотая! Возьми, погладь его!

Маша дотронулась до влажного члена, который, к ее изумлению, снова поднимался, твердел под ее рукой.

— О волшебница! О красавица! Ва-ах, — опять зарычал он, наваливаясь на Машу.

«Да подожди же! Дай отдохнуть!» — вскричала было она, но его рука скользнула вниз, умело прикасаясь к ее лону. Затем чуть сильнее, более властно... Маша закрыла глаза. Влажный язык скользил по животу все ниже и ниже. Вот он оказался там, между нежнейших складок и складочек, слизывая ее сок. Судорога прошила все тело. Колени дрожали.

— О-о, — простонала теперь уже Маша и тут же почувствовала у своих губ огромный, набрякший член. И она взяла его, покусывая и постанывая.

— У-у-у, — ревел Арам, глядя на нее сверху, тиская ее грудь, наслаждаясь этой картиной полного покорения женщины... Но чего-то еще не хватало...

Он дождался, когда новая волна накрыла его. Маша вытолкнула пульсирующий член. Лицо ее залило густой белесой жидкостью.

— Все, мне нужно умыться, — вскричала она, поднимаясь.

— Хорошо, иди умойся, прелесть моя, — разрешил он. — Я открою шампанское.

Маша выскочила в коридор.

Арам огляделся. Перед зеркалом стоял письменный стол с выдвижным ящиком. Он осторожно открыл ящик. Паспорт лежал прямо сверху. Ага! Родом из Тмутаракани, прописана на данной жилплощади временно. Как и предполагалось. Двадцать три года. Он думал, она моложе...

Положив паспорт на место, Арам извлек из дипломата бутылку шампанского, окинул хозяйским глазом сервант, достал два хрустальных фужера, вернулся в закуток. По полу были разбросаны вещи. Вот ее юбка, трусики, колготки. Колготки... Он выдернул из брюк ремень.

— Мария, где ты?

Маша вернулась, замотанная в халат.

— Моя принцесса! Твое здоровье!

— Ой, зачем ты эти фужеры...— Маша осеклась.

— А что? Почему нельзя?

— Можно, конечно, — улыбнулась Маша.

— За тебя, моя прелесть! — Он протянул ей бокал.

— Ты меня просто ошеломил... — невпопад ответила Маша, пригубив напиток.

— Чем же?

— Что за натиск? Двух слов сказать не успели!

— Зачем слова, когда сердце горит от любви? Поговорить всегда можно. Это твоя квартира?

— Да... Нет... Ну, скорее нет, чем да, — Маша на секунду запнулась, затем продолжила: — Я снимаю здесь комнату. Временно. Я, видишь ли, занимаюсь обменом своей жилплощади. Улучшаю. Однокомнатную продала, ищу двушку. Пока ничего подходящего. Мне нужно с ремонтом, чтобы самой не возиться. Ну вот, временно живу у Альки. Не знаю, что на нее вчера нашло. Вообще-то она нормальная, компанейская. Понравился ты ей, что ли?

Она пила шампанское, посматривала на него лукавыми глазами, в которых читалось удивление и... восхищение. Что ж, я тебя еще не так удивлю...

— А где она?

— На работе.

— Когда придет?

— Вечером. Часов в шесть.

— Что ж, замечательно! У нас еще весь день впереди!

— К сожалению, нет. Мне к трем часам на работу. А ты... Ты женат? — глянув на него в упор, спросила Маша.

— Ну... Скорее нет, чем да, — отыграл он. — Мы очень разные люди. Живем в одной квартире, но раздельно. Друг другу не мешаем.

— И дети есть?

— Нет, детей нет, — подумав, ответил Арам.

— Что ж, это хорошо, — простодушно заметила Маша. — То есть ничего хорошего, конечно, — спохватилась она, — но раз уж у вас такие отношения...

— У нас хорошие отношения, — одернул он ее, разглядывая чуть выступающие ключицы. — Ты знаешь, что ты чертовски хороша? Не просто красива, а *хороша*... Тебя хочется все время тискать, мять, любить, вонзаться в тебя...

Он поставил бокал, отобрал вино и у Маши, опрокинул ее на тахту, навалился сверху, придавив всей тяжестью своего тела.

— Тебя хочется насиловать. Ты так хороша, что хочется сделать тебе больно, понимаешь? — ласково вопрошал он, глядя прямо ей в глаза.

Склонившись, приник к ней долгим, нежным поцелуем. Руки его, сцепившись с ее руками, поднимались вверх, за голову... Неожиданно он отпрянул и быстрыми, резкими движениями привязал Машины руки к трубе отопления.

— Что ты делаешь? — вскричала девушка, пытаясь вырваться. — Мои колготки! Они порвутся! Развяжи немедленно.

— Да? — Он опять склонился над нею. — Ты действительно этого хочешь?

Он взял бокал, струя шампанского полилась на ее грудь, живот, на ноги. Арам склонился, слизывая влагу. Маша закрыла глаза. Язык спускался все ниже. Достиг самого низа живота. Маша застонала.

— Тебе хорошо, девочка?

— Да, — прошептала она.

— А так?

Резкий взмах его руки, что-то просвистело в воздухе. Живот обожгло. Маша распахнула глаза. В его руке был зажат ремень.

— Что ты делаешь? — вскричала она, осознавая, что не чувствует боли. Наоборот, бешеное желание словно вырвалось наружу именно от удара хлыста.

— А так? — Он снова стегнул ее.

Маша вскрикнула, выгнувшись, вцепившись зубами в связанные руки.

И он набросился на нее, жадно, жарко целуя, до

боли сжимая твердую грудь, вонзаясь в исходящее от вожделения лоно.

— Ты меня любишь? — рычал он. — Любишь меня, потаскуха?

— Да! Возьми меня в Москву.

— В Москву? — хохотал он, все ускоряя бешеную скачку на распростертом, покорном теле.

— Нет никакой Москвы! Поняла?

— Как нет? — слабо спросила Маша. — А что есть?

— Ничего. Ни кола ни двора.

— Кто же ты?

— Я вор! Поняла? Вор! Пойдешь за вором?

— Куда?

— Куда прикажу.

— Да... — лепетала Маша. — Пойду за тобой на край света...

И он опять стегнул ее, заставил перевернуться.

— Ну, встала на четвереньки, потаскуха! Сейчас, подожди...

Острая боль снова заставила Машу вскрикнуть и прогнуться. Он ухватил ее за волосы.

— Сейчас, сейчас, маленькая. Тебе будет хорошо. Вот увидишь, — бормотал он, возясь руками в ее теле.

Действительно, боль ушла, вместо нее небывалые по силе ощущения обрушились на Машу. На пике этих ощущений она закричала так громко, что он испугался, прижался к ее спине.

— Что? Очень больно?

— Нет... — выдохнула Маша.

— Я знал! Знал, что тебе все это понравится! — захохотал он, продолжая терзать почти бесчувственную женщину.

Они не сразу услышали, что в прихожей надрывается звонок.

Глава 16

ЛЕГКИЙ ДЕНЬ

В этот день ему везло. Возможно, дело было в том, что суета, связанная с первой волной зачетов, прошла. В институте было пустынно и свободно. Перед аудиторией собрались те, кто пересдавал контрольную по линейной алгебре. Человек десять, не больше. Проводила контрольную все та же красивая преподавательница. Открывая аудиторию, она задержала взгляд на Сергее и чуть заметно улыбнулась. «Все, будет сечь, глаз с меня не спустит! И не воспользуешься Танькиным подарком», — расстроился было Сергей. Танька Ерохина, отличница и спортсменка, откровенно и безнадежно влюбленная в Сергея (о чем знала вся группа), дала ему свой МР3-плеер. Дивная штуковина! На его приемничек заранее записывались ответы на все билеты. Причем на этой штуке, как на CD-плеере, можно было разбивать наговоренный текст на части. То есть не нужно перематывать пленку, чтобы найти нужный ответ. Достаточно набрать нужные цифры. Но их нужно набрать! И наушники опять же — тоже проколоться можно. Дома Сергей надел свитер с высоким воротом, пропустил наушник под ним, зацепил за ухо, покрутился перед зеркалом. Вроде бы не видно, но кто его знает... шевельнешься лишний раз — можно проколоться. Ладно, бог не выдаст, свинья не съест! Плеер лежал в кармане. Вариант, который получил Сергей на этот раз, оказался довольно простым. Покумекав, и самому можно было решить. Но преподавательница, раздав билеты, вышла минут на пять. Вполне достаточное время, чтобы извлечь плеер из кармана и не спеша нажать кнопки. И, слушая через наушник

Танькин голос, Сергей легко, без напряга, справился с заданием.

Он закончил одним из первых, сдал работу и вышел в институтский двор. После духоты аудитории особенно приятно было вдохнуть свежий, влажный воздух, в котором чувствовался приход весны. Что ж, середина марта. За ночь резко потеплело, то солнце выглядывает, то дождик собирается. И снег уже тает. Хороший день, легкий! Это ему в награду за вчерашний, вспомнил Сергей неудавшийся день рождения Маши. Как было жалко ее! Так она готовилась, старалась — и все испорчено! Все насмарку. Вообще ее жалко — неустроенность эта, чужой угол. Работа, которая ей не нравится. Конечно, она хорошая воспитательница. Сережа приходил в детский сад, видел, как любят ее дети. Но разве это работа ее уровня? Маша ведь образованный человек, любит читать, хорошо знает литературу. Ей бы... Куда бы ей? На телевидение, ведущей какой-нибудь, что ли... Ну да, нужен ты ей тогда будешь, хмыкнул внутренний голос. Но Сережа горячо возразил ему: буду нужен! Она так ласкова с ним, так снисходительна к его юности, зависимости от родителей... До поры до времени, сказал внутренний голос. Это верно... Сережа вздохнул. Он чувствовал, что черта, за которой ее снисходительность, терпение и ласковость испарятся, близко, очень близко. Что она подошла вплотную, как линия фронта в сорок первом.

И что-то нужно предпринимать. Но мальчишеское нежелание принимать решения тормозило его. И вообще... В целом все было очень хорошо. Даже бабушкин комод ушел куда-то в далекую перспективу, на самый задний план. Да и было ли это...

Короче, нужно заехать к Маше. Это обязательно! Нужно утешить ее, бедную девочку.

Он представил, как будет утешать ее, и заулыбался своему тайному счастью...

Сергей трезвонил уже несколько минут, а дверь все не открывалась. В конце концов он собрался было занять свое место на подоконнике возле окна, чтобы дождаться Машу, которая выскочила в магазин или еще куда-нибудь. Недалеко, потому что сегодня она работает в вечер, и значит, через час ей уже выходить из дома.

Он начал было спускаться вниз, но вдруг услышал перестук каблучков, дверь отворилась. Маша увидела его, улыбнулась чуть растерянной, отсутствующей какой-то улыбкой.

— Здравствуй, милый! Ты что?

— Пришел...

— Я вижу.

— Можно войти? — улыбался Сергей, радуясь, что видит ее, что она по-прежнему красива и что по-прежнему любит его. — А что ты так долго не открывала?

— Заходи, раз пришел.

Вот опять! Только она может так произносить слова! Кто-нибудь другой сказал бы то же самое, и вышло бы грубо. И ни за что не захотелось бы входить. А у нее это так мило, непосредственно, ласково. Мол, ты же уже пришел, что глупости спрашивать?

Сергей вошел, стянул куртку, увидел на вешалке незнакомую кожанку, вопросительно взглянул на Машу.

— А у меня гость, — сообщила она, ласково потрепав его по волосам. — Потому и не открывала долго. Музыка играла, я и не слышала звонка.

— Какой гость? Кто? — расстроился Сергей.

— Да-а, представляешь, преподаватель из института. Он здесь в командировке. Зашел меня с днем рождения поздравить, представляешь?

Они шли по коридору. Сергей очень расстроился: не удастся побыть с ней вдвоем.

— Не волнуйся, он уже уходить собрался, — шепнула ему на ухо Маша у дверей комнаты.

И Сергей засиял медным тазом. И сразу полюбил незнакомого преподавателя. Так и вошел в комнату с широкой улыбкой на лице.

Преподаватель оказался средних лет восточного типа брюнетом, впрочем, приятной, располагающей внешности. Он поднялся навстречу Сергею, с интересом разглядывая юношу.

— Знакомьтесь. Это Сергей, мой лучший друг. А это — Арам... Михайлович.

Преподаватель протянул руку. Сергей с чувством ее пожал.

— Очень приятно. О, какая у вас сильная ладонь! Занимаетесь спортом?

— Да так... Немножко. Вернее, раньше занимался.

— Какой вид?

— Спортивная гимнастика. Но я уже год как бросил. В институт готовился, потом первый курс...

— Где учитесь? О-о, — услышав ответ, уважительно покачал головой преподаватель. — Это очень серьезный вуз.

— Сережа у меня умница! — похвасталась Маша.

И Сережа снова просиял.

— Садись, милый!

134

Только теперь Сергей заметил букет хризантем, стоящий на столе. И початую бутылку шампанского. И два фужера. Маша, весело напевая, достала из серванта третий.

— Ну как день прошел, миленький?

— Хорошо. Удачный день, — не спускал с нее глаз Сережа. — А ты как?

— Да как? Вчера весь вечер проплакала, а сегодня вот нечаянная радость: Арам Михайлович зашел. А теперь и ты. Так что у меня нынче очень хороший день.

— Мне уже пора, к сожалению, — поднялся преподаватель.

— Как? Уже? — Сережа попытался изобразить огорчение.

— Пора, пора. С Машенькой мы уже пообщались. Она мне о себе все рассказала. А у меня еще масса дел. Я ведь в командировке.

Он поднялся.

— Что ж, очень приятно было познакомиться. Какой у вас симпатичный друг, Машенька. Вы меня проводите?

— Конечно. Сережа, посидишь минутку?

Господи! Конечно, он посидит! Они вышли. Сергей нажал кнопку магнитолы.

Маша стояла на лестничной площадке, глядя на мужчину снизу вверх. На этого не то грузина, не то армянина. Не важно. На своего господина.

Не грузин и не армянин, а бухарский еврей Абраша Шнеерсон, он же Арам Балаян, он же Каха Боргулия, прижал ее к себе и мгновенно отпустил, даже слегка оттолкнул.

— Что ж, девочка, прощай! — потрепал он ее по щеке.

От его прикосновения у нее вновь задрожали колени.

— Ты больше не придешь? — поняла Маша.

— Не приду, — твердо ответил мужчина.

— Почему?

— Не нужно это. Пустые хлопоты.

— Как это...

— Так. Хороший у тебя мальчик, береги его.

Он еще раз потрепал ее по щеке, начал спускаться.

— Скажи... — вслед ему произнесла Маша, — ты правда...

— Что — правда? — замер он.

И обернулся, и так посмотрел на нее, что она едва нашла в себе силы продолжить:

— Правда то, что ты говорил о себе?

— А что я о себе говорил? Я ничего не говорил. А ты ничего не слышала. Поняла?

Столько угрозы было в его голосе, угрозы самой настоящей, угрозы ее жизни — это Маша почувствовала кожей, — что она похолодела и едва слышно пролепетала:

— Поняла.

Он продолжил путь вниз и, прежде чем скрыться за поворотом лестницы, добавил с усмешкой:

— Хороший мальчик. Только ты с ним жить не сможешь. Заскучаешь. Слишком он для тебя хорош. Слишком чистый мальчик. Ты другая. Такая, как я.

И исчез. Только звук шагов. Спокойный, размеренный.

Маша стояла, прислонившись виском к косяку двери, слушая шаги, пока далеко внизу не хлопнула входная дверь.

...— Ну что ты так долго? — капризным голосом произнес Сергей. — Я уж идти за тобой собрался.

— Ну-у, он про девочек расспрашивал. Про своих студенток. Кто, да что, да как...

— Что же вы, без меня не наговорились? — Сережа подошел к ней, обнял.

— Не успели. Сразу обо всем не наговоришься. — Маша отстранилась. — Давай выпьем, а? Мы ведь вчера толком и не успели отпраздновать.

Она разлила остатки шампанского.

— Маш, что с тобой?

— А что?

— Ты же мимо льешь! — рассмеялся Сергей.

— Да? Правда. Ну это ничего. — Маша тряхнула головой, словно стряхивая с себя что-то невидимое. — Давай выпьем.

— Давай за тебя! Ты самая лучшая! — Сережа прикоснулся к ее бокалу своим, раздался тихий мелодичный звон. — Ты такая же чистая и звонкая, — прошептал он.

— Ага. Я самая лучшая, — усмехнулась Маша и выпила весь бокал до дна.

Сергей потянулся к ней. Она отнекивалась, говорила, что плохо себя чувствует. Он настаивал, канючил, выпрашивал. И выпросил. Маша сдалась.

Потом, поджидая ее на лестнице, чтобы проводить на работу, Сергей напевал что-то из Стинга и был совершенно счастлив.

Маша стояла под душем, подставляя залитое слезами лицо под тугие струи воды.

Через пятнадцать минут она вышла. Красивая до невозможности. Приветливая, ласковая — такая, какой Сергей ее любил без памяти.

Глава 17

ВЕЧЕР ЛЕГКОГО ДНЯ

— Мария Андреевна, меня Королев стукнул... Мария Андреевна, меня Королев стукнул... — пищал худой очкастый ребенок, Коля Коробешкин.

— Мария Андреевна, он первый начал... — бубнил толстый крепыш Семочкин. — Зачем он дразнится?

— Мария Андреевна, а мы гулять пойдем? — приставала девочка Настя в огромных бантах.

— Мария Андреевна, а почему зимой мухи дохнут, а тараканы всегда есть? — вопрошал Игорь, мальчик из профессорской семьи.

— Мария Андреевна, меня Королев стукнул...

— Мария Андреевна, он первый начал...

— Мария Андреевна, а мама говорит, что в дождь не гуляют! А мы гулять пойдем? — дергала за халат Настя.

— Мария Андреевна, а когда нам теперь укол делать будут? — потирал плечо Ванечка Алтухов.

— Мария Андреевна, меня Королев...

Дети дергали, хватали за руки, тормошили, словно куклу.

Маша отстранилась от окна, возле которого стояла уже несколько минут, прислонившись лбом к стеклу, глядя, как за окном проливается щедрыми потоками первый настоящий весенний дождь. Надо же! Еще вчера вечером с неба сыпал мокрый снег. Но за ночь так резко потеплело, словно весна вошла в дом сразу, без предупреждения. Как Сережа сегодня днем. Вот я! Прошу любить и жаловать.

— Мария Андреевна, меня Королев стукнул...

— Я тебя сама сейчас стукну! — пообещала

138

Маша. — Настя, отцепись! Гулять не пойдём. И потому что дождь, и потому что после прививки нельзя. Мухи дохнут от холода. А тараканы живут от грязи. Так маме и передай. Следующий укол будет через месяц. А сейчас все быстро сядут за парты. Сегодня арифметики не будет. Будем рисовать.

— У-р-р-а! — закричала старшая группа детского сада номер тридцать восемь.

Это было одно из лучших в городе дошкольных учреждений. С группой продленного дня. В ней и работала воспитательницей Мария Андреевна Разуваева.

Она хлопнула в ладоши.

— Быстро принесли в баночках воду, достали краски, альбомы и расселись по местам!

Дети шумно, роняя на ходу стулья, обмениваясь радостными возгласами, стараясь перекричать друг друга, приняли, что называется, приказ к исполнению.

Вскоре в классной комнате установилась тишина. Маша сидела у окна и, все глядя на дождь, пыталась осмыслить, что же произошло нынешним утром.

Случайный знакомый Арам ошеломил ее, перевернул ее сознание. То, что он вытворял с нею... Ей приходилось видеть подобные сцены в порнофильмах, но никогда они не вызывали у нее ничего, кроме желания отвернуться. Она и представить не могла, что все это так понравится ей. Его властность, его сила, жестокость и нежность одновременно. Саднили полосы на животе, оставленные его ремнем, но эта боль была сладкой. Господи, как Сережка-то не заметил? Впрочем, он вообще ничего не замечает, блаженный... И Маша испугалась самой себя. Того, что ей все это так понравилось. И ведь Арам прав: с Сергеем она заскучает. Она и сейчас скучает с ним. Очень часто ее раздражает его готовность услужить, выполнить любое ее желание. И это его вечное заглядывание ей в глаза, словно собачонка, ей-богу! Только что хвостом не виляет. К тому же все, что он пытается для нее сделать, все это не то и не так. Ну да, купил ей роскошное платье. Но на какие деньги? Да он их попросту спер у родителей, это же ясно! И когда кража обнаружится, все будет еще хуже, чем теперь. Поскольку его всевидящая мамаша сразу поймет, на кого ушли их кровные... И обзовет Сережку вором. А он очень ранимый. Давали бы парню денег побольше. Небедные. Папаша — военный врач. Все время по горячим точкам мотается. Получает в валюте. Мамаша — математичка. Абитуриентов готовит. Тоже за доллары...

А Арам настоящий вор? Да, похоже. Он признался в этом в такой момент, когда мужчины не лгут. И сказано было так, что она сразу поверила. И при прощании он, собственно, это подтвердил. Наверное, вор в законе. Потому и простился с ней так резко и бесповоротно. Нельзя вору в законе иметь постоянную подругу. Где-то об этом было сказано, в каком-то криминальном боевике. Жаль... Она пошла бы за ним на край света. Даже сейчас при одной мысли о нем по коже побежали мурашки.

«Господи, да что я, совсем с ума сошла? — испугалась Маша — Нужно забыть, стряхнуть с себя этот день». Она тряхнула головой, словно отгоняя наваждение.

Но итог-то, увы, грустный: опять промахнулась. Опять поставила не на ту карту...

— Мария Андреевна? Что это у вас так тихо? А-а, понятно. Урок рисования?

Маша оторвала взгляд от окна. В комнату вошла заведующая, Алла Юрьевна. В отличие от некоторых других особ женского пола, откровенно недолюбливающих Машу, Алла относилась к ней с почти материнской нежностью. Может, потому, что сама была красивой, счастливой в замужестве женщиной.

— Да, рисуем, — улыбнулась ей Маша.

— Как дела, ребята?

— Хорошо, Аллюрьевна.

— Посмотрите у меня, Аллюрьевна!

— А я уже почти нарисовал, Аллюрьевна!

— Дети, тихо! — чуть прикрикнула Маша. — Через десять минут закончите, вот тогда все рисунки покажем Алле Юрьевне.

— Да, ребятки. Заканчивайте спокойно. Мария Андреевна, зайдите ко мне на минуту.

Маша прошла в кабинет заведующей.

— Машуля, я хочу поздравить тебя с днем рождения. Вот, это тебе.

Женщина протянула нарядный сверток.

— Ой! Это же парео! Какая красивая вещь! Спасибо большое!

— Сигаретку хочешь?

— С ментолом? — улыбнулась Маша.

— Конечно. Садись. Кофейку попьем.

Маша села возле журнального столика. Алла разлила кофе. Положила почку ментоловых «Вог». Женщины закурили.

— Ну как прошел праздник?

— Да ну... Вспоминать не хочется. Представляете, мы с Сережей накупили всего, наготовили. А потом пришла Александра и устроила мне скандал: не те тарелки взяла, не те бокалы... Ужас. В общем, мы с Сергеем просто ушли из дома. Слонялись по улицам допоздна. Вот и весь праздник.

— Бедная ты девочка! Я бы предложила тебе снова пожить здесь, в детском саду, но Сереже сюда приходить нельзя, сама понимаешь.

— Понимаю, Алла Юрьевна. Конечно, понимаю. Вы и так столько для меня делали и делаете.

— Потому что девочка ты хорошая. Умненькая, только неустроенная. Жалко мне тебя. Замуж тебе нужно.

— Я бы и рада. Да за кого? — усмехнулась Маша.

— Был бы твой Сергей хоть на пяток лет старше, я бы сказала: только за него!

— Так заметно, что он меня моложе?

— Да я не о том! То, что он моложе, во-первых, не заметно, во-вторых, не важно. Я тоже старше мужа. Не на пять лет, а на семь. И он меня уже пятнадцать лет обожает. И Сережа твой будет обожать тебя всю жизнь. И парень он хороший, настоящий. Сейчас он мальчишка еще. А когда заматереет, ох и мужик будет! Уж поверь моему глазу! — рассмеялась Алла и тут же вздохнула: — Я о другом. Было бы ему сейчас не восемнадцать, а хотя бы двадцать три, я бы первая посоветовала: хватай и тащи в ЗАГС. Но такого совсем уж юного лопушка ни одна мать не отдаст.

— А я ее не спрошу! — с вызовом ответила Маша.

— Да-а? А что, вы уже собираетесь? — округлила глаза Алла Юрьевна.

— Собираемся!

— Ма-а-а-ша, — всплеснула руками женщина. — Вот это да! Подожди... А на что же вы жить будете?

— На что сейчас живем. Я же зарабатываю. А его родители и так кормят. А будут возражать, он на заочный переведется.

— А армия? Его же загрести могут.

— А я рожу. Ему отсрочку дадут.

— Что, ты уже... того?

— Точно не знаю, но похоже, — вдохновенно врала Маша.

Спроси ее кто-нибудь сейчас, зачем она это делает, она не смогла бы ответить. Словно бес вселился. И где-то внутри появилась уверенность, что так оно и будет! Она его на себе женит! Господи, да почему же она не сделала этого раньше? В сущности, это ведь просто: взяла за руку и повела в ЗАГС. Даже платье есть. Бледно-зеленое. Шикарное, из бутика. Один раз надеванное, ну да ладно — пятен нет. И то, что не белое — тоже неважно. Для такой невесты...

— То-то я смотрю, ты рассеянная какая-то. А мать его уже в курсе?

— Пока нет. Она меня не любит, хоть и не видела ни разу. Но мне все равно. И Сереже тоже.

— Хочешь, я с ней поговорю? Расскажу о тебе. Действительно, она тебя просто не знает. Ты ведь и чистюля, и хозяйка хорошая, шьешь-вяжешь. Дети тебя обожают.

— Спасибо, Алла Юрьевна. Там посмотрим. Я с Сережей посоветуюсь.

В дверь постучали и, не дожидаясь ответа, распахнули. В проеме стоял Сергей. На бледном лице горели отчаянно несчастные, красные от слез глаза.

— Маша! Ты здесь? Маша, выходи за меня замуж! — Не видя Аллы Юрьевны, произнес он срывающимся голосом.

Сережа вернулся домой рано, сразу, как только проводил Машу на работу. Как ни странно, мама уже была дома. По коридору шаркала бабуля. Увидев Сергея, испуганно отшатнулась, скрылась за дверью своей комнаты.

— Привет, бабуля! — весело крикнул вслед Сережа.

Настроение было замечательным! И в институте все в порядке, и с Машей повидался, и погода отличная: первый весенний дождь, настоящий ливень. Сережа очень любил такую погоду. Хоть и вымок насквозь.

— Привет, я в душ, а то промок! — крикнул он в кухню, где возилась у плиты мама.

— Здравствуй, сын, — послышалось в ответ.

Подчеркнуто сухой, какой-то неживой мамин голос не насторожил его. Сергей сбросил рюкзак и направился в ванную.

Он долго плескался, напевая что-то легкое, незамысловато-веселое; растирая крепкое тело махровой варежкой, даже любуясь собою. А что? И за это тоже любит его Маша. За его крепкое, мускулистое юношеское тело. Он погрузился в мысли о Маше, в грезы о будущей, еще далекой, но обязательно счастливой, успешной жизни. Например, он главный инженер крупного завода. Или даже директор. Полтысячи человек подчиненных. Он собран, подтянут, деловит. Его все уважают — он прекрасный руководитель. Женщины бросают на него призывные взоры, перешептываются: «Как хорош! Это ваш директор?» — «Да. Он такой... такой замечательный! — неведомый женский голос звучит восторженно, просто-таки благоговейно. — Его все так любят!» — «А он женат?» — «Увы! Еще как... Обожает жену...» — неведомый женский голос опечален...

Или еще лучше: он пользуется таким успехом у заводчан, что те выдвигают его кандидатуру в градоначальники. Предвыборная кампания. Спичрайтеры, клипмейкеры, пиарщики — все прибегают в его штаб. Но он отказывается от черных технологий. «Нет, — говорит он. — Я пойду другим путем. Это будут первые в истории... (чего? Города? Страны? — в этом месте Сергей запнулся)... Это будут честные выборы!»

И вот он выступает с трибуны на площади, заполненной людьми. И речь его вдохновенна, взор горит желанием помочь всем, всем людям! Чтобы все были счастливы так же, как он. Потому что в первом ряду стоит самая прекрасная женщина, его жена. И все, что он делает, все, чего добивается, — все посвящено ей! Он просит ее подняться на помост. Они стоят рядом, она смотрит на него влюбленным взглядом и улыбается, и ямочки играют на ее щеках. А народ там, внизу, рукоплещет им. Вдруг она поднимается на цыпочки и шепчет ему в ухо: «Давай сбежим!» И они убегают! Какой-то самолет (видимо, военный) уносит их на маленький необитаемый остров в Индийском океане. Они бродят там, обнаженные, по мокрому прибрежному песку, плещутся в теплых волнах и любят, любят друг друга...

В дверь постучали.

— Сергей, отец пришел. Освободи ванную, — послышался бесцветный голос мамы.

Сергей очнулся. Пригрезится же такое. И зачем ему быть директором завода? Заводов-то почти не осталось. А те, что остались, куплены иностранным капиталом. Да и вообще... Кто его приглашает в директора-то? Институт бы закончить...

Он растер тело жестким полотенцем, зачесал волосы назад. Посмотрел на себя в зеркало. Мужественное лицо. Высокий лоб, прямой нос, чуть крупнее, чем следовало бы, но мужчину это не портит, так считает Маша. Волевой подбородок с редкими волосами намечающейся бородки. Нужно побриться! Он побрился, еще раз с удовольствием посмотрел на собственное отражение. Директор — это, конечно, ерунда. Но топ-менеджер преуспевающей фирмы с западным капиталом и соответствующим окладом — это вполне возможно. Почему нет? Нужно стремиться! Маше это понравится. Или... Стать продюсером какого-нибудь культового фильма с Машей в главной роли. Бешеный успех, полные зрительные залы, премии на самых престижных кинофестивалях. Может быть, даже «Оскар». Маша, прекрасная, взволнованная, произносит со сцены слова благодарности. Они обращены к нему, Сергею. «Своим успехом я обязана мужу...»

Камера берет крупный план. Выхватывает лицо Сергея в первых рядах партера. Он спокоен, внешне невозмутим. Но внутри все бьется от радости за Машу, за них обоих...

— Сергей! — Голос отца звучал жестко.

Сережа вышел наконец из ванной комнаты.

— Прости папа, — машинально проговорил он, проходя мимо отца, находясь еще в плену своих грез.

— За что? — удержав его за руку, спросил отец и посмотрел прямо в глаза сыну.

И Сергей все вспомнил... И все понял.

— Пойдем на кухню, нужно поговорить.

Четыре-пять метров, которые отделяли их от кухни, Сергей преодолел так медленно, как только мог. За эти несколько секунд мир обрушился.

На кухне возле стола сидела мама. Отец прошел к окну и закурил, выпуская дым в открытую форточку.

Мама говорила ровным голосом, размеренно роняя слова. Каждое вонзалось в мозг и расплавлялось там, разливаясь болью. Сначала слова не составлялись в фразы. Потом он осознал их смысл: «Как ты мог?.. Гробовые... У собственной бабушки... Она вырастила тебя... Ты вор... Наш сын — вор!.. Сейчас же ты пойдешь к ней и на коленях, слышишь, на коленях...»

Но это еще ничего, это еще можно было вытерпеть. Потом он услышал: «Это все она! Ты не был таким! Эта мерзавка... Я знаю, где она работает. Я сообщу ей на работу, чтобы все знали, что она воровка, что это она подучила тебя... Мы подадим в суд...»

Сергей на мгновение оцепенел. Мозг взорвался чем-то красным.

— Не смей трогать Машу! — закричал Сергей.

— Не смей? Еще как трону! Воровка должна сидеть в тюрьме! — сорвалась на крик и мама.

Он в первый раз в жизни слышал, чтобы она кричала. Первый раз видел лицо, искаженное ненавистью... Да, ненавистью, но не к нему, а к Маше, которую она даже не видела никогда!

— Маша ни при чем! Если ты только посмеешь, если ты посмеешь причинить ей... неприятности, я тебе больше не сын!

— Я и так сомневаюсь, что тот, кто стоит передо мною, — мой сын!

— Ха! Сомневаешься?! — злобно рассмеялся Сергей. — А это я! И это ты, ты вынудила меня... Я не могу жить без денег. Это ты заставила меня поступать в институт. Я хотел работать, ты не дала! Это ты виновата, а не Маша. Если хочешь знать, Маша часто сама за меня платит. Думаешь, мне это приятно? Думаешь, приятно выклянчивать у тебя каждый рубль? Думаешь, тридцатка на кино в субботу — это достаточно? Ты когда в кино-то в последний раз ходила? Что ты вообще знаешь о жизни? Только и умеешь, что вытягивать деньги из родителей учеников за свои долбаные уроки.

— Не смей так разговаривать с матерью! — взревел молчавший до сих пор отец.

Сергей взглянул на него. Тот все так же стоял лицом к окну. Шея и уши его были багрового цвета. К форточке поднимались бешеные клубы дыма.

— Мы запрещаем тебе встречаться с этой девкой! — прорычал отец не оборачиваясь.

— Вы?! Запрещаете мне?! — Сергей смотрел в спину отца. — Да я женюсь на ней, слышите? Завтра же подадим заявление, поняли? Завтра же я уйду из института. Буду работать.

— Ты в армию пойдешь, а не работать! — рявкнул отец.

— И пойду! И пусть меня отправят в Чечню! И пусть убьют! А вы сидите на своих деньгах, объешьтесь ими, запихните их себе... Будьте вы прокляты!

На кухне повисла тишина. Он еще успел увидеть расширенные страхом глаза матери и бросился в свою комнату.

Главное — документы. Паспорт, студенческий, проездной... Так, теперь магнитола... Нет, это они ему покупали, не возьму. Плеер — это я сам, на свои обеденные. Это можно взять... Он покидал в рюкзак какие-то вещи — майки, трусы, футболки... Было слышно, как на кухне рыдает мать. Как отец кричит ей: «Не смей! Сидеть!»

Он выскочил с рюкзаком в руке, запнулся перед порогом бабушкиной комнаты, вошел.

Бабушка сидела у стола со спицами на коленях и тревожно смотрела на дверь. Бесцветные глаза в глубоких морщинах...

— Бабуля, ты прости меня, — сдавленно проговорил Сергей, чувствуя, что вот-вот расплачется.

— Что ты, внучек! Да глупости все это! Все перемелется. Ты сядь, успокойся.

Но слезы уже подступили к глазам. И ни в коем случае нельзя было допустить, чтобы они пролились здесь, в этой квартире. Он сдавленно всхлипнул, выскочил из комнаты, молясь всем богам, чтобы отец не встал на его пути... Потому что тогда... Тогда он, Сергей, за себя не ручался. Но коридор был пуст. Сергей вылетел на лестницу. Бегом вниз, прочь, прочь от этого дома, который он отныне ненавидел.

Глава 18

ПОМИНКИ

Александр Фонарев, оперативник из группы Турецкого, сверившись с адресом, записанным в ежедневнике, вошел в подъезд дома сталинской постройки. Искомая квартира на четвертом этаже. Лифт, конечно, не работает. Все как положено. Меряя шагами высокие ступени добротной лестницы, Шура (так звали его коллеги) думал о предстоящем разговоре. Разговор веселым быть не обещал. Совсем напротив.

Ему предстояло побеседовать с родственниками водителя Арнольда Трахтенберга. Того самого водителя-охранника, который сидел за рулем «вольвешника» в тот злополучный день. «И как прикажете разговаривать с несчастной женщиной — матерью парня, которому при взрыве напрочь оторвало башку? — думал Шура. — Начальству легко приказывать... Ладно, не брюзжи, Шурка, придет и твой черед. Будешь когда-нибудь и ты начальником!»

Утешив себя таким образом, Фонарев позвонил. За дверью играла музыка. Звучала одна из песен Синатры. Жизнь, однако, продолжается, успел подумать Фонарев. Дверь отворил молодой мужчина.

— Здравствуйте, оперуполномоченный Фонарев. — Шура предъявил удостоверение. — Я по поводу гибели...

— Здрасте. Проходите. Мы как раз брата поминаем.

«Ежкин кот! Сегодня же похороны были! Вот черт, как не вовремя приперся!»

— Что же вы меня не предупредили, что вам в этот день неудобно? Мы бы перенесли встречу...

— Почему неудобно? Проходите. Помяните брата. Потом поговорим. Люди уже ушли, мешать никто не будет. Мать-то легла, тяжело ей. А мы с женой еще сидим.

— Так я не помешаю? Лидия Михайловна себя плохо чувствует...

— Не, не помешаете. А мать спит. Я ей снотворного дал. Проходи, лейтенант! Меня Николаем зовут. А тебя? Я в ксиве твоей не разглядел...

— Александр Фонарев.

— Ну, будем знакомы! — Николай стиснул ладонь опера. — Проходи, Шура!

«Что ж, может, и удачно пришел», — изменил свое мнение Фонарев.

В комнате стоял длинный поминальный стол. Закуски были сдвинуты на один угол, там же стояла едва початая бутылка водки, два столовых прибора. Пышнотелая молодая женщина убирала в сервант гору намытых тарелок.

— Аленка, ставь тарелку! К нам гость, — негромко окликнул жену Николай.

— Какой я гость, — промямлил было Фонарев.

— Молчи! В такой день каждый, кто вошел, — гость. И обязан помянуть умершего. Аленка, знакомься, это опер из прокуратуры. Из генеральной! — уважительно добавил Николай.

Алена обернулась и оказалась миловидной черно-бровой хохлушкой.

— Здрасте, — нараспев произнесла она. — Седай-те, будьте ласковы.

— Аленка, ты эти свои хохляцкие словечки бро-сай! Три года в Москве живешь!

— Я ж стараюсь, коханый! — жалобно пропела женщина.

— Вот ведь наказание мое! — Николай улыбнул-ся, явно довольный обращением. — Садись, лейтенант! Давай вот сюда, на диван. Аленка, клади ему селедки, салату давай. Огурцы малосольные. Очень вкусные. Аленка сама делала. А холодец остался? А сало где?

— Так остался. И сало осталось. Они ж и не ели ничего. Выпили по рюмке и все... Шо за люди? Мы ж с мамой так старались... Счас достану. Я в холодиль-ник убрала...

На столе возник нарядный холодец с дольками лимона и кружками моркови и тарелка с аппетитным копченым розовым салом в тонких прожилках мяса.

— Ну, давай помянем брательника. — Николай указал глазами на портрет красивого, широко улыба-ющегося парня в костюме горнолыжника, снятого на фоне белоснежных гор.

— Что, лыжами увлекался? — спросил Фонарев, пока Николай разливал водку.

— Ага. Он всем увлекался. И лыжами, и альпиниз-мом, и на плотах по речкам сплавлялся. Пел под гита-ру. Девки его любили. Все у него было, пока к этому уроду не попал. Ладно, давай помянем!

Николай опрокинул стопку. Алена чуть пригуби-ла, захлопала ладошкой у рта, подхватила кусок сала. Шура выпил было полстопки. Но Николай запротес-товал:

— Кто ж так пьет? Лейтенант, ты чего? Разве в «органах» *так* пьют? Алена, а ты чего барышню строишь? Думаешь, лейтенант поверит, что ты отродясь водку не пила? А ну-ка выпили до дна!

«Однако! Какой напор! В армии, наверное, сержантом был», — отметил про себя Фонарев, допивая содержимое стограммовой стопки. За ним подтянулась и Алена, ахнув свою порцию и хрустнув огурцом.

— Вы закусывайте, товарищ. Еды много, — улыбнулась Алена.

— Ага, — согласился Шура, боясь опьянеть. Все же, хоть организм тренированный, но с утра маковой росинки во рту не было. Пока Шура налегал на сало и холодец, Николай посмотрел на портрет брата и заговорил:

— Вот Семен! Вот как мы тебя поминаем! Я, да Аленка, да товарищ из прокуратуры. А где же твои друзья, Семен?

Семен, ясное дело, не отвечал. Вместо него голос подал Шура:

— А где его друзья?

— Нету! — с горечью в голосе тут же откликнулся Николай.

— Почему? — стараясь побыстрее прожевать сало, спросил Фонарев.

— Все из-за работы этой долбаной. Раньше-то у него корешей было много. Еще со школы, потом армейские, потом из института. Столько народу звонило, в гости приходили...

— Ага. Мы и на дачу любили ездить, когда туда Сенька приезжал, — поддержала Алена. — Когда Сеня там, значит, и друзей его полон дом, и шашлыки, и гитара... Эх! — вздохнула она.

— Так что же случилось-то? Куда же они все подевались?

— Когда Сенька на эту работу устроился, к вурдалаку этому, там же строго все было. Будто в охрану к президенту попал, е-мое! Подписку давал о неразглашении... Этот, как его... Имидж сменил. Костюмов накупил. Рубашки обязательно белые, галстуки всякие от кутюр. Это для водилы-то! Не слабо, да? Как же у них там офисные служащие одеваются? И вообще, изменился брательник. Молчаливый такой стал...

— Ага. Пока не выпьет, — вставила Алена.

— Так нужно же было хоть иногда разрядку какую-то... Он только с нами и расслаблялся. А с друзьями общаться перестал. Боялся, видно, болтануть по пьяни лишнего. Давайте еще по соточке, а то ведь и выпить-поговорить за весь день не с кем было. Ну, брат, пусть земля тебе будет пухом!

Все выпили. Николай молча катал шарик хлеба, по скулам ходили желваки.

— Вот, паскуда, до чего довел: голову брату отхватило! Это что же такое? Он Чечню прошел — ни одной царапины. А здесь... Мирное время, центр Москвы, а хоронили в закрытом гробу. Хорошо, хоть мать не видела — не пережила бы. Я сам, когда на опознание вызывали, едва с катушек не съехал... А все деньги! Из-за денег попер в это логово. Я ему говорил: такие деньжищи просто так не платят! Все свою цену имеет, и деньги тоже. Нет, куда там. Мол, меня пули не берут, я заговоренный! Это он на квартиру накопить хотел. Вот и накопил...

— А кто его устроил к Трахтенбергу?

— К Траху-то? Не помню. Кажется, армейский какой-то корешок.

153

— Так, а что ж там такого страшного было? Почему секретность такая? — осторожно спросил опер.

— А черт их знает. Видно, Трах сильно за свою шкуру боялся. Весь распорядок дня, маршруты — все в секретности держали. Семка с утра не знал, куда через пятнадцать минут выезжать: то ли домой за ним, то ли в офис, то ли в этот дом публичный...

Фонарев внутренне подобрался, но как можно небрежнее продолжил разговор:

— Скажи, Николай, а брат не рассказывал вам об угрозах в адрес Трахтенберга? Все-таки личный водитель, это почти как личный доктор...

— Не, мужик, ты не въезжаешь... У Траха четыре водителя было. Что же он, со всеми откровенничать будет? Не-е. Там перегородка в «вольвешнике» была, чтобы переднюю часть салона отгородить от задней. Даже если рядом с Трахом кто-то и сидел и базар о чем-то шел, водила ничего не слышал: перегородку опускали — и все!

— Но между собой охранники обсуждали всякие дела?

— Ничего не обсуждали. Там каждый следил за каждым и каждый доносил на каждого. Система Третьего рейха.

— А вот первое покушение... О нем что-то говорилось?

— И о нем ничего. Начальник службы безопасности собрал всех и сказал, что ведется внутреннее расследование. И чтобы все держали язык за зубами. И никому нигде ни на один вопрос не отвечали. И по поводу версий... И вообще. После того случая Трах потребовал, чтобы ему бронированную машину достали. Броня крепка и танки наши быстры... Ничего, и через броню нашли. Пуля, она, может, и дура, но рано или поздно кого нужно достанет!

— Там взрывчатка была, — поправил Фонарев.

— Не важно. Я фигурально. В общем, служба, ты меня не пытай. Ничего я не знаю. Ничего мне брательник не рассказывал.

— Не доверял, что ли?

— Я так думаю, что берег. И меня, и мать, и Аленку. Ладно, давай помянем. Аленка, тащи бутылку, эта пустая уже.

Женщина достала из морозилки запотевшую поллитровку. Николай снова разлил.

— Эх, Семен, Семен! — все глядел на фотографию Николай. — Жить бы тебе да жить... — По его щеке покатилась нетрезвая слеза. — Ладно, светлая память!

Выпили. Шура старательно налегал на холодец — отличное средство сохранить ясность мысли. Ясно было одно: черта с два из этого мужика что-нибудь вытянешь. Видимо, «система Третьего рейха» распространялась и на семьи.

— А что, друзья и на кладбище не пришли? Как-то не по-христиански... — Шура возобновил разговор.

— Почему не пришли? Там народу много было. Все его ребята были. И девчонки. И к нам сюда собирались приехать. Алена на целый полк наготовила. Только едва мы у могилы собрались, свечки зажгли, постояли молча, каждый своего Сеньку вспоминая... А тут эти «коммандос» на джипах. Целая кавалькада. Вышли все в черных костюмах, в черных очках — как роботы. Венки положили, потом мать подхватили под руки — и в машину. Мол, мы вас, Лидия Михайловна, до самого дома домчим. Ну и мы за ними. Что же нам мать одну с ними...

— Это они не хотели, чтобы люди к нам в дом пришли, это точно! — воскликнула хмельная Алена.

— Точняк! — лаконично подтвердил муж. — А здесь, едва вошли, по рюмке хлопнули, мол, спи спокойно, дорогой товарищ! И все! Вышли строем, как не было.

— А чего ж так?

— Правда, маме конверт оставили, что да, то да! Пухлый такой конверт... Мы еще и не смотрели... — По выражению полного удовлетворения, промелькнувшему на лице женщины, было ясно, что, конечно, смотрели. И сумма вполне устроила.

— Ты закрой пасть-то! — прошипел муж.

— А что же они не остались посидеть? — как бы не заметил Алениной оплошности Шура. — Товарища добрым словом помянуть?

— Так чтобы разговоров лишних не было. Вопросов-ответов, — Алене явно хотелось привлечь к себе внимание товарища из прокуратуры.

— Это про публичный дом, что ли? — небрежно спросил Фонарев, уминая соленый гриб.

— Да! И про это! Нам-то Сенька рассказывал...

— Что он тебе рассказывал? — грозно вскричал вдруг Николай.

— Так... Как што, коханый? Про девчонок с телика... Он же их прямо с экрана и туда...

— Ты че? Бредишь, что ли? Выпила лишку, так иди спать! Пошла, пошла, — Николай поднялся, пытаясь вытолкнуть жену из-за стола.

— Ты че? Я тебе кто? Че я такого сказала? Товарищ и так знает. Он же сам сказал. И ты первый начал!

— Мало ли что... Давай-ка посудой займись. Иди, кому сказал! — взревел глава семьи.

Алена нехотя покинула комнату, обиженно взглянув на мужа.

— Чего это ты вызверился? — миролюбиво спросил Фонарев. — Знаем мы про их дома публичные. Ты про какой говорил? Про тот, что на Юго-Западе?

— Если все знаешь, так не расспрашивай. Только сдается мне, ты меня паришь. Ничего ты не знаешь. Потому что нет ничего на Юго-Западе.

— А где есть?

— А это ты сам выясняй! Нашел дурака! И вообще... Я к тебе по-хорошему, стопку налил, помянуть предложил, а ты меня выпытываешь. А потом в контору свою вызовешь и под протокол?

— И вызову! Ты сам-то в уме? Твоего родного брата убили, башку ему оторвали! Мы ищем тех, кто это сделал, чтобы наказать! А ты что? Помочь не хочешь? Не хочешь помочь найти убийцу брата? — наступал Фонарев.

Николай молча наполнил стопку, молча выпил, понюхал корку хлеба и изрек следующее:

— Я тебе вот что скажу. Брата не вернешь. А я у матери единственный сын остался, надежда ее старости. Ты хочешь, чтобы и мне башку оторвали? А я не хочу. Я еще пожить хочу, понял? И ребятишек заделать парочку, и дом достроить в деревне... Так что ты меня не прессингуй. У тебя работа такая — расследовать, вот ты и расследуй. Только не за мой счет! Понял?

— Понял, — вздохнул Шура. — Вот из-за таких несознательных граждан...

— Да пошел ты! Из-за такой прокуратуры у нас бандиты, воры и убийцы живут припеваючи. Никто их не наказывает. А если простой мужик, вроде меня, против них пойдет, они меня из-под земли достанут.

И никакая милиция с прокуратурой в обнимку меня не спасут. Все! Поминки закончены.

— Если понадобится, вы будете вызваны для дачи свидетельских показаний официально, — произнес, поднимаясь, Фонарев. Лучше бы он этого не говорил.

— Какие свидетельские? Ты опупел, что ли? — взревел Николай. — Мы же пострадавшая сторона. Пострадавшие мы, а не свидетели, понял? Вот и чеши отсюда, опер мамин! А то я тебе сейчас чайник быстро начищу!

— Колечка, Коленька, не надо, миленький!

Из кухни влетела Алена, повисла на муже, махая рукой Фонареву: дескать, уходи, пока цел.

Фонарев солидно кашлянул, давая понять, что он уходит, поскольку считает задание выполненным, а не потому, что Николай злобно таращит на него выпученные пьяные глаза.

Глава 19
ЭКС-ПРЕДСЕДАТЕЛЬ

В то время как оперуполномоченный Фонарев поминал погибшего водителя Семена Шатрова, Александр Борисович Турецкий находился с визитом в загородной резиденции Ивана Васильевича Артеменко.

Бывший председатель совета Российской ассоциации рекламных агентств, бывший генеральный директор одной из ведущих рекламных групп SGS communication, а ныне — прикованный к инвалидному креслу седой мужчина лет пятидесяти восседал напротив Александра у стола карельской березы, выполненного в стиле александровский ампир. Саша сидел в кресле того же гарнитура, что и стол, и диван, и несколько стульев. Гарнитурчик тянет тысяч на двадцать пять баксов, прикинул про себя Турецкий.

Они вели беседу под удивительно вкусный английский чай, который разливала супруга Артеменко, длинноногая белокурая красавица, явно из бывших моделей.

Беседа шла ни шатко ни валко. Артеменко, разумеется, знал о гибели Трахтенберга, но разговорить его никак не удавалось.

— Что вы хотите, Александр Борисович? — пожимал он плечами. — Заниматься в нашей стране бизнесом, тем более крупным бизнесом — это занятие, опасное для жизни. Так что с кем не бывает, как говорится...

— Да, кому, как не вам, это знать, — сочувственно произнес Турецкий.

— Что было, то прошло. Зацикливаться на своей беде — занятие малоперспективное. Алиночка мне очень помогает, вливает в меня душевные силы, — поцеловал он руку жены.

— Простите, что ворошу прошлое, но, насколько я знаю, виновников вашего несчастья не нашли? Ни киллера, ни заказчика?

— Не нашли, разумеется, — усмехнулся Артеменко. — Разве может милиция переиграть спецслужбы?

«Ага! Вот оно! Пошло!» — навострился Александр.

— Вы считаете, что к покушению причастны...

— А кто составляет службы безопасности всех воротил отечественного бизнеса? Кто их возглавляет? Это же всем известный факт, что бывшие сотрудники раскуроченного, разоренного КГБ влились стройными чекистскими рядами в разнообразные частные охранные предприятия — ЧОПы. Или в команды вполне конкретных господ.

— Так уж и все...

— Хорошо, кое-кто остался в ФСБ, — усмехнулся Артеменко.

— Но кому было выгодно убрать вас?

— А вы не догадываетесь?

— То есть, вы считаете, что заказчиком мог быть покойный Трахтенберг?

— Я этого не говорил. Заказчиком мог быть не он. И скорее всего — не он. Но мое место освобождалось под него. Что и показали последующие события.

— А кто же, по вашему мнению, мог заказать Арнольда Теодоровича?

— Ну, батенька, вы и вопросы задаете... Это ваша задача, не моя. Вам за ее решение зарплату платят. Или мало платят? Переходите ко мне.

Иван явно поддразнивал Турецкого. Но тот на провокацию не поддался.

— Зарплата меня совершенно устраивает. Кроме того, я как государственный служащий имею много льгот.

— Рисковать жизнью, не спать ночами, жертвовать праздниками ради трудовых буден... — все подначивал Артеменко.

Признаться, Александр именно это и имел в виду. И то, что его раскусили, как мальчишку, разозлило. Турецкий хотел было отбить удар достаточно жестко, но остановился, вспомнив, что напротив него — наполовину парализованный человек, изо всех сил старающийся казаться этаким отчаянным мачо. Ладно, подыграем.

— Да, в том числе и это. Но главное — бесплатный проезд в городском транспорте.

Артеменко расхохотался.

— А вы мне нравитесь.

— Благодарю, — склонил голову Александр. — Если не возражаете, вернемся к Трахтенбергу. Иван Васильевич, я ведь пришел к вам не затем, чтобы вы выполняли мою работу. Я пришел поговорить с умным, сведущим человеком, который ориентируется в мире рекламного бизнеса куда лучше, чем я.

— Благодарю, — в свою очередь склонил голову Артеменко, явно копируя Александра. — А что к нему возвращаться? Мертвые сраму не имут...

— Скажите, Иван Васильевич, вот Российская ассоциация рекламных агентств, которую вы когда-то возглавляли, в чем ее задачи? Каковы функции?

— Ассоциация-то? Это мое детище, не скрою. Попытка вести бизнес цивилизованным путем. Это своего рода третейский суд, куда можно было обратиться за помощью, за защитой, за кредитом даже. Мы пытались препятствовать образованию монополистов от рекламы. Это была попытка создать более-менее равные стартовые условия игрокам. Чтобы на поле не царил только Артеменко, или Трахтенберг, или Пупкин. Чтобы реклама была разнообразна. Только так она могла бы развиваться, быть более качественной. Совет ассоциации принимал новых членов. При этом была обязательна рекомендация трех действующих акционеров ассоциации. Зачастую заказчики рекламы обращались к нам, к совету, и мы рекомендовали, какую из рекламных компаний выбрать заказчику. Проводились своего рода тендеры. Мы давали своим клиентам определенные гарантии: если рекомендованная нами рекламная группа не удовлетворяла заказчика, мы подключали других членов ассоциации и выполняли заказ уже за свой счет. Конечно, наши постоянные клиенты вносили определенные взносы за право работать с ассоциацией. Это своего рода Ротари-клуб. Так было при мне. Когда совет ассоциации возглавил Трахтенберг, все стало меняться. Все наиболее выгодные заказы он переключил на свое агентство... Так что сейчас ассоциация — не более чем формальность.

Александр слушал, изображая на лице полнейшее внимание. Более того, всей мимикой Турецкий как бы говорил, что совершенно одобряет оратора по всем пунктам пламенной речи. Думал он при этом следующее:

«Ага. Справедливость, равные стартовые условия... Пока ты был у руля, заказ на рекламу президентских выборов почему-то получила именно твоя группа».

Вслух он произнес следующее:

— Тогда, может быть, среди «рекламщиков» нарастало недовольство, созрел так сказать дворцовый переворот? Возникла некая новая сильная фигура, пожелавшая сместить заевшегося олигарха? Король умер — да здравствует король! Кстати, кто будет преемником Трахтенберга на посту председателя совета?

— Это не важно, — поморщился Артеменко. — Я сказал уже, что ассоциация утратила свою патронирующую роль. Каждый участник этого бизнеса нашел свою нишу. Рынок поделен.

— Но, возможно, есть обиженные?

— Обиженные есть всегда. На обиженных воду возят, — усмехнулся Артеменко. — Однако если каждый обиженный примется взрывать автомобили... Останутся только пешеходы. Не так-то это просто устроить, вы не находите?

— Нахожу. Поэтому и пытаюсь понять, кто мог организовать эту акцию. Судя по обстоятельствам взрыва, организатор многое знал о Трахтенберге: каким путем тот возвращается с работы домой, в какое время Арнольд Теодорович выехал из офиса...

— Ну... Все правильно, — улыбнулся Артеменко.

Турецкому порядком надоели эти его улыбочки всезнающего гуру. Мол, знаю, но не скажу.

— Между прочим, и у вас, милейший Иван Васильевич, есть мотив убийства.

— Да? Какой же?

— Ну как же: из-за Трахтенберга вы лишились возможности жить активной, полноценной жизнью.

Лицо Артеменко на мгновение окаменело. Затем он снова улыбнулся. Но это, пожалуй, и не улыбка была. Скорее, оскал.

— А я продолжаю жить активной и полноценной во всех отношениях жизнью, — медленно проговорил он. — Вы полагаете, что для этого обязательно нужны ноги? А я думаю — голова. Козлы, вон, бегают на четырех копытах, а толку что? Даже молока не дают.

«Это он обо мне, что ли? — изумился про себя Турецкий. — Это уже на грани фола, если не за гранью. Спокойно, Саня, не поддавайся!»

Сцепив под столом руки, Александр продолжил беседу:

— Но, согласитесь, у нормального человека в ваших обстоятельствах должно возникнуть элементарное желание отомстить, желание возмездия.

— Бросьте вы! Я немедленно выставил бы вас вон, но понимаю, что профессия накладывает отпечаток. Преступники мерещатся повсюду. В моем случае это абсурд! Я прикован к этому креслу восемь лет. Неужели вы думаете, что за этот срок я не нашел бы возможности расправиться с Арнольдом, если бы захотел? Уверяю вас, он умер бы гораздо раньше. И разве я сказал, что меня «заказал» Арнольд? Он вообще мог быть не в курсе, каким образом для него расчистили место.

— Что же получается? Коллеги по бизнесу живут между собой мирно, и у них нет мотивов для убийства. Вы тоже не причастны, вы меня убедили. Кто же остается?

Иван Васильевич загадочно молчал.

— Кстати, вы, конечно, знаете, что два месяца тому назад на Трахтенберга уже было совершено покушение?

— На Трахтенберга? — как-то по-особому спросил Артеменко.

— Ну да... Взрывчатка также была в его автомобиле. Взрыв произошел, когда в нем находился Трахтенберг. Все так же.

— Так же? — переспросил Артеменко, опять по-особому произнеся слово.

— Ну... Не совсем так. В первом случае взрывпакет был прикреплен к днищу. И пострадал охранник Арнольда. Но во втором-то погиб он сам!

— Думаю, что и в том, и в другом случае пострадал тот, кто должен был пострадать.

— То есть... Вы считаете, что первый взрыв был предназначен охраннику? Мы знаем, что пострадавший — не просто охранник. Мы знаем, что пострадавший был рядом с Трахтенбергом на протяжении лет десяти. То есть должен был пользоваться его неограниченным доверием. Это что же, Арнольд его наказал?

— Заметьте, не я это сказал, — воспользовался Артеменко известной экранной шуткой.

— Но за что?

— Батенька, вы слишком много задаете вопросов. На которые...

— Ну да! Сама, сама, сама... Я понимаю, что отвлекаю вас от важных дел, — вложив в интонацию немного иронии (главное — не перебрать!) и в то же время жалобно произнес Турецкий, — но без вашего опыта, знаний...

— Алиночка, завари нам еще чайку, — вздохнул Иван Васильевич.

Женщина молча исчезла с чайником в руке.

«Немая она у него, что ли? Может, они сошлись на почве физических недостатков?» — с некоторым душевным волнением подумал Александр, глядя вслед безупречной красавице, пусть даже и немой. И почувствовал, что завидует сидящему напротив него калеке.

— Александр Борисович, вы в процессе расследования изучали, конечно, творчество Трахтенберга? Его рекламные ролики?

— Да, разумеется, просматривал. Реклама пива, косметики, один из операторов мобильной связи, автомобили... — добросовестно перечислял Александр, словно школьник перед учителем.

«Учитель» кивнул:

— Верно, верно. И как вам его продукция?

— Ну что... Довольно интересные ролики. Отличаются от других. — Турецкий попытался сформулировать впечатление: — Веселые такие. Жизнеутверждающие. Или, напротив, загадочные, романтичные. И везде у него молодежь. Компании молодежи, девушки симпатичные. Одна очень красиво что-то ест. Не помню, что именно. Очень милая девушка, — невольно улыбнулся Александр.

— Да. И заметьте, никаких всем известных, затасканных лиц. В этом было его кредо. Он считал, что известные актеры, снимающиеся в рекламе, только раздражают зрителя. Отвлекают внимание от рекламируемого товара. Актер вызывает огонь на себя. Зритель думает: «Ну что ты туда поперся, в рекламу эту? Денег все мало? А мы тебя так любили за роль такую-то и сякую-то!» И это раздражение накладывается и на рекламируемую продукцию.

— Верно, — рассмеялся Турецкий. — А где он брал лица «незатасканные»? Таких милых барышень, например?

— Работала целая команда. Сотрудники ходили по институтам, дискотекам, просто на улицах высматривали. Арнольд и сам активно работал в этом направлении... Особенно что касается милых девушек.

— Поня-я-тно.

— Боюсь, что вам еще очень многое непонятно. Но направление... Верной дорогой идете, товарищ.

Турецкий снова почувствовал раздражение от этого покровительственного тона. «Что это он мне свои версии навязывает?»

— Ладно, на время оставим девушек в стороне. Скажите, пожалуйста, а клиенты Трахтенберга не могли иметь к нему претензий? Или он к ним? В бизнесе всякое бывает...

— Это верно, бывает всякое, — Артеменко снова улыбнулся своей насмешливой улыбкой. — В целом, насколько мне известно, клиенты Арнольда были им довольны. Но... Есть один господин, который изрядно трепал нервы Трахтенбергу и сотрудникам его агентства.

— Кто же это?

— Господин Горбань. Помните марку?

— Конечно, — оживился Александр. — Отличный алкоголь!

— Вот-вот. Там целая история. Но это уж вы сами. Мне пора отдохнуть. У меня режим.

— Благодарю вас за беседу, — поднялся Александр. — Вы рассказали мне много интересного и даже подбросили версию.

— Ничего я вам не подбрасывал. Версии, пожалуйста, сочиняйте сами.

— Напрасно вы в таком тоне! — разозлившись, не сдержался Александр. — Мы не сочинительством занимаемся, мы расследуем преступления. Жестокие, кровавые. Такие, как взрыв машины Трахтенберга. Ведь не он один погиб! Погиб его водитель, молодой, здоровый парень, которому еще жить бы и жить. И мальчик-мотоциклист. Вы верите, что он профессиональный убийца? Лично я думаю, его кто-то подставил! А ведь у него наверняка остались мать, отец. Может быть, любимая девушка. В чем виноваты они?

Артеменко молча слушал. В его лице что-то менялось. Наконец он произнес:

— Знаете, всегда кто-то кого-то подставляет. Нынешняя жизнь, к сожалению, замешана на подлости и предательствах.

— Это у кого как, — жестко ответил Турецкий. — Как говорится, каждому по делам его!

— Алиночка, проводи гостя, — окликнул жену Артеменко. И, развернув коляску, поехал прочь из комнаты.

Тотчас возникшая безмолвная Алиночка протянула руку в роскошных перстнях, указывая Турецкому дорогу.

— Если будет необходимость, нам придется встретиться еще раз! — резко произнес взбешенный Турецкий. Не хватало еще, чтобы его, помощника Генерального прокурора, выставляли из дома!

— Разумеется, — хозяин остановился у дверей в спальню, оглянувшись на уходящего визитера.

— А знаете, в чем основная радость моей нынешней жизни? — Артеменко буквально выстрелил вопросом в спину Турецкого.

Александр обернулся, выжидающе глядя на хозяина.

— В том, чтобы демонстрировать физически полноценным мужикам свое превосходство. В том числе умственное.

Саша молча направился за Алиной.

«Ну и скотина! — подумал он уже в машине. — Еще, главное, при жене! Так меня давно никто не делал.

Он связался по мобильнику с Левиным.

— Олег, как дела? Что по киллеру? Никаких новостей? Так и остается неопознанным? Ясно. Теперь слушай мою команду: нарыть все, что можно, про торговый дом «Горбань». И как они взаимодействовали с Трахтенбергом. Собрать всю возможную информацию. Когда? Вчера! Короче, максимально быстро! Исполняй!

Затем он связался с Грязновым:

— Слава! Нужно найти бывшего охранника Трахтенберга. Помнишь, одноногий? Фамилия — Малашенко. Он был на месте происшествия. Приехал и уехал. Нужно найти! Дай своим орлам указание. А я к тебе заеду ближе к вечеру. Ну, пока!

Глава 20

МЕРТВЫЕ СРАМУ НЕ ИМУТ...

Вячеслав Иванович Грязнов рассматривал сидевшую напротив него женщину, которая тихо плакала, уткнувшись в носовой платок. И пока она плакала, приговаривая: «Простите, я сейчас... Я сейчас успокоюсь...», он рассматривал жену воротилы отечественного рекламного бизнеса, Софью Марковну Трахтенберг. И тяжелый вздох готов был вырваться из могучей груди Грязнова. Внешний облик супруги убитого никак не соответствовал ее статусу. Скорее, она была похожа на обычную домохозяйку из семьи среднего достатка. Вот и одежда, хоть и дорогая, что очевидно, но... И брюки, и широкая блуза — все было как-то не с ее плеча, что ли. Гораздо легче было представить ее на кухне, возле плиты в фартуке или халате. Вот и руки явно знакомы с работой по дому: коротко остриженные ногти, трещинки на пальцах, один из которых заклеен лейкопластырем. Порезалась, подумал Грязнов. Лицо и шея в морщинах. То есть свои пятьдесят мы не скрываем... А могла бы разориться на подтяжку или еще что-либо в том же роде.

— Простите меня, — еще раз всхлипнула женщина. — Тридцать лет вместе, и такой ужасный конец...

Трахтенберг был женат первым браком. На Софье Марковне. А мог бы и сменить старую на новую, как говорится в рекламном ролике ее мужа. Но не сменил. Что же это за семья?

И могла ли Софья Марковна быть причастна к убийству своего мужа? Это и предстояло выяснить Грязнову.

— Соберитесь, голубушка, — ласково проговорил он. — Понимаю, как вам тяжело...

— Вы женаты? — сквозь слезы спросила женщина.

— Увы, нет.

— Тогда вы не понимаете... Мы со студенческой скамьи...

— Да? Вы с мужем вместе учились? — Ее нужно было отвлечь, чтобы слезы перестали наконец течь по дряблым, отвисшим щекам рано увядшей женщины.

— Да. Мы учились на одном курсе, в одной группе.

— Скажите, каким был Арнольд Теодорович в юности?

— О, он был замечательный, лучше всех, — слегка оживилась женщина. — Самый остроумный, самый веселый. Вечно что-то придумывал. Агитбригаду создавал или команду КВН. И везде был капитаном, первым. Весь курс был в него влюблен. Все девчонки. Я даже думать не смела, что он обратит на меня внимание... Хотите, я покажу нашу фотографию тех лет?

— Конечно, — кивнул Грязнов.

Женщина полезла в сумочку, достала черно-белую любительскую карточку. На ней юная, прелестная девушка улыбалась тихой застенчивой улыбкой, прижавшись к высокому парню. Ветер развевал длинные светлые волосы девушки и черные вихры парня.

«Однако время не красит», — с грустью подумал Грязнов.

— Замечательная фотография.

— Это мы в агитпоходе. Ездили по Подмосковью. Арнольд пел под гитару, потом у нас еще был сводный хор, потом он еще читал стихи. Как он стихи читал, вы бы слышали!

Она снова собралась заплакать, Грязнов увидел и поспешил спросить:

— А что делали вы? Танцевали, наверное?

— Что вы! У меня никаких талантов нет. Просто он меня таскал с собою повсюду. Я больше на кухне. Ребята с утра уедут в совхоз — и на весь день. А я им готовила, прибиралась... Мы обычно в школах-интернатах жили. Помните, раньше были школы-интернаты? Летом они пустовали.

— Они и сейчас есть. И, увы, переполнены даже летом. Но вернемся к вашей студенческой юности.

Значит, они на концерт, а вы на хозяйстве. И не скучно было весь день одной?

— Что вы! Когда же скучать-то? На двадцать человек наготовить, да полы помыть, да постирать. Мальчишки совершенно не умели стирать! — чуть улыбнулась она. — А вечером они вернутся голодные, полные впечатлений. И за стол скорей. И все меня нахваливали... Я была вечерней царицей... Шутка, конечно. Потом рассказы: где и как выступили, какие были накладки... Смеялись до упаду. Потом песни пели. Какое было время!

Софья Марковна затихла. Заплаканные глаза смотрели за окно. В них плавало прошлое.

— Гм-м, — кашлянул Грязнов, напоминая о себе. — Потом вы поженились?

— Да. На пятом курсе. После окончания остались преподавать в том же вузе. Поступили в аспирантуру. Диссертации защитили. Собственно, еще лет десять студенческая жизнь продолжалась...

«Интересно, она знала о том, что ее муж параллельно с диссертацией занимался «ювелиркой»? — думал Грязнов. — Похоже, что не знала. Но Трахтенберг-то каков! Подпольный миллионер Корейко!»

— Скромно жили? Преподаватели ведь зарабатывали немного.

— Нет, вы знаете, на жизнь всегда хватало. Арнольд где-то подрабатывал всегда. То вагоны разгружал, то платные концерты устраивал. Несколько наших ребят сколотили ансамбль. Помните, они еще назывались ВИА. Арнольд им помогал раскрутиться, как сейчас говорят. Вы не подумайте, ничего такого недозволенного! — воскликнула она, опасаясь, видимо, что грозный генерал накажет ее усопшего супруга за невинные шалости двадцатилетней давности.

— Что вы! Я и не думаю! То есть материально вы жили хорошо?

— Да, вы знаете, в еврейских семьях не положено жить плохо... — простодушно ответила она.

«Интересная мысль. Это что же, Моисей им так наказал?» — хмыкнул про себя Грязнов.

— ...Муж — добытчик. Жена — хозяйка дома, мать своим детям. Настоящая мать, которая всегда рядом. Когда родилась Диночка, а она у нас поздний ребенок, я работу оставила. Целиком посвятила себя дому. Тем более что Алик уже увлекся рекламой. Работал допоздна. Иногда и ночевать не приходил, столько работы было...

«Известно, какая у мужиков работа по ночам», — опять-таки мысленно усмехнулся Грязнов.

— А почему он увлекся рекламой?

— Ну... Алик был очень активным, талантливым человеком. В вузе ему стало скучно. Тем более что работа ректора, а он тогда уже был ректором — чисто административная. А Арнольду хотелось творчества. И когда подул ветер перемен, — она так и сказала! Безо всякой иронии! — Алик, конечно, отдался новому со всем пылом своего сердца.

«И, видимо, тела», — про себя добавил Вячеслав.

— Супруг не рассказывал вам о работе?

— Нет. Он очень уставал. Дом был для него отдушиной, местом отдыха. Я никогда не теребила его расспросами. И Диночка тоже. Мы старались сделать так, чтобы ему было уютно и покойно.

— Но ведь он был человеком публичным. Приемы, презентации. Вы там бывали?

— Нет. Я совершенно не светский человек. Мне все это не интересно. И эти его партнеры по бизнесу... Если хотите знать, я ненавижу рекламу. И мне не нравилось, что Алик этим занимается. Но я ему не указчица. Он делал, что хотел. Конечно, он всегда приглашал меня с собою на все мероприятия, но я отказывалась. По мне, лучше прочесть хорошую книгу или посмотреть хороший фильм.

— Понятно. Вы простите меня, что я касаюсь больного... Работа у меня такая. Скажите, Софья Марковна, вашему мужу не угрожали? По телефону или почтой. Он вам ничего такого не рассказывал?

— Нет. Ну как вы не поймете: наши отношения были выстроены так, что он никогда не вмешивался в мою епархию, а я в его дела. Он никогда не спрашивал меня, как я готовлю фаршированную рыбу. Он просто любил ее кушать. И я никогда не расспрашивала его о делах. А он никогда не говорил со мной о своих проблемах.

— Но вы могли слышать обрывки телефонных разговоров... Вообще, когда люди близки друг другу, настроение, состояние души чувствуются без слов. Так, наверное?

— Он меня щадил. У меня, видите ли, больное сердце. Мне очень вредно волноваться.

«Теперь уж и не придется», — едва не произнес Грязнов вслух.

— А как вы отдыхали? Ездили куда-нибудь?

— Нет. После того как мы перебрались в загородный дом, а это было пять лет назад, я вообще никуда не выезжала. Мне очень нравится наш дом. И там всегда достаточно работы. По саду и вообще... Я, знаете ли, люблю землю, люблю в ней возиться. Кроме того, мне противопоказано солнце. Но Алик, разумеется, ездил отдыхать. Я на этом настаивала. Он объездил всю Европу, бывал в Африке, в Америке. Ему это нужно было и для работы. Он ведь рекламировал и туристические агентства.

— И что же, он всегда ездил один?

Софья Марковна секунду помедлила с ответом, затем подняла голову, надменно взглянула на Грязнова заплаканными глазами.

— Если вы хотите спросить, изменял ли мне мой муж, так и спрашивайте! — отчеканила она. — Если вам неудобно задавать прямые вопросы, я сама вам скажу: разумеется, да! Где вы видели мужчину, который за тридцать лет ни разу не изменил жене? Конечно, у него были увлечения, интрижки, просто мимолетные связи. Но какое это имеет отношение к семье? — высокомерно спросила женщина.

— Действительно, — ошарашенно ответил Грязнов.

— Он никогда не ставил меня в неловкое положение — и этого довольно. В еврейских семьях не принято обращать внимание на измены мужей...

«Надо будет посоветовать Сане принять иудаизм», — успел подумать Грязнов.

— ...Дома он был заботливым, любящим мужем и отцом. И этого довольно.

— Вы простите меня, Софья Марковна, что я вторгаюсь в столь личную сферу вашей жизни. Но вопрос мой не праздный. Мы ищем убийцу вашего мужа. Ищем заказчика преступления. Должны же быть мотивы...

— Ищите, это ваша работа! Мне дела нет до чьихто там мотивов... Я не хочу знать, кто это организовал. Арнольда мне никто не вернет! И мне все равно, будет убийца изобличен или нет. Моя жизнь кончена, понимаете?

— Но... У вас есть дочь. Может быть, ей не все равно.

— Дина уже четыре года живет за границей. Зачем терзать девочке сердце?

— Но она могла слышать об обстоятельствах трагедии по телевизору, прочитать в газетах.

— К счастью, мы воспитали ее так, что она не верит ни телевидению, ни газетам. Я сказала ей, что произошел несчастный случай. Что преступление совершил психически больной человек. Безо всяких мотивов. А как, по-вашему, здоровый человек стал бы взрывать себя вместе с жертвой?

Логично... А она не так глупа, как кажется...

— Ну хо-ро-шо, — с расстановкой произнес Грязнов. — То есть, конечно, ничего хорошего. Положим, убийство совершил больной человек. Но ведь на вашего супруга уже покушались два месяца тому назад, верно?

— Это могло быть ошибкой. До этого на него никто не покушался.

— Вот именно! Что же произошло такого, что могло бы...

— Я уже сказала вам, что ничего не знаю о делах мужа. Прошу вас, перестаньте меня мучить. Мне трудно продолжать. Я вчера его похоронила, всю ночь не спала. Имейте жалость! — Она приложила ладонь к груди. Лицо побледнело.

— Может быть, нужно лекарство? — испугался Грязнов.

Женщина лишь отрицательно качнула головой.

— Хорошо, на сегодня действительно хватит. Извините, что приходится мучить вас. Я по долгу службы. Еще пара минут — и все. Подведем итоги. Значит, вы, Софья Михайловна, утверждаете, что вашему мужу никто не угрожал, так?

— Так, — кивнула вдова.

— И врагов у него не было?

— Я таких не знаю.

— И у вас нет никаких соображений относительно мотивов преступления?

— Нет.

— Что ж, распишитесь под протоколом, пожалуйста. Благодарю. Может быть, вызвать «скорую»?

— Не надо. У меня в машине есть все необходимое.

Софья Михайловна медленно, тяжело поднялась, направилась к двери. Грязнов смотрел вслед и размышлял о ценностях еврейской семьи. Его странные мысли прервал звонок Турецкого.

— Как дела, старый? — вскричал тот.

— Потихоньку. Только что беседовал с мадам Трахтенберг.

— И что?

— Узнал много нового об укладе жизни в еврейских семьях.

— Вот как? Подскочить на Дмитровку можешь?

— Отчего нет? Чай, не ногами ходим. Машина под окном, через пятнадцать минут буду.

— Лады! Я пока насчет кофе распоряжусь.

— Привет Наташеньке!

— Сам передашь! — отрезал друг и товарищ. И дал отбой.

Ровно через четверть часа Наташа вкатила в кабинет шефа столик, сервированный на две персоны. Персоны, а именно собственный начальник Александр Борисович и его друг, начальник весьма грозного ведомства, пожилой (по мнению Наташи), но очень милый мужчина Вячеслав Иванович Грязнов, сидели напротив друг друга в клубах табачного дыма.

— Налей кофейку, Наталья, и свободна. Мы уж сами похозяйничаем, — распорядился шеф.

Генерал Грязнов улыбнулся Наташе, но как-то так, недостаточно...

Девушка ушла слегка расстроенной. Турецкий тут же открыл дверцу сейфа, извлек бутылку армянского коньяка.

— Ну как прошел разговор с вдовой Трахтенберга? — наполовину наполняя крохотные пузатые стопочки, спросил он.

— Ха! Это не разговор — это песня! Сага о еврейской семье.

— Не понял?

— А что тут понимать? Нет у вдовы мотива на убийство, ясно как божий день. Несчастная баба, любящая покойного мужа, плачет, страдает и ничего не знает.

— Но у таких мужиков бабы обычно в центре вселенной. Вокруг них весь земной шар крутится. Они актрис отбирают, секретарш выбирают, чтобы, значит, без неприятностей...

— А вот все и не так, Санечка. Жизнь многообразна. В ней есть место для каждой индивидуальности. Софья Марковна, видишь ли, застряла в комсомольской юности. Где-то в середине семидесятых — начале восьмидесятых: костры, походы, авторская песня, андеграунд. Светские тусовки терпеть не может. И никогда их не посещала. Предоставляла мужу полную свободу действий. Поскольку в еврейских семьях не принято вмешиваться в дела мужа.

— Тем более, когда тебе уже полтинник, — вставил Турецкий. — Ей ведь пятьдесят с хвостиком?

— С небольшим. Они с покойником ровесники.

— Тогда понятно, что она не любила ходить на тусовки, где царили молоденькие финтифлюшки. Непонятно, почему он не сменил жену на что-нибудь двадцатилетнее.

— А зачем? Она ему абсолютно не мешала. Создавала уют. К ней не нужно было приспосабливаться, ублажать, таскать по курортам. Очень удобная жена.

— Он, говорят, был жутким бабником.

— Ее это не смущало. С ее слов, в еврейских семьях не принято ревновать мужей и ограничивать их... потребности.

— Прямо как в восточных семьях: что муж ни сделает, то и хорошо.

— Вот именно, Санечка! Ты прочти протокол — слезами умоешься. И поймешь, что для тебя рай — это земля обетованная! Не знаю, как для Ирины, конечно...

Пока Турецкий читал, Грязнов налил себе еще коньяку, с удовольствием выпил, закурил.

Турецкий, пробежав глазами листки, присоединился к приятелю. То есть капнул в стопку и себе, любимому, выпил и закурил.

— Мне это, знаешь ли, анекдот напоминает, — раскинувшись в кресле, начал он.—Рассказать?

— Так ты уже почти начал, — хмыкнул Грязнов.

— Рассказываю. Приходит русская девушка в синагогу. Говорит: «Ребе, я выхожу замуж за еврея. Я простая девушка из простой русской семьи. Не знаю ваших нравов и обычаев. Боюсь опростоволоситься. Научи меня, ребе, что можно делать, а чего нельзя?» Тот начинает ее просвещать. Дескать, нельзя работать по субботам, то да се. Вот, в частности, нельзя танцевать с мужем. «Как? — удивляется девушка. — Почему?» — «Ну нельзя, и все. Таков обычай», — отвечает раввин. «А в интимной жизни как?» — забеспокоилась девушка. «О, там почти никаких ограничений. Делайте что хотите!» — «А лежа можно?» — «Да!» — «А на боку?» — «Запросто!» — «А по рабоче-крестьянски?» — «Да!» — «А в позе наездницы?» — «Естественно!» — «А сидя можно?» — «Конечно!» — «А стоя?» — «Вот стоя нельзя! Ни в коем случае! Это может перейти в танец!» — строго произнес раввин.

Грязнов рассмеялся.

— Что ты хочешь этим сказать?

— То, что вдова очень хорошо понимала, что можно, а чего нельзя. О чем позаботиться, а куда нос совать ни в коем случае не следует. Поэтому он коней на переправе и не менял. Ты, Славка, прав: такая жена просто клад. Но нам-то с этого что за толк? Никакой зацепки.

— Абсолютно, — подтвердил Грязнов. — Кроме того, что мадам следует исключить из списка лиц, подозреваемых в организации убийства Трахтенберга. Тем более что все их имущество, нажитое непосильным трудом, записано на Софью Марковну и Дину Арнольдовну, их дочь. Загородный коттедж, квартира в Москве на Кутузовском, два автомобиля — «кадиллак» и «лендровер», квартира в Лондоне, земельный участок в Ницце, где стоит небольшой, но очень милый особнячок — это все на жене и дочери. За ним, со слов налоговиков, — только «вольво», акции телекомпаний и некоторых фирм-клиентов.

— Гол как сокол, — сокрушенно покачал головой Турецкий.

— Да... Это я к тому, что и материальных мотивов убийства у вдовы нет. У нее и так всего выше крыши. А она любит читать книжки и копаться в земле. То есть припадать к истокам.

— Может, так оно и есть.

— Наверное. Похоже на то. Я вот, Саня, только одного не понимаю: у мужика в прошлом были в руках такие бабки! Наличные, никем неучтенные. Это когда он в «золотом бизнесе» крутился... И чтобы он теперь не имел никакого тайного приработка?

— Зачем? Его агентство процветало, и так бабки шли немереные.

— Так не на него же одного они шли. Во-первых, их там трое учредителей, как ты помнишь. Управление коллегиальное. Прибыль на паях. Приходилось делиться. И чтобы он не имел своего собственного кусочка? Такой весь нараспашку?

— Ну не знаю. Что гадать. Давай слушать запись моей беседы с его предшественником, Иваном Артеменко, калекой и матерым человечищем.

Турецкий включил диктофон, зашуршала пленка. Грязнов внимательно слушал, иногда посмеиваясь и поглядывая на Александра.

Александр хмуро курил. Наконец запись кончилась.

— Нет, как он тебя отделал-то, Санечка! — хохотал Грязнов. — И про козлов пассаж не слабый, и про собственное превосходство... Как же ты вытерпел, гордый наш?

— Еле сдержался! Если бы не тяжелое увечье, я бы с ним по-другому... А так что ж, лежачего не бьют.

— Не похож он на лежачего, — усмехнулся Грязнов.

— Ты не хихикай! Ты слушай! Ничего в глаза, то есть в уши, не бросается?

— Так, так... А ну-ка, прокрути еще разок... Ага! Вот здесь. Стоп! Слушаем.

Турецкий отмотал пленку, нажал «пуск». Оба внимательно слушали чуть приглушенные пленкой мужские голоса. Вот голос Турецкого:

В о п р о с: Кстати, вы, конечно, знаете, что два месяца тому назад на Трахтенберга уже было совершено покушение?

О т в е т: На Трахтенберга?

В о п р о с. Ну да... Взрывчатка также была в его автомобиле. Взрыв произошел, когда Трахтенберг находился в нем. Все так же.

О т в е т. Так же?

В о п р о с: Ну... Не совсем так. В первом случае взрывпакет был прикреплен к днищу. И пострадал Малашенко, охранник Арнольда. Но во втором-то погиб он сам!

О т в е т: Думаю, что и в том, и в другом случае пострадал тот, кто должен был пострадать.

В о п р о с: То есть... Вы считаете, что первый взрыв был предназначен охраннику? Мы знаем, что пострадавший был рядом с Трахтенбергом на протяжении более десяти лет. То есть должен был пользоваться его неограниченным доверием. Это что же, Арнольд его наказал?

О т в е т: Заметьте, не я это сказал.

В о п р о с: Но за что?

О т в е т: Батенька, вы слишком много задаете вопросов. На которые...

— Ладно, хватит, — остановил запись Турецкий. — Ну что? Ты на что обратил внимание? — словно сверяясь со своим впечатлением, спросил он приятеля.

— На то, что, во-первых, он тебе постоянно отвечает вопросом на вопрос. Это, правда, принято в еврейских семьях.

— Артеменко-то каким боком?..

181

— Я шучу, Санечка. Главное, он ясно дает понять, что все не так просто с этими двумя взрывами.

— Вот именно! Прямым текстом! Что же получается? Трахтенберг устроил взрыв, предназначенный охраннику? Причем мы видим абсолютно схожий почерк: четко направленный взрыв, кумулятивное взрывное устройство. Просто снайперские взрывы, ей-богу! Словно исполнены одними руками. Или одной командой. Но со слов Артеменко, Трахтенберг *наказал* своего охранника. Получается, что Трахтенберг хотел убрать Малашенко руками подчиненных, так, что ли?

— Может быть. Но, в конце концов, бывшие гэбэшники сидят в охране не только Траха. В команде его конкурентов такие же ребятишки парами ходят. И методы у них могут быть одинаковые. Возможно, что и первый взрыв предназначался Траху, но ошибочка вышла. Которую через пару месяцев исправили. Говорил же Артеменко про марку «Горбань». Что они не поделили?

— Это нам Олег Левин расскажет. Жду его с минуты на минуту... Во всяком случае, немедленно следует разыскать Малашенко! Я уже распорядился на этот счет.

В этот момент в дверь просунулась коротко стриженная голова оперативника Фонарева.

— Входи, — махнул ему рукой Турецкий.

Шура вошел. По комнате поплыл запах алкоголя.

— Это что еще такое? Ты пьян, что ли? Ты где был? — изумился Александр Борисович.

— Пиво с мужиками пил, — вставил Грязнов.

— Нет, Александр Борисович! Я был на задании! У родственников погибшего водителя Шатрова.

— А почему от тебя спиртным разит?

— Так поминки же! Оказывается, Шатрова сегодня хоронили.

— Хорошо устроился! — покачал головой Александр. — Специально, что ли, такой день для визита выбрал?

— Не, они мне сами назначили... Хотели, чтобы и я помянул.

— Больше некому, что ли? Садись давай. Отчитывайся. Раз уж на поминки попал, спецназ-то видел? Я имею в виду охрану.

— Не-е! Те на джипах приехали, деньжищ матери сунули, по рюмке хлопнули и отвалили. Когда я пришел, там только сын был с женой. Мать Шатрова спала уже. Я с этими двумя общался.

— Под протокол?

— Не, не стали бы они под протокол. Я ж их разговорить хотел...

— Разговорил? — строго спросил Турецкий.

— Ну, в общем, да.

— Информацию принес какую-нибудь?

— Ну, в общем, нет.

— Так за каким чертом ты там сидел? — взревел Турецкий.

— Ну не совсем, чтобы не принес... Они, конечно, про заказчика преступления ничего не знают. Вообще, Николай говорит, что покойный брат, водила Трахтенберга, никогда ничего о своей работе не рассказывал. Что вся эта работа была обставлена с жуткой секретностью. Якобы Шатров давал подписку о неразглашении и все такое... И проговорился Николай, что Трахтенберг жутко боялся покушения. Что Семен, мол, никогда заранее не знал, куда ехать за шефом: то ли домой, то ли в офис, то ли в его публичный дом.

— Как-как? Куда? — изумился Турецкий.

— В публичный дом.

— Это что же, он по девкам публичным ходил? — не поверил Грязнов.

— Нет! Это прозвучало так, что, значит, дом терпимости принадлежал самому Трахтенбергу. Жена брата, она болтливая такая хохлушка, да еще и выпила...

— В твоей компании, — не удержался Турецкий

— ...Так она прямым текстом подтвердила, что, мол, был у Траха — это они его так называли, публичный дом. Она еще добавила: «что там эти девчонки из телика».

— Из какого телика?

— Я-то откуда знаю! Этот брат покойного, он так потом расписховался, что я еле ноги унес. Чуть диктофон не выронил!

— Так ты с диктофоном был? Запись сделал?

— Ой! Забыл совсем! Вот же она!

Фонарев полез в карман, извлек черную пластиковую коробочку.

— Ну ты, Шурка, даешь! — только и вымолвил Турецкий. — Включай!

— Сейчас, сейчас, Сан Борисыч, — засуетился Фонарев.

В комнате установилась тишина. Все трое пододвинулись к диктофону.

— Что там за музыка? Не слышно ничего! — злился Турецкий.

— Это у них Синатра пел. Не мог же я сказать, чтобы выключили, — шепотом оправдывался Фонарев.

— Молчи! — цыкнул Грязнов.

— Вот! Вот оно!

С пленки послышался нетрезвый голос Фонарева:

184

«— А что же они не остались посидеть? Товарища добрым словом помянуть?

— Так чтобы разговоров лишних не было. Вопросов-ответов», — отвечал также весьма нетрезвый женский голос.

— Это Алена, жена брата, — пояснил Фонарев. На него шикнули.

«— Это про публичный дом, что ли?

— Да! И про это! Нам-то Сенька рассказывал...

— Что он тебе рассказывал?»

— Во! Это брательник его, Николай. Слышали, как заорал? — опять вставил ремарку Шура.

— Заткнись! — зашипел Турецкий.

«— Так... Как што, коханый? Про девчонок с телика... Он же их прямо с экрана и туда...

— Ты че? Бредишь что ли? Выпила лишку, так иди спать! Пошла, пошла.

— Ты че? Я тебе кто? Че я такого сказала? Товарищ и так знает. Он же сам сказал. И ты первый начал!..»

Мужчины дослушали запись до конца, молча посмотрели друг на друга.

— Ладно, Шура, ты домой дуй, отсыпайся. Если бы не эта пленка, выговор тебе был бы обеспечен!

— А так?

— А так тоже обеспечен. Пить не нужно на боевом задании, — как бы строго произнес Турецкий. Глаза его смеялись

— Ага! Понял, Сан Борисыч! — расплылся Фонарев.

— Исчезни с моих глаз!

— Уже исчез!

Дверь захлопнулась. Друзья остались вдвоем.

— Ну, как тебе информация? — Турецкий закурил очередную сигарету.

— Так вот же, Санечка! — возбужденно откликнулся Грязнов. — Вот тебе и секретный личный доходец! Подпольный публичный дом!

— Да ну тебя, — отмахнулся Турецкий.

— А что? Помнишь, Артеменко говорил тебе, что Трахтенберг отбирал для своих роликов исключительно незнакомые публике лица.

— Да, будущих артистов набирали чуть ли не с улицы...

— Вот! Но ведь среди них могли быть девушки, которых вообще никто не стал бы искать. Мало ли таких...

— Да и юноши тоже...

— Вот именно! Отснялись в ролике, показали себя во всей красе, страна на них каждый день по сто раз насмотрелась — и вперед, осваивать древнейшую профессию. Днем ты видишь прелестное создание на экране, выставляющим свои исключительно гладкие ножки, от которых мухи дохнут...

— Не дохнут, соскальзывают.

— Неважно... А вечером ты эти ножки себе на шею закидываешь...

— Эй, ты что это, старый? Ишь, размечтался!

— Я ж не о себе! Это как версия!

— Да ну тебя, Славка! В чем версия-то состоит? Ревнивая шлюха устроила взрыв? И где же она пластит добыла? Как бомбу смастерила? А кто ее на крышу положил? Мальчик из того же борделя подпольного? Я в публичный дом слабо верю. То есть вообще не верю! Респектабельный был человек, у него репутация! Накрыть же могли в любой момент. Нет, он побоялся бы.

— А подпольным золотишком баловаться, будучи одновременно ректором вуза, это как? И не просто баловаться, а поставить дело на широкую ногу, чеченам конкуренцию составить! Это не опасно? А Трахтенберг не побоялся! И не поверю я, что он из подпольного «цеховика» переделался в белого пушистого зайчика-бизнесменчика. А касательно того, что накрыть могли или могут — так на то и конспирация, и секретность, и подписки о неразглашении, и конверты пухлые... Потому и брательник убитого водилы на твоего Шурку вызверился. Понимает, что там секретность легко обеспечивается: одно лишнее слово – камень на шею и в речку, раков кормить. И вспомни, какую фразу произнес Артеменко в адрес Трахтенберга: «Мертвые сраму не имут». К чему эта цитата из библии?

— Ладно. Это отдельная тема. Меня в данный момент интересует, что могло произойти между Трахтенбергом и его охранником Малашенко... Как его имя? Забыл, черт!

— Григорий Николаевич, — напомнил Грязнов. — Сейчас позвоню своим. Что они там, заснули?

Но мобильник Грязнова зазвонил первым.

— Грязнов, слушаю. Не нашли? Как? А дома? Нет? А что соседи? Понятно... А жена у него есть? Где? Так, так... Установите наружку. Еще нужно выяснить, есть ли на нем автомобиль. Номер узнайте. Ищите машину. И еще раз допросите начальника охраны, Смирнова. Надавите там на него!

— Пропал, что ли?

— Со слов соседей, Малашенко после катастрофы, ясное дело, в больнице валялся. И домой уже не вернулся.

— А что жена?

— Жены тоже давно нет. Где она — соседи не в курсе. Говорят, Малашенко жили очень замкнуто, но не так чтобы дружно.

— А что говорят коллеги по работе? Начальник службы безопасности фирмы Смирнов?

— И сам Смирнов, и его коллеги показывают, что, после того как Малашенко выписался из больницы, шеф, то есть Трахтенберг, якобы назначил ему весьма солидный пансион. И отпустил восвояси. Чтобы, значит, Григорий Николаевич жил себе на покое. Где он обитает, никто не ведает. Якобы собирался пожить у друга в деревне, но адреса не оставил.

— Врут ведь, сволочи! Помнишь, когда Малашенко на своих костылях пришкандыбал на место взрыва, он что сказал?

— Что?

— Его спросили, откуда он знает про взрыв, а он ответил, что ребята из охраны позвонили. Из джипа сопровождения.

— Правильно. Мой Колобов им тот же вопрос задал. Они ему дали номер мобильного. Только не отвечает мобила. Малашенко вполне мог сменить номер.

— Что же твой Колобов... Неужели не выпытать...

— Санечка, ты не забывай, что там не братки узколобые беседу ведут. А офицеры, некоторые из ГРУ, как Малашенко. Их с кондачка не возьмешь. Они сами кого хочешь заговорят. Их только с использованием спецсредств допрашивать. С каким-нибудь «коктейлем правды».

— Размечтался! Ладно, это все девичьи грезы. Нужно найти Малашенко! Чует мое сердце, он нас и к заказчику убийства приведет. Если не он сам им и является... Да где же этот Левин, черт его раздери!

— Я здесь, Александр Борисович! — в дверях стоял «важняк» Олег Борисович Левин, бывший стажер,
а ныне первый помощник Турецкого.

Глава 21

«ГОРБАНЬ» И ГОРБАНЬ

— Садись! — указал на стул Турецкий. — Кофе
будешь?

— Только кофе? — как бы обиделся Левин.

— Нет, Слава, ты посмотри, с кем я работаю! Один
является в кабинет пьяным, другой хоть и вошел трез-
вым, но тут же требует налить!

— Заметьте, не я это сказал, — вставил Левин.

Грязнов расхохотался.

— Этой фразой меня уже достали, — взревел Александр, разливая коньяк и кофе.

— Холодный? — дотронулся до чашки Олег.

— А тебе еще и подогреть?

— Нет, хотелось как раз холодненького. На улице
жара дикая. У нас нынче два погодных режима: холодно и жарко. Нормы не бывает.

— Норма — это вообще понятие относительное.
Что в папочке? Не томи.

— В папочке кое-что по «Горбаню». И про взаи-
моотношения двух гигантов: рекламного агентства
«АРТ» и известной алкогольной компании.

— Ну-ну. Мы внемлем. Облегчайся.

— Я к вам прямо из агентства «АРТ». Беседовал с
их топ-менеджером Ханиным. Вот что он мне порас-
сказал. С полгода тому назад Горбань уступил права
на свою продукцию их рекламному агентству. Те по-

началу нарадоваться не могли: немного рекламы товарного знака «Торговый дом «Горбань», и знаменитую водку начали раскупать с небывалым энтузиазмом. Объем продаж возрос в двадцать раз. Продавали до двух миллионов бутылок в месяц. Бешеные деньги. В общем, в «АРТ» надышаться не могли на свое приобретение. Но радовались они рано. Вскоре на экранах телевидения, практически по всем каналам, по десять раз на дню начал появляться сам Вадим Вадимыч Горбань. Да не просто так, а сидя в ледяной проруби в одних портках. Вадим Вадимыч купался, одной рукой проламывая глыбки льда, в другой же, высоко поднятой над лысеющей головой, был зажат компакт-диск, на котором крупными буквами было начертано: «Служба Горбаня».

— Я этот ролик видел! — вскричал Грязнов. — Только не помню, чего этот мужик голый вещал...

— О чем вещал Вадим Вадимыч с телеэкранов — об этом чуть позже. Сначала об ответных действиях «АРТ». Ребята развернули нешуточную кампанию под лозунгом: «Настоящий Горбань только один!» Ответ Керзону заключался в установке рекламных щитов с вышеупомянутым слоганом, где «артовцы» пытались объяснить народу, что нормальная водка и закуска не имеют никакого отношения к ненормальным купальщикам. Щиты были расставлены не только в столице, но и во многих других городах с областной и районной судьбой. В целом на это мероприятие было затрачено около полумиллиона долларов. Кроме того, ныне покойный, а тогда вполне активный господин Трахтенберг направил от имени «Торгового дома «Горбань» письмо однофамильцу с требованием употреблять впредь для рекламы своих компакт-дисков умеренное словосочетание «Служба Вадима Вадимовича Горбаня».

— Б-р-р, ничего не понимаю, — взъерошил шевелюру Грязнов. — А ты, Саня?

— Пока тоже не очень. Давай по порядку. Как я понял, Горбань продал свое имя «АРТу»?

— Йес! Сначала, правда, он его создал. Горбань сам себя раскрутил, что правда, то правда. Затем решил, что данное имя, в данном словосочетании, ему надоело, и продал марку ТД «Горбань» Трахтенбергу. Это понятно?

— Допустим.

— Продать-то он его продал, но продолжал использовать в другом словосочетании. Не «Торговый дом», а «Служба Горбаня».

— Зачем?

— Чтобы продолжать зарабатывать деньги на своем имени. Уже проданном.

— Купаясь в проруби?

— Ну да! С компакт-диском в руке. И при этом вещал.

— Что он вещал-то?

— О! Хороший вопрос.

— Я тебя сейчас тяжело раню и тяжело убью, — пообещал Турецкий.

— Согласен, но чуть позже. Господин Горбань рекламирует новый товар. На компакт-диске записаны шумы. Вот, взгляните на диск.

— Ну и чего? Компакт как компакт. На обложке лысый дурак в проруби. И что там, на диске?

— Шумы. Но не простые, а целебные.

— О чем шумим?

— Шумим о здоровье. Мне там в офисе «артовцы» дали клип посмотреть. Горбань вещает, что причина всех болезней — внутреннее состояние человека. Его внутренний настрой. И если настрой хороший, то и болезней никаких не будет. Так вот, на компакт-диске записаны, как говорит в ролике Горбань, «интерактивные ресурсные гармонии», — сверившись с записью, процитировал Левин. – Причем шумы эти не слышны, вместо них звучит музыка, я прослушал диск. Но, как сказано в аннотации, «недоступные уху частоты действуют исключительно положительно на внутренние органы». Горбань предлагает много вариантов дисков для «активации ресурсных гармоний тела и духа». Например, есть такая гармония, цитирую: «задающая так называемый альфа-ритм, который вводит мозг в особое состояние, когда с огромной интенсивностью генерируются творческие мысли, смелые яркие идеи». Есть еще кое-что.

— Подожди! — взревел Грязнов. — Ты что нам принес? Это же платье голого короля! Торговля воздухом!

— Йес! Так говорят и в «АРТ». Подобной белиберды Горбань настрогал на несколько десятков компактов. Каков итог? Наши отечественные дураки, а вернее, дуры скупают эту хренотень пачками. А умные мужики перестают покупать одноименную водку, полагая, что это одна и та же шарашкина контора, у которой коллективно отъехала крыша. То есть он им свое имя продал, а потом его испакостил.

— И что Трахтенберг?

— Сначала пытался урезонить Горбаня, затем начал готовить документы для суда. И пообещал вышеозначенному товарищу, что процесс будет весьма шумным и в результате господина Горбаня отправят на психиатрическую экспертизу.

— Потом?

— Потом был взрыв. Трахтенберг погиб.

Мужчины замолчали.

— Так вот он, заказчик преступления! Крупный мужчина с залысинами на башке, компактом в руке и бомбой в трусах! — изрек Грязнов.

— А что говорит топ-менеджер... Как его?

— Ханин? Он высказывается в том смысле, что смерть Трахтенберга была выгодна Горбаню. Чтобы, значит, избежать прилюдного разоблачения и позора.

— Свихнуться можно. Слава, наливай! Да полнее!

— В твои наперстки больше десяти граммов не нальешь.

— Мы это исправим. — Турецкий выставил граненые стаканы.

— Наливай!

— Вот это тара! — одобрил Грязнов. — По сточке хватит?

— Сто пятьдесят! Иначе я сегодня с ума сойду! Но пока мы, как говорится, при памяти, тебе, Олег, поручается проникнуть в эту «Службу Горбаня». Если тебя, конечно, допустят до тела...

— Допустят! Я уже договорился о встрече на завтра.

— С кем?

— С Горбанем.

— Вот как? Тогда за успех нашего безнадежного предприятия!

Глава 22
МЕССИЯ

Олег Борисович Левин прошел сквозь стеклянные двери. Могучий охранник без лишних церемоний весьма тщательно сверху донизу ощупал «важняка» из Генеральной прокуратуры, после чего над металлической вертушкой загорелся зеленый кружок и Левин был впущен в святая святых — головной офис Вадима Вадимовича Горбаня.

За вертушкой его поджидала аккуратная барышня «белый верх, темный низ», которая встретила Левина странным приветствием:

— Мы рады видеть вас в мире претворения Супер-идеи вашей жизни и рады вашей доброй Суперволе, которая позволит вам ее осуществить!

— Здравствуйте, моя фамилия Левин, — представился весьма удивленный «важняк».

Девушка повела прямыми плечиками, развернулась этаким подиумным разворотом и зашагала, безмолвно предлагая Левину следовать за ней туда, где в конце коридора определялся холл. Левин последовал, раздумывая над странными приветственными словами барышни. Чем ближе приближались они к холлу, тем явственнее слышались голоса. Вернее, как бы хоровое пение. Причем хоров было несколько.

Широкий холл был обставлен по принципу «необходимое и достаточное». Разумеется, присутствовали низкие столики и кожаные диваны, стойка наподобие «ресепш», но никакой зелени, никаких кадок с пальмами или фикусами... Единственным украшением выкрашенных в оранжевый цвет стен были убранные в темные деревянные рамочки какие-то свитки или письмена. В холл выходило несколько дверей, из-за которых и слышалось не то пение, не то молитва.

— Пока идет утренний аутотренинг, вы можете ознакомиться с постулатами Вадима Вадимовича, — произнесла девушка таким тоном, словно допустила Левина к святая святых, разрешила припасть к истокам, как сказал бы Грязнов.

Левин задумался было, где истоки. Но тоненький

пальчик недвусмысленно указывал на настенные росписи. Левин подошел. «Заповедь первая, — прочитал он. — Внеси свой добрый вклад в общество! Не ленись, отдай — и тебе воздастся! Не бойся много работать: везет тому, кто везет!..»

Так... что там дальше? «Заповедь вторая. Экономия и прибыль — две сестры, идущие по жизни рядом. Помнишь народную мудрость: «копейка рубль бережет»? Так оно и есть! Экономь! Не растрачивай попусту ресурсы! Береги мозг — не трать его на пустые забавы! Направь энергию на дело компании — получишь прибыль!»

О господи, куда он попал? Что еще? Следующие заповеди были посвящены «любви к делу», «духовному и физическому совершенствованию», а завершал все это мракобесие растянутый над входом транспарант: «Думай только о хорошем!»

Прислушавшись, Левин начал различать отдельные слова в застенном жужжании:

— Думай о хорошем! Думай о хорошем! — доносилось из-за одной двери.

— Нет границ разуму и успеху! — скандировали из-за другой.

— Ты велик настолько, насколько велики твои мысли! — убеждали из-за третьей двери.

Левин отшатнулся к простенку и тут же уткнулся глазами в стенгазету. Некто Мироедов писал, что: «Пять принципов Горбаня приняты коллективом как обязательная норма жизни! Чтобы глубже проникнуть в их суть, мы делаем работу поэтапной. Каждый месяц проходит под знаком одного из принципов». Затем мы обсуждаем и общие результаты компании, и личный вклад каждого работника...»

Неслабо! Это что, общество хаббардистов?

Пока Левин раздумывал над ответом, двери всех аудиторий распахнулись, густой людской поток заполнил холл. Из коридора прямо на толпу надвигалась высокая, осанистая фигура главы корпорации «Служба Горбаня» — самого Вадима Вадимовича.

— Здравствуйте, мои дорогие! — приветствовал он служащих.

Общий восторженный гул.

— Вы пришли работать?

— Да!

— Помните, мысль материальна! Если вы думаете об успехе, он обязательно придет!

— Да!

— Помните, деньги — не самоцель. Но это цель для достижения других целей!

— Да!

— Идите и работайте!

Толпа ринулась в еще одни двери, которые были выкрашены тем же цветом, что и стены, и оттого ранее незаметны. Теперь же створки дверей широко распахнулись, словно гигантским пылесосом всасывая людской поток. В опустевшем холле остались только Горбань, девушка за стойкой и Олег Левин.

— Ну, здорово, мужик! — громогласно поприветствовал «важняка» из Генпрокуратуры обыкновенный мессия Горбань.

— Здравствуйте. Моя фамилия Левин. Следователь по особо важным делам Генеральной прокуратуры. — Олег решил представиться официально, чтобы странный Горбань не хлопнул его, паче чаяния, по плечу.

И как в воду глядел. Горбань подошел и с размаху, от всей души, саданул «важняка» по плечу. Тот едва удержался на месте.

— Зовут-то тебя как, милый?

— Олег Борисович. Я к вам, Вадим Вадимович, с официальным визитом.

— Это понятно, это понятно! Что ж, пойдем в чертоги мои.

Горбань широко зашагал по все тому же длинному коридору в обратном направлении, отворил еще одну высокую дверь:

— Прошу!

Кабинет главы корпорации «Служба Горбаня» являл собой подобие библиотеки. Причем библиотеки одного автора. Повсюду: на стенах, на столах, на книжных полках — висели, лежали, стояли книжки и книжечки с надписями: «памятки Горбаня», «цитаты Горбаня»...Определялись буклеты с улыбающимся Горбанем на обложке, все те же пресловутые компакт-диски.

— Ну как жизнь, Олег? — напористо поинтересовался Горбань. — Как здоровье?

— Спасибо, не жалуюсь.

— Вот, это неправильный ответ! Нужно отвечать — супер! Понимаешь, мысль материальна! Как ты скажешь, так и будет. Ты своими словами даешь себе команду в подсознание, дурилка! Поэтому, даже если ты подыхаешь, даже если у тебя температура сорок или рак в четвертой стадии, ты все равно говоришь себе: здоровье у меня супер! И всех докторов к чертовой матери! И лекарства все на помойку! Все лекарства внутри тебя. Понимаешь?

Левин извлек из дипломата диктофон, установил его на столе.

— Я к вам, Вадим Вадимович, вот по какому делу, — стараясь сохранять самообладание, размеренно произнес Олег. — Вы знаете, что десять дней тому назад был взорван автомобиль господина Трахтенберга...

— Конечно, знаю! Как не знать! Жаль мужика, да что поделаешь! Но мы венок на могилу положили, это дело святое. Я даже службу заупокойную заказывал. А как же? Но... как говорится, жизнь продолжается. Верно?

И Горбань, сменив скорбное выражение лица на жизнерадостно-жизнеутверждающее, произнес:

— Чайку выпьешь? Дивный у меня чаек. На травах.

— Я сейчас включу диктофон и попрошу вас ответить на мои вопросы, — с расстановкой произнес Левин.

— Давай, включай, мил человек! Мне скрывать нечего, я весь нараспашку.

— Правда ли, что в январе этого года вы передали рекламному агентству «АРТ» все права на использование бренда «Торговый дом «Горбань», или, сокращенно, ТД «Горбань»?

— Правда, святая правда! Передавал. За деньги, — уточнил Горбань. Видимо, для того чтобы Левин не заподозрил его в благотворительности.

— Понятно, — кивнул Олег. — Известно, что после передачи прав вы продолжали использовать свое имя в рекламных целях.

— Ну и что? Продолжал, конечно. А что такого? Имя-то мое. По паспорту я Горбань Вадим Вадимович, понимаешь? — как слаборазвитому ребенку объяснил Горбань.

— Я понимаю. Но агентство «АРТ» посчитало ваши действия неправомочными. Особо учитывая тот факт, что вы рекламировали себя не совсем традиционным способом.

— Это ты про прорубь, что ли? Про компакты мои? Побойся Бога, Олежка! Там ведь целебные шумы, ресурсные гармонии!

— Меня зовут Олег Борисович! Я вас попрошу официально...

— Я ж и говорю, Борисович, это все на благо людей, понимаешь? Чего же они цепляются-то?

— Топ-менеджер агентства «АРТ» показывает, что ваши эскапады в проруби губительно сказываются на уровне продаж продукции с логотипом «ТД «Горбань». Ваши действия наносят им финансовый ущерб. И, насколько мне известно, в «АРТ» готовили документы для арбитражного суда.

— Что ж, пусть готовят. Собака лает, ветер носит, а караван идет...

— В агентстве уверены, что судебный процесс был бы ими выигран. И на вашу деятельность был бы наложен запрет.

— Так чего же они не подали в суд?

— Трахтенберг был убит, и это обстоятельство отсрочило подачу иска. Люди напуганы.

— Так они считают, что я его грохнул? — расхохотался Горбань, демонстрируя тридцать два ослепительно белых вставных зуба.

— Что же здесь смешного? У вас тяжба с «АРТ», Трахтенберг обещал шумный судебный процесс, который полностью вас дискредитировал бы... И вдруг он погибает от руки киллера.

— А кто киллер-то? Вы бы у него спросили, кто его нанял.

— Киллер мертв.

— А, ну да... Забыл я. Чушь все это, Олежка! Полная чушь! Они мне работать не мешали, они мне не конкуренты, у меня вообще нет конкурентов, я иду своим путем. Это я им мешал. Я их раздражал, я возбуждал их зависть! Я отдал им раскрученный бренд, а они его просрали! Я создал новый бренд из ничего, исключительно из своих паспортных данных. У нас огромный объем продаж! Трахтенберга это бесило! Им было бы гораздо легче, если бы я был мертв. Так кто кого должен был убить?

Логично, отметил про себя Левин.

— А чем же вы таким занимаетесь, Вадим Вадимович? Чем торгуете и как? И почему у вас нет конкурентов?

— Потому что я избранник Божий!

Левин вскинул глаза. Горбань не шутил. Лицо его, обращенное вверх, засияло благоговейным огнем.

— Мне, видишь ли, Олеж...

— Олег Борисович!

— Ну да. Мне, Борисович, явление было во сне. Вот сплю я, а будто смерч на меня идет. И вокруг людей тьма. Все кричат, детишки плачут...

«Титьку просят», — стараясь сохранить чувство юмора, подумал Левин.

— ...И только я один могу всех спасти, понимаешь? Я один! И вот я мысленно обращаюсь к Богу, говорю ему: дай мне сил, Господи! И тут словно шаровая молния прямо мне в сердце... Просыпаюсь, и такой прилив сил, такая энергия... А ты ко мне с Трахтенбергом!

«Хорошо закручивает!» — отметил Левин и спросил:

— Так чем же вы торгуете, Вадим Вадимович?

— Ага! Интересно? Вот это уже по существу! Понимаешь, когда наш рынок был завален импортом, мне хотелось вернуть людям отечественные товары. Я занялся водкой. Качественной водкой! А теперь все торгуют товарами, мне это неинтересно. Знаешь почему?

— Почему?

— Я посчитал, что максимум, что можно заработать на продаже товаров — каких бы то ни было, — это один-два миллиона долларов в год. Мне этого мало!

— А на чем можно заработать больше?«Уж не наркотики ли он мне назовет», — изумился про себя Левин.

— Зарабатывать можно на информации! Информация — это будущее бизнеса. У нас есть Интернет, и значит, есть все! Можно продавать...

— Компакты...

— Разумеется. Потом, у нас еще есть гороскопы. Добротная, качественная астрология мирового класса сможет прийти в каждый дом.

Левин огляделся. Нет, это не больница Кащенко.

— ...Но кроме этого можно продавать другие виртуальные товары. И услуги. Например, аудит, услуги адвокатов, страхование, туризм — когда клиент сможет увидеть через Интернет свою комнату, и вид из окна, и ресторан, и пляж. А турфирма, в свою очередь, может увидеть чековую книжку клиента — и порядок.

— Виртуальную книжку? — уточнил Левин.

— Ну да! Еще я планирую создать виртуальный университет...

— Хорошо, хорошо, Вадим Вадимович. А что вы делали четырнадцатого июля сего года? — ласково спросил Левин.

— Четырнадцатого? Июля? Не помню. Что и всегда — торчал здесь с утра до ночи. Это каждый подтвердит, если нужно. Мы ведь работаем почти круглосуточно! Мною внедрена система сетевого маркетинга — это ноу-хау дает удивительное сочетание энергии, предприимчивости, свободы, равенства, братства...

«Знаем мы про это ноу-хау мошенников», — мысленно вздохнул Левин

— Пойдемте, я покажу вам, как работают мои люди!

Нет, с этой энергией Левину было не совладать! Он выключил диктофон, пошел вслед за божьим избранником.

Они вошли в огромный зал, тесно заставленный офисными столами. На каждом — телефон-факс. В нескольких местах на высоких стульях сидели девушки «белый верх, черный низ». Стоял невообразимый гул. Время от времени то одна, то другая девушка выкрикивала:

— Партнер номер 3347 только что продал виртуальную гостиную за восемьдесят тысяч евро! Поздравляем!

— Партнер номер 456 только что продал виртуальное кругосветное путешествие за... Поздравляем!

У Левина перед глазами поплыли красные круги.

— Давайте выйдем!

Они вышли.

— Это ваши работники?

— Ну да, мои сетевики. Чем больше товаров они продают, тем больше зарабатывают. Это инициативные, постоянно растущие в бизнесе люди. Я горжусь своей фирмой, — произнес Горбань, и настоящие слезы заблестели в его глазах.

Час спустя Турецкий отпаивал Левина чаем с коньяком.

— Это настоящая секта. А Горбань — эдакий преподобный Мун отечественного разлива. Его паства обожает своего гуру. Впрочем, как это и принято в сектах. И все эти речевки, установки — чистой воды сектантство. Ты послушай запись. Только потом, без меня.

— Хорошо. Скажи, Горбань может иметь отношение к убийству Трахтенберга? Как ты считаешь?

— Не знаю... Он уверял меня, что они с агентством «АРТ» не конкуренты. Что, дескать, он, Горбань, продает услуги, а не товары. Но, учитывая, что Вадим Вадимыч серьезно подорвал репутацию «ТД «Горбань» и артовцы всерьез намерены довести дело до суда и снять, так сказать, белые одежды с господина Горбаня, внедряющего сетевой маркетинг на принципах оболванивания сотрудников, — учитывая все это, можно предположить, что Горбань испугался и организовал покушение. Киллер — этот юный мальчик, мог быть сотрудником Горбаня. Тот мог просто запрограммировать юношу, внушить ему все, что угодно: дескать, ты герой-камикадзе, фирма тебя не забудет. Фанатизм там вполне возможен: в том, что Горбань излучает бешеную энергетику, обладает гипнотическим даром, в этом я убедился на собственной шкуре. Он играл мною как кошка с мышкой. А ведь я, Саня, не сопливый мальчишка! Я огонь и воду прошел...

— Ладно, ладно, успокойся! Пленку я прослушаю. Ты иди отдышись. С Наташей моей пококетничай. Это очень помогает.

Когда Левин вышел, Турецкий в задумчивости произнес:

— Кто же этот киллер? Что ж такое-то! Прошло четыре дня, а мы не можем установить его личность... Плохо, очень плохо! Каков же итог дня нынешнего? Появилась новая версия: преподобный Горбань и святые дела его... А может быть, господин Артеменко

203

просто посмеялся надо мной, подкинув мне эту «распутинщину». Надо бы встретиться с ним еще раз...

Александр крутил диск телефона, продумывая разговор с Артеменко.

Но секретарь (или кто у него там?) сообщил, что нынче утром Иван Васильевич вместе с супругой уехал на отдых и лечение за границу. Когда вернется — неизвестно.

Глава 23

АРТПОДГОТОВКА

Сергей лежал, свернувшись клубком, на чем-то узком, тесном. В комнате было душно, плавал запах ментоловых сигарет. Из соседней комнаты доносился женский голос. Голос кого-то увещевал, уговаривал:

— Вы не правы! Понимаю, это серьезный проступок. Но вы должны понять мотивы. Вы ведь тоже педагог и знаете, что главное — понять мотивацию. Он ее очень любит, поймите...

Пауза. Слышно, как щелкает зажигалка. Глубокий вздох. И снова голос:

— Нет, это вы напрасно! Я ее знаю пять лет. Она хороший человек. Вы бы видели, как любят ее дети! А детей не обманешь...

Снова пауза. Короткое: «Я понимаю, понимаю...» — Затем почти яростное:

— ...Ну и что? А если это его единственная любовь? Вы встанете на его пути, а потом он всю жизнь не простит вам этого. Вы ведь знаете мою младшую сестру? Я вам расскажу... Только, пожалуйста, никому... В десятом классе она влюбилась в одноклассника, отчаянно, безумно. У них все было... Короче, она забеременела. Наши родители были в шоке. Как только ее не оскорбляли, бедную девочку! Шлюха — самое мягкое слово. Ее заставили сделать аборт, ее мальчика едва не осудили за изнасилование. Зоя не позволила, обещала, что покончит с собой... Наши родители разрушили чистые, настоящие отношения двух людей. Что? Даже меньше, по семнадцать. Но кто знает, когда его настигнет настоящая любовь? Так вот, моя сестра так и не вышла замуж. Ее мальчик, помаявшись и потаскавшись по случайным женщинам, женился, родил двух детей. А у моей сестры из-за того аборта детей быть не может. Они продолжают друг друга любить. Он ходит к ней тайком уже тринадцать лет. И все несчастны: и сестра, и ее любимый, и его жена, и их дети. И мои родители, потому что сестра не простила их. Она их ненавидит. Ненавидит всю жизнь. Вы только представьте себе это! Неужели вы хотите, чтобы ваш единственный сын ненавидел вас?

Опять пауза. Слышно, как женщина курит, роняет междометия, затем перебивает, говорит с жаром:

— Послушайте, разве можно распоряжаться чужой жизнью, даже если речь идет о сыне? Откуда вы знаете, что для него лучше? Когда я вижу их вместе, он светится весь, понимаете? Он на нее не надышится!

Снова пауза. Женщина снова прикуривает, перебивает:

— Откуда вы знаете, что для него лучше, а что хуже? Как можно решать за другого, выстраивать чужую жизнь, даже если это жизнь сына? Ну и пусть! Это будет его ошибка, а не ваша! Себя он простит, вас — нет! Как вы не поймете, что вы теряете сына?!

Снова щелкает зажигалка. Уже третья сигарета...

— А вот это не так! Это она зарабатывает, а не он!

Я дам ей еще полставки. Это она будет его кормить, пока он учится. Если он позволит ей... В данной ситуации может и институт бросить. Так помогите им! Нет-нет, она очень самостоятельный человек. Ну при чем здесь из какой семьи? Разве мы в ответе за своих родителей? Эта девочка поднимала сестер и братьев, была им вместо матери. Она и хозяйка прекрасная. Готовит замечательно. Шьет! Я понимаю, вам трудно смириться с этой мыслью, но он все равно когда-нибудь женится. Так пусть уж лучше по любви! И вас будет любить!

Женщина рассмеялась.

— Ну конечно! Знаете, мой Павлик после женитьбы еще ласковее со мною стал. Боялся, что я его ревную... Конечно, это ревность. Нам наши мальчики кажутся самыми лучшими. Нам кажется, что никто не достоин их, ни одна девушка. Это так понятно! Но им-то самим нужна не только материнская любовь! И поймите, если его сейчас оттолкнуть, он способен бог весть на что... Да вы его можете просто не увидеть больше! Что? Нет, что вы, все в порядке. Он спит в моем кабинете. Я не в том смысле. Может бросить учебу, завербоваться куда-нибудь... Это такой возраст, да еще и любовь... Нет, знаете, пусть он побудет здесь пару дней. И ему, и вам нужно успокоиться. А потом он придет. Вместе с Машей. Хотите, я тоже приду? Со стороны невесты... Вот этого я не знаю... Это вы у них сами спросите... Но даже если ребенок — что же плохого? Дети, рожденные в любви, — замечательные дети, уверяю вас! Нет-нет, это я так, к слову... Он спит. Да, мы дали ему снотворного. Вы бы видели его! Бедный мальчик. Глаза заплаканные, губы дрожат... Ну и что? Конечно, жених! Я на вас посмотрю в ЗАГСе! — весело проговорил голос. — До свидания! Хорошо, в четверг.

Прослежу, конечно. К первой паре! У меня не проспишь!

Это Алла Юрьевна! Как хорошо она все устроила... Значит, можно быть с Машей, и все будет хорошо!...

Сережа провалился в спокойный, счастливый сон.

Потом был длинный, очень длинный месяц. Они подали заявление, но ждать нужно было целых тридцать дней. Маша продолжала жить у Александры, хотя могла переехать к нему, мама сама об этом говорила. Но Маша уперлась: только после свадьбы. Они наконец познакомились. И мама приняла Машу спокойно. Как нечто неизбежное. Отец уехал в командировку, бабушка хворала, почти не вставала. Но она полюбила Машу. Маша, когда приходила в их дом, непременно заходила в бабушкину комнату и подолгу там засиживалась. О чем уж они говорили? Если Сережа пытался посидеть с ними, его прогоняли. Приходилось ему идти на кухню, к маме. Мама смотрела на него как-то по-новому, с опаской, что ли. А однажды, когда он коснулся ее случайно, обернулась к нему, обхватила руками, разрыдалась в плечо, бормоча: «Прости меня... прости меня...» Он сам едва не заплакал, все гладил ее плечи, целовал волосы. И тоже просил прощения.

О том, чтобы оставить институт, родители и слышать не хотели. Маша тоже возражала. Она убеждала всех, что им с Сережей хватит ее зарплаты. Тогда мама начинала кипятиться. Говорить, что они с отцом обязаны кормить сына до окончания учебы. Сергей говорил, что нашел работу на кафедре лазерной физики. Его берут лаборантом, это еще две тысячи к семейному бюджету. Они теперь часто сидели втроем на кухне и пили чай, и обсуждали будущее. Сереже даже казалось в эти минуты, что он уже женат, и вот они всей семьей чаевничают и все у них, как у людей... Но в то же время он видел, что мама почти никогда не смотрит на Машу, всегда как бы мимо, сквозь нее. И старается не называть Машу по имени. Все только «вы». И Маша прекрасно это видит и понимает, что будущая свекровь не принимает ее.

Сергей огорчался, но лишь на мгновение. В конце концов, нельзя же требовать от мамы, чтобы она с места в карьер полюбила Машу. Все будет хорошо! Они привыкнут друг к другу. Если еще ребенок появится... Когда Маша с ее замечательной Аллюрьевной пришли в их дом знакомиться, после их ухода мама сразу спросила о ребенке. «Может быть, ты обязан жениться как порядочный человек?» — как-то так спросила мама. И Сережа рассмеялся. И мама рассмеялась тоже. Пока, конечно, рано, но потом, через несколько лет, ребенок обязательно будет! И не один.

В этот день ее все любили, все ею любовались. Накануне Сергей перевез ее вещи в свою квартиру. С Александрой и ее папашей было покончено. Она даже не позвала их на свадьбу, боялась, что Алька напьется и скажет о ней, Маше, какую-нибудь гадость.

И свою последнюю перед замужеством ночь Маша провела в детском саду. В той самой комнате — бывшей кладовой, которую занимала целый год, пока не сняла угол у Александры. А завтра у нее будет свой дом! Своя комната. Свой муж.

Она успокоилась за этот месяц. Хорошо, что он был. Что не пришлось идти под венец сразу после того дня, когда заплаканный Сережа прибежал сюда за нею. За этот месяц будущая свекровь смирилась с Машей, а Маша отчетливо поняла, что никогда не будет ею любима, что бы она ни делала, как бы ни старалась. Ну и пусть! Еще посмотрим, кто в доме хозяин. Сережин папаша не в счет — его вечно не бывает дома. А бабуля — ее верная союзница. Бабуля сразу приняла ее и стала называть внучкой. Ну и на чьей стороне большинство? Если еще и забеременеть побыстрее, тогда вообще...

Что вообще — Маша и сама не знала пока. Но то, что в обиду себя не даст, знала твердо. Ну да ладно! Сейчас придет Танюшка, ее парикмахерша, то есть личный стилист, и начнет колдовать над невестой. Это ее свадебный подарок: педикюр, маникюр, прическа и вообще весь сценический образ.

Как здорово быть невестой! Хорошо, что свадьбу назначили на выходной — в садике пусто. Только свои: Алла Юрьевна и кое-кто из персонала. Алла Юрьевна будет посаженной матерью. В свидетельницы Маша пригласила Надю, ту самую, у которой встречалась с Антоном Владимировичем. А он так и не позвонил ей ни разу! Уже полгода прошло. Ну да что уж теперь...

— Маша, проснулась? — послышался голос повара Семеновны.

— Ага! — спуская ноги с топчана, откликнулась Маша.

Дверь отворилась, наполнив комнату умопомрачительным запахом настоящего кофе. Семеновна внесла поднос с кофейником. На тарелочке возвышались горкой пончики в сахарной пудре, на которые Семеновна была большой мастерицей.

— С добрым утром, невеста! Вот тебе и завтрак в постель. Желаю, чтобы муж твой так же тебя баловал!

— Спасибо, Семеновна! Пончики мои любимые! Вот здорово!

Маша принялась уплетать пышные, невесомые колечки, запивая вкуснейшим кофе со сливками.

— А помните, Семеновна, я только пришла сюда работать, как вы меня гоняли, ка-а-к гоняли! — болтая босыми ногами, смеялась Маша.

— Так правильно гоняла! — рассудительно отвечала Семеновна. — Гоняла, вот и прок из тебя вышел. И не стыдно в дом жениха отдать! Такую чистюлю дай бог каждому!

Заглянула Алла Юрьевна:

— Маруся, хватит кофейничать! Беги в душ, через час воду отключат.

Маша, прямо в ночнушке, побежала по пустым детсадовским комнатам в душевую. Там на вешалке-вишенке висели тончайшие ночная сорочка и пеньюар.

— Алла Юрьевна! — вскричала Маша. — Господи, прелесть какая!

— Это от меня. Я все же мать, хоть и посаженная.

Из душевой Маша вышла эдакой королевишной — в сорочке и пеньюаре.

Алла Юрьевна, и Семеновна, и Таня и Надя, которые уже тоже подошли — все они ахнули.

— Машка, какая же ты красавица! — воскликнули присутствующие.

Это было правдой! Маша и сама видела в стареньком зеркальце душевой, что невозможно хороша. Что светлая, прозрачная кожа, блестящие серо-зеленые глаза, русые, с рыжим отливом волосы — все вместе создает совершенно особый в своей прелести образ.

Таня принялась колдовать над ее ногами, затем руками, приговаривая как над ребенком:

— Вот какие у нас будут ноженьки. Вот какие у

нас будут рученьки... вот как будет целовать их Сереженька...

Надя что-то рассказывала, сидя на соседнем стуле. Тоже что-то доброе и веселое.

Ее все любили в этот день.

Семеновна побежала в кафе, где был заказан свадебный ужин, чтобы что-то донести, кажется, фрукты и вино... Алла Юрьевна все висела на телефоне, бесконечно долго уточняя с Сережиной мамой количество гостей и меню.

Когда с макияжем и прической было покончено, Маша достала бутылку шампанского.

— Давайте, девчонки, пока нет никого... За меня! А то у меня девичника-то и не было!

Они открыли бутылку, наполнили столовские чашки.

— За тебя, Машка! Будь счастлива.

— Спасибо, девочки! Представляете, через каких-нибудь четыре часа Мария Разуваева станет Марией Гончаровой. Красиво! За Сережку следовало выйти замуж из-за одной лишь фамилии.

— Так ты, наверное, из-за фамилии и выходишь, — не удержалась все же Надежда.

— Перестань, Надька, как не стыдно! У них такая любовь! Это же видно! — рассердилась Таня.

— Вы что это здесь делаете? Ага! Распитие спиртных напитков в стенах дошкольного учебного заведения! Причем в отсутствие заведующей!

— Аллюрьевна! Идите к нам! — закричали девушки.

Начальница присоединилась к компании.

— Ну, Машуля! Дай тебе бог! Я, что могла, сделала! Теперь уж ты... Не посрами нас!

— Машка-то? Да она первая красавица в городе! Это она-то посрамит? — разбушевалась вдруг личный

211

стилист Таня. — Да Серега от счастья башку потерял. И в семье ее приняли хорошо, я слышала, люди говорили. Что это она посрамить должна? Это они пусть не осрамятся. Такую классную девчонку в дом берут! Свекровь-то, небось, и готовить не умеет, а, Машка?

— Ладно, девочки, перестаньте! Маша, пора надевать платье!

Ей все же справили настоящее свадебное платье. Деньги собрали опять-таки в детском саду — коллективный подарок от коллег. Фату подарил Сергей.

Маша ушла в кабинет Аллы Юрьевны, где висело зачехленное платье, и заперлась там.

Когда она спустя полчаса вышла, все ахнули.

— Маруся, что ты здесь делаешь? — как-то даже испуганно спросила Алла Юрьевна. — Тебе здесь не место! Тебе в Москву нужно, в телевизор...

Женщины молча любовались ею, не заметив, как в дверях возник жених. И тоже оцепенел. И вымолвил одно лишь слово:

— Моя!

Глава 24
НАСЛЕДНЫЙ ПРИНЦ

В квартире генерального директора рекламного агентства «АРТ» сидели двое мужчин: хозяин, несколько обрюзгший брюнет с обширными залысинами на высоком лбу, и начальник службы безопасности фирмы и лично господина Трахтенберга, подтянутый, широкоплечий шатен лет сорока с небольшим. Говорил шатен:

— Шеф, я понимаю, что вызову наше недовольство, но, как начальник службы безопасности, не имею права молчать.

— Говори Алеша, только побыстрее. Машина на парах, нам с Гришей сегодня четыре сотни верст отмахать предстоит. О чем речь?

— О ком, — поправил Алексей. — Речь пойдет как раз о Григории.

— Опять о нем, — поморщился Трахтенберг. — Что еще?

— Снова пьяный дебош устроил. Девчонок перепугал. С плеткой за ними гонялся, избивал направо-налево...

— Ну, они к этому привычные.

— Они привычные, но не к этому. Он не клиент заведения, он не имеет права так обращаться с персоналом. За девочек вступился Дима, он и Диме врезал. Это как? Когда один охранник избивает другого просто так, под пьяную лавочку, это к чему может привести, вы понимаете?

— К чему?

— К полной деморализации. А деморализованная вооруженная команда — это опасно! В первую очередь для вас!

— Но это ты подбираешь людей! Набор сотрудников в охрану — это твоя прерогатива. Ты за них и отвечаешь.

— А я в таких условиях ни за что отвечать не могу! Я с такой тщательностью собирал команду! Годами! Каждый человек проверялся как... на работу в КГБ. Отборные ребята! Отличные спецы. И как я теперь могу объяснить, почему рядовой боец охраны ведет себя как наследный принц? Как я могу требовать неукоснительного соблюдения моих инструкций, если Малашенко их не соблюдает?

213

— Ты же знаешь, он был контужен... нужно делать скидку.

— Какое мне дело до его контузии? Моя основная задача, чтобы вы не получили контузию или еще что-нибудь похуже. Не нужно брать в команду контуженных!

— Но-но! Ты мне не указывай! И вообще, ты же знаешь, у меня к Грише особое отношение...

— Я знаю. И он знает. И все знают.

— И пусть знают! Человек рядом со мной уже десять лет. И никогда не давал мне повода усомниться в его преданности.

— Знаете, бывший личный охранник бывшего президента тоже не давал тому повода усомниться в своей преданности. До поры до времени...

— Что ты сравниваешь? Григорий больше чем охранник. Он не единожды делал для меня...

— Я знаю, что он для вас сделал. И не только я это знаю, — отчеканил Алексей.

— То есть? –Трахтенберг насторожился.

— Он болтает всякую чушь почти на каждом углу. В наших стенах пока. Но это пока... Потому что он пьет как лошадь и попросту деградирует как личность, — перевел разговор Алексей. — Неужели вы этого не видите? Впрочем, разумеется нет. При вас он тише воды, ниже травы. А вы знаете, что он смертным боем бьет свою жену?

— Да? За что? Страшная слишком? Или изменяет часто?

— Ни то, ни другое. Алина — очень порядочный человек и красивая женщина... Пока. Но еще год-другой, и он сделает из нее урода и инвалида.

— Господи, ну что ты мне на дорогу такие гадости... И вообще, у нас не детский сад. Почему я должен брать в расчет какую-то Алину, которую и не видел ни разу.

— Между прочим, да. Заметьте, за десять лет он ни разу вам ее не показал.

— Действительно... А почему?

— Боится, что вы ее... того... оприходуете.

Трахтенберг рассмеялся:

— Это уж слишком! Даже медвежатники не воруют у соседей. Бред какой-то. Ладно, я его на вшивость проверю...

Он замолчал, затем вскинул на Смирнова пристальный, настороженный взгляд:

— Но ты ведь не про жену его говорить хотел.. Что ты там начал... «На каждом углу»... Это ты о чем?

— Я вам лучше видеозапись покажу. А то не поверите.

— Ну давай, — взглянув на часы, бросил Трахтенберг. — Даю тебе десять минут.

— И пяти достаточно.

Алексей всунул кассету в видеомагнитофон, щелкнул пультом.

... Четверо мужчин сидели за накрытым столом, пили пиво, перекидывались в карты.

— Ну и кто там? — надел очки Трахтенберг. — Ты, Димка, Семен, ага, и Гриня. Хорошая компания. Чего отмечаете?

— Да ничего. Сидели на базе, вас ждали.

— И пиво глушили.

— Мы-то так, по бутылочке. Это Гриня у нас старается. Ладно, я вас пустой трепотней нагружать не буду, сейчас найдем нужное место...

Он включил перемотку.

— Ага, вот здесь. Смотрите и слушайте. Вот, начиная с моих слов.

Он прибавил звук, с пленки зазвучал его голос:

«— Гриша, хватит пивом грузиться! Ты уже за четвертую принялся да водярой перекладываешь! А у нас еще работа сегодня возможна!

— Да ладно! — отмахнулся пьяный Григорий.

— Я сказал, хватит пиво глушить! Это приказ, понял? Ты сидишь в машине с шефом! Ты его личный охранник! Что ты себе позволяешь?

— Да не пыли ты! Никуда мы сегодня не поедем. Здесь заночуем.

— Приказа «вольно» не было!

— А мне насрать...

— Я тебя за такие слова должен немедленно выгнать на улицу! Без выходного пособия!

— А не выгонишь! Ничего ты мне не сделаешь! Шеф меня не отдаст. Обязан он мне по гроб жизни, понял?

— Неужели? Чем же это?

— Чем? Ха! А кто ему это местечко расчистил? Кто пиф-паф сделал? Кто главного конкурента в инвалидное кресло усадил на всю оставшуюся... Да и потом тоже... Всякое было. Ха! Выгонит он меня! Это я вас всех выгоню! Завтра же скажу Траху, что ты дерьмо собачье, он тебя в охрану жены переведет. Будешь его тухлой курице авоськи с рынка таскать!»

— Выключи!! — взревел Трахтенберг. — Дай кассету!

Смирнов молча выполнил указание.

— Эта пленка, она в единственном экземпляре?

— Да.

— От какого числа запись, я не посмотрел...

— От двадцать девятого апреля. Помните, вы гостей привозили...

— Неделю назад...Ах, змееныш... Ладно. Еще такого рода записи есть?

— Нет. Но он часто язык распускал. Впрямую не говорил, но на то, что вы его должник, намекал постоянно. Мне ребята докладывали. Вот я и решил записать, чтобы вы поверили.

— Спровоцировал его, значит?

— Никто его не провоцировал. Вы же видели. Но даже если бы кто-нибудь и попытался спровоцировать, разве он смеет об этом... Он же вас под статью подводит! Я уж гашу это как могу. Мол, Гриня бредит, он у нас гэрэушник контуженый. Если честно, его вообще убрать следует!

— Ладно. Я это обдумаю. Кто там еще-то был? Ты, он, Дима и Семен...

— Да, нас там кроме него трое, — подтвердил Алексей, как бы намекая, что всех сразу убрать не удастся.

Трахтенберг поднял трубку телефона, по щекам ходили желваки. Но голос звучал спокойно, даже приветливо:

— Григорий, как там готовность? Полная? Антон подъехал? Все, через пять минут выезжаем. Пусть Семен подает машину.

— Все, Алексей, свободен!

— Счастливого пути, Арнольд Теодорович!

Алексей четко, по-военному развернулся и вышел.

Черный джип мчался по трассе во весь опор. Сидевший рядом с Трахтенбергом Антоша болтал всякую чепуху. Давний, еще с институтских времен, приятель напросился в эту поездку, обещая дорогой развлекать Арнольда. Что и делал с упоением... Черт, зачем я взял его, с раздражением думал Трахтенберг, у которого не шел из головы разговор с Алексеем Смирновым. Впрочем, он, Арнольд, и сам был рад тому, что поедет с приятелем, что они вместе пошатаются по улочкам прелестного старинного городка. Арнольд собирался продюсировать новый фильм весьма маститого режиссера, съемку предполагалось проводить в этом городишке. Арнольду хотелось самому посмотреть натуру до того, как режиссер начнет навязывать ему свой взгляд на вещи. Антоша не был бы помехой в этой поездке, если бы не разговор с Алексеем. Трахтенберг снова прокрутил в голове то, что увидел на кассете. Пьяная рожа любимца Грини, маячившего в данную минуту перед ним бритым затылком на бычьей шее... «Это он о моей Сонечке «тухлая курица...» — наливался злобой Трахтенберг.— Ну погоди! Вот так! Приблизишь человека, станешь ему отцом родным, а оказывается — змею на груди пригрел. Ах ты, паскуда! Ладно, я тебя проучу!»

— Подъезжаем, Арнольд Теодорович! — сообщил водитель. — Куда двигаться?

— Давай в гостиницу, Семен. Устроиться нужно.

— Вы ж хотели сначала по городу проехаться, виды посмотреть.

— Голова разболелась. Завтра покатаемся. Сейчас в гостиницу. Да поужинать нужно.

— Есть! — коротко ответил Семен.

Вот и Семен знает! Теперь и с ним разбираться нужно будет...

Вскоре автомобиль замер возле лучшей городской гостиницы. К ним бросились швейцар, носильщики, выплыла полногрудая дама со словами: «Как мы рады!

Эта такая честь для нас...» — было видно, что к приезду VIP-персон здесь готовились.

— Скажите, голубушка, где лучше отужинать? — спросил Трахтенберг, пройдя в холл гостиницы.

— У нас прекрасный ресторан! Молодежь, музычка...

— Нет-нет, нам что-нибудь спокойное, — поморщился Арнольд, заполняя гостиничный бланк. — Без шумной музычки, но с хорошей кухней.

— Тогда... ресторан «Ярославна». Там очень хорошая кухня. А завтра мы можем и у нас закрыть на мероприятие.

— Благодарю, голубушка, ничего такого не нужно! «Ярославна», говорите? Это далеко?

— У нас здесь все близко! Минут пять.

— На машине?

— Пешком... — рассмеялась грудным смехом дама. Было очевидно, что она хочет понравиться продюсеру нового культового фильма. Это почти что понравиться самому режиссеру!

— Благодарю вас, милейшая. Вы очень любезны.

Трахтенберг равнодушно отвернулся от дамы.

— Ну что, по номерам?

— Как прикажете, шеф! — широко улыбнулся Григорий.

Мужчины поднялись на второй этаж. Трахтенбергу и Антону предназначались расположенные рядом номера «люкс», напротив которых два одноместных — для водителя и охранника.

Оставшись один, Арнольд немедленно вытащил из сумки фляжку коньяка. Голова действительно раскалывалась. Он отвинтил крышку, хлебнул прямо из горлышка.

«А не напиться ли мне сегодня? В Москве такой роскоши себе не позволишь... Надраться. Набить морду... Тому же Гришке... Ногами его потоптать... Нет, этого делать нельзя! Слишком много он знает. Я знаю, что он знает, что я знаю... Короче, выдержка, Алик, выдержка прежде всего! Но проучить говнюка — мой долг! Ладно, душ, переодеться и пойдем отужинаем!»

Час спустя мужчины вышли из гостиницы. На город спустился летний вечер. Солнце уже не слепило глаза, мягко освещая деревья, отражалось в куполах множества церквей и церквушек.

Господи, красота-то какая, невольно залюбовался Трахтенберг.

— Знаешь что, Алик, не пойдем мы в «Ярославну», — сообщил приятелю Антон.

— Конечно, не пойдем. Мы поедем.

— Брось ты! И так весь день в машине! Послушай меня: мы пойдем пешочком, подышим воздухом, полюбуемся городом. Красота ведь!

— А ужин? Я, черт возьми, есть хочу!

— Я и отведу тебя в замечательный кабачок. «Ярославна» эта — стадион, а не ресторан. Там вечно тусовки всякие. А мы отправимся в чудное заведение с прекрасной кухней. У меня с этим местечком связаны весьма романтические воспоминания. Я водил туда ужинать одну очаровательную барышню.

— Далеко идти?

— Здесь все недалеко! — рассмеялся Антон.

— Черт с тобой, веди! Семен, ты свободен! — обернулся Трахтенберг к водителю. — «Трубу» не отключай!

— Есть! — все так же четко ответил Семен и нырнул обратно в гостиницу.

— Пусть парень поспит, — одобрил Григорий.

— А ты иди сзади и не выступай, когда тебя не спрашивают! — процедил Арнольд.

Григорий замолчал, пропустил шефа с приятелем вперед.

«Что это с ним? Неужели донесли? — испугался было он. — Не может быть... Побоялись бы... А вдруг? Ладно, отобьюсь! Не впервой!»

Горожане, а особенно горожанки, с любопытством поглядывали на двух мужчин, явно не местных, явно из столицы и явно не из простых.

«Богема... Или банкиры на отдыхе», — думали горожане и горожанки.

— Смотри, старый, как в нас девчонки глазами стреляют! — отметил Антон.

— А что? Мы еще о-го-го! — повеселел Арнольд. — Может, еще и снимем на ночь какую-нибудь красотку. Ты говорил, у тебя здесь романтическое приключение было? Может, позвонишь?

— Ну-у. Я ее в последний раз видел-то полгода тому назад... Неудобно.

— Врешь! Делиться не хочешь! — подначивал Арнольд.

— С тобой поделишься, пожалуй... Ты все сцапаешь!

— Это верно, это верно, — хмыкнул Арнольд.

Необычайно свежий воздух, напоенный близостью реки, голубая гладь которой то и дело просматривалась в глубине узких улочек, гудки теплоходов; отдаленные, задорные петушиные крики — все это создавало ощущение полной оторванности от столичной жизни с ее хлопотами, заботами и проблемами...

Да, именно здесь и нужно снимать! Неторопливо,

вдумчиво... Простая история: любовь... Измена... Прощение... Утрата... Простые понятия, а в них — вся жизнь...

— Ну где твой ресторан? Мы уже двадцать минут идем! — очнулся от своих мыслей Арнольд. – У меня сейчас кома начнется!

— Уже пришли, не ворчи! Видишь каланчу пожарную? Сразу за ней!

— Ну смотри! Если после каланчи ты скажешь, что осталось еще хоть сто метров, я ни шагу не сделаю!

— Да вот же! Пришли!

Над резными деревянными дверями двухэтажного особнячка значилось: «Кафе «Шуры-муры». А на дверной ручке болталась табличка: «Извините, сегодня закрытое мероприятие». Арнольд изучил табличку, посмотрел на друга.

— Это что, насмешка неба над землей? Главное, теперь еще двадцать минут переться в обратную сторону! И зачем я Семена отпустил?

— Я сейчас тачку поймаю, Арнольд Теодорович! В одну секунду! — засуетился Григорий.

— Я тебя не просил! — отрезал Арнольд, который секунду назад хотел попросить именно об этом. — Я желаю ужинать здесь! Плевать мне на их мероприятие! Антон, ты меня сюда приволок, иди и договаривайся!

— Что ж, попытка не пытка, — вздохнул Антон и исчез за дверью.

— Вот ведь чумовой какой друг у вас, — попытался завязать разговор Григорий. — Могли бы и поближе чего-нибудь найти! Знает же, что у вас голова болит, так нет же...

— Заткнись, — коротко ответил Арнольд.

«Точно, кто-то ляпнул!» — похолодел Григорий.

Глава 25

«ШУРЫ-МУРЫ»

Антон вышел в сопровождении очаровательной пухленькой блондинки.

— Вот, Алик, это Мариночка — хозяйка заведения. — Мы все уладили, правда, Мариночка?

— Конечно! Я очень рада принять вас в нашем кафе, это такая честь для нас! — защебетала Марина. — Есть маленькая проблема: понимаете, у нас здесь сегодня свадьба гуляет.

Арнольд вздохнул. Присутствовать на свадьбе совершенно не хотелось.

— Может, мы ее отменим? — пошутил Антон.

— Ну что вы! Они уже расписались! Как же можно... Такая пара красивая! Через час приедут, вы сами увидите.

Арнольд поморщился. Марине очень не хотелось упускать столичного гостя, который, как сказал его приятель, магнат рекламного бизнеса, известный продюсер, друг режиссера Мигалкина (ой, батюшки! Вдруг потом и Сам приедет?!). Поэтому она улыбнулась самой лучезарной из своих улыбок и заворковала с удвоенной энергией:

— У нас есть отдельные кабинеты! Мы вас разместим в самом лучшем! Вам будет там удобно, вот увидите! И потом, свадьба через час, вы вполне успеете поужинать. А может, вам у нас понравится и вы задержитесь на весь вечер? Соглашайтесь, а? Коньяк за счет заведения! — неожиданно добавила она, мгновенно просчитав:

«Ладно, на свадьбу спишу, там одной меньше, одной больше — кто заметит?»

— Ну если коньяк бесплатный, тогда какие разговоры, голубушка? Что же вы сразу-то не сказали? — хохотнул Арнольд. — Ну, чаровница, ведите нас в свои чертоги! Что там у вас за «шуры-муры» такие?

Чертоги оказались концептуальным заведением, оформленным в духе чистого, как первач, кича. Стены были оклеены обоями в полосочку, на одной из низ висели часы-кукушка, на другой — гитара с бантом. Лестница светлого дерева, уводившая на галерею, и барная стойка украшены цветными лоскутками. На окнах занавески в горошек и горшки с геранью... И, наконец, открытки с целующимися голубками, прилепленные то тут, то там.

— Впечатляет, — только и вымолвил Трахтенберг.

Середину зала занимали составленные и уже накрытые белыми скатертями столы.

Между ними сновали официантки с «бейджиками» на блузках, где были указаны имена девушек: «Оленька», «Светочка», «Дашенька», — выхватил глазами Арнольд.

— Боже, какая прелесть. Здесь можно снимать! — обернулся он к хозяйке заведения.

— Правда? — засияла та.

— Да, снимать здесь можно. Но где можно поесть?

— Ой! Вот же кабинеты! Вот! И вот!

Она отдергивала тяжелые шторы, показывая расположенные по периметру тесные закутки.

— М-да-а-а... А что у вас на втором этаже? — Арнольд поднял голову.

— Там тоже есть столики! И даже отдельный выход на улицу! На другую сторону здания.

— И там тоже... герань? И лоскуточки?

— Нет-нет, там мы еще этого не успели... Там все просто, — извиняющимся тоном произнесла Марина.

— Какое счастье! Значит, нам туда!

Мужчины поднялись на второй этаж. Заняли столик возле перил. Окна второго этажа были распахнуты. Свежий вечерний воздух щедро лился в помещение. Арнольд вдохнул его полной грудью.

— Замечательно! — выдохнул он. — Остаемся. Тащите меню!

Через минуту перед ними возникла официантка Оленька с картой меню.

— Прочтите, голубушка! — попросил Трахтенберг.

— А что вы будете? — застенчиво спросила Оленька. — Закуски, супы, горячие блюда...

— Огласите весь список.

— Ну у нас закуски фирменные под общим названием «тещины салатики». Туда входят селедочка под шубой, соленые опята, буженинка, овощные салатики, сациви из курочки, салатик из кальмаров...

— Давайте всего понемножку!

— Хорошо. — Девушка строчила карандашиком в блокноте. — Дальше горячие закуски. Это блины с красной икоркой...

— Берем! Всем по порции.

— Хорошо. Дальше первые блюда. Соляночка рыбная «Подь ко мне, моя селянка», грибной супчик, борщ...

— Что-что? Не понял? «Подь ко мне моя селянка» — это что такое?

— Это так рыбная соляночка называется.

— Прекрасно! Берем.

— Дальше у нас горячие блюда...

— Ладно, Оленька, вы сами что посоветуете?

— Ну... «амурчики», например. Это куриные крылышки, закопченные на углях...

— С ними возни много. Что еще?

— Жаркое из телятинки в горшочках с овощами, шашлычки...

— Одно жаркое... Антон, ты?

— Мне тоже.

— Григорий?

— Я, шеф, от шашлычка бы не отказался..

— Значит, два жарких и два шашлыка. Так... Теперь алкоголь.

— Сейчас вам коньяк принесут.

— Какой?

— «Otard». Это французский.

— Мы в курсе! — рассмеялся Трахтенберг. — Что ж, еще триста водки, какая там у вас лучшая и по бутылке минералки без газа. Все, лети, голубка! И неси все быстрее!

Вокруг них засуетились сразу несколько человек. Девушки бегали шустро вверх-вниз. На столе появился коньяк, множество закусок.

— Ты, заметил, Антон, что у них здесь все в уменьшительно-ласкательном виде? Официантки — Оленьки, Светочки. В меню салатики, соляночки, шашлычки... Вот она, провинция, во всей своей первозданной красе! Наливай, Григорий!

Личный охранник Трахтенберга налил шефу и его другу коньяк, себе — водки.

Мужчины выпили, принялись за закуски.

— Что ж, пока замечаний нет, — налегая на сациви, заметил Арнольд.

— Я ж тебе говорил: не пожалеешь. Да и цены здесь просто бросовые. По московским меркам.

— Тогда, Гриня, наливай еще! Что-то мне сегодня напиться хочется.

Григорий мигом исполнил просьбу хозяина, ста-

226

раясь поймать его взгляд. Но шеф смотрел как-то мимо.

— Интересная затея — устроить здесь свадьбу, — заметил Трахтенберг. — «Шуры-муры» на всю жизнь. Что ж, посмотрим на их свадьбу. Хотя бы на невесту. Она, конечно, юная и прекрасная. Не то что какая-нибудь тухлая курица, верно, Гриня?

Григорий с трудом проглотил кусок. Кивнул. Заложили все же, сволочи! По спине неприятно поползла капля.

— Знаешь что, Антоша? Давай-ка выпьем за моего Гриню! За моего верного стража! Охранник — он ведь ближе чем жена. В том смысле, что заботится о хозяине каждую минуту. А жена только тогда, когда муж дома. Что в моем случае бывает нечасто. Так что за тебя, Григорий. Наливай! И себе плесни, что стесняешься? Мы отдыхаем. Ну, давайте за моего верного Григория. Ты ведь, Гриня, верный человек? Преданный?

— Гос-с-поди, Арнольд Теодорович! Я ли не доказал...

— Я помню, помню. А все же, насколько ты мне предан?

— Ну... Вообще...

— Ничего для меня не пожалеешь?

— Вы что, шеф? Какие разговоры?

— Что ни попрошу, все сделаешь?

— Да когда же я отказывался?

— Ты мне вопросом на вопрос не отвечай. Ты давай четко, по-военному. Все, что попрошу, сделаешь? — Трахтенберг взглянул прямо в глаза Григорию.

— Да! — Тот постарался выдержать взгляд.

— Ну, за это и выпьем! Прозит!

После некоторой паузы Арнольд как бы мимоходом осведомился:

— А что-то я, Гришенька, твою жену никогда не видел? Что это ты ее на наши корпоративные мероприятия не берешь?

— Ой, да она это не любит! Ей бы все дома сидеть... Такая домоседка!

— Курица, одним словом. А фотография-то ее у тебя с собой есть?

Григорий поперхнулся, закашлялся.

— Должна быть! Ты у нас мужик сентиментальный. Должен носить в кармане. Носишь? Только не врать!

— Ну... Ношу.

— Дай взглянуть! — приказал Арнольд.

— Я... У меня она, кажется, в другом пиджаке...

— Смотри, сейчас обшмонаю тебя, — усмехнулся Арнольд. — Если найду фото, уволю. Зачем мне охранник, который врет?

Григорий долго шарил сначала в одном кармане пиджака, затем полез в другой.

— Вот. — Он достал бумажник, открыл его. В пластиковый карманчик действительно была вложена фотография.

— Вынимай!

Григорий вытащил фото, протянул Трахтенбергу.

— О, ты посмотри, Антоша, какая у нашего Грини жена красавица!

Антон заглянул через плечо друга.

— Да... Хороша, ничего не скажешь.

— Хороша? Да просто неотразима! Фигура идеальная, ножки точеные, ты только посмотри... И волосы роскошные. Она у тебя натуральная блондинка или крашеная?

— Натуральная, — еле выдавил Гриша, которому весь этот спектакль очень не нравился.

— Обожаю натуральных блондинок! И глаза... Рос-

228

кошная женщина! Следует немедленно за нее выпить! Наливай, Гриня, выпьем за твою жену. Как ее зовут?

— Алина. Я ее Алкой зову.

— Пьем за Алину, она же Алла.

Мужчины выпили. Официантка Оленька принесла горшочки с солянкой.

— Как раз под горячее, — усмехнулся Трахтенберг, помешивая ложкой густое варево. — Скажи, Гриня, а она у тебя горячая женщина, Алина твоя?

— Н-нормальная. Вернее, она вообще не по этой части, — испуганно добавил Григорий.

— Не по этой? — изумился Арнольд. — Так ты за это ее лупишь смертным боем?

— Я... Ее? Кто вам сказал? Врут они все! — заголосил Григорий. — Я ведь чувствую, что вам на меня наговорили! А вы и верите! Я вам так предан, я для вас на все готов, а вы...

— На все? Что ж, это *ты* сказал! Вот что, уступи-ка мне свою Алку на пару месяцев.

— Ч-что? — одними губами спросил Григорий.

— Алик, ну зачем ты? — укоризненно произнес Антон.

— А ты, Антоша, не вмешивайся, — не глядя на друга, процедил Трахтенберг. — Там вон свадьба, кажется, начинается. Ты пойди посмотри на невесту. А мы пока побазарим.

Антон встал, отошел к перилам, закурил.

Трахтенберг повторил:

— Так что? Уступаешь? У меня секретарша в декрет уходит. Пусть твоя Алина за нее поработает. Пока я ей замену не найду. Не брать же с улицы... А я ее всему научу, останешься доволен. Работа у нас напряженная, сам знаешь. Так что, если она порой домой ночевать не придет, ты уж ее не ругай, лады?

— Я... Давайте я вам подыщу... У моего кореша жена...

— Ты мне баб не подсовывай, сморчок! Я сам выбирать умею! В город вернемся, чтобы на следующий день она была в моей приемной! Понял?

— Да, — одними губами произнес Григорий.

— А если не приведешь ее, считай себя уволенным — раз, и не только уволенным. Ты меня понял?

Григорий кивнул.

— Вот и молодец. За это и вьньем. О, да у тебя уже графин-то опустел... Мы это поправим. Оленька, нам еще триста водки. Той же, голубушка, той же...

...Антон Владимирович курил уже вторую сигарету. За его спиной Арнольд все изливался желчью на охранника.

Черт его понес с этим сумасшедшим Арнольдом! Весь вечер будет испорчен! Мог бы при друге не затевать разборок с охраной... Слинять, что ли? Позвонить Маше, пригласить ее в гостиницу. Сколько не виделись? Пять месяцев, с тех пор, когда он приезжал сюда принимать зимнюю сессию...

Антон обернулся, посмотрел на приятеля. Тот не сводил налитых бешенством глаз с Григория. Что он к нему привязался?

Глава 26

ПОБЕГ

Внизу все как-то оживились, засуетились, выстраиваясь по обе стороны от входа.

— Внимание! Мария и Сергей Гончаровы! Встречайте! — вскричала пухленькая хозяйка заведения.

Под шквал аплодисментов в зал вошли новобрачные. К их ногам бросали деньги, молодые смеялись. «До чего красивая пара! — в первый момент подумал Антон Владимирович. В следующий момент он просто ахнул. — Боже, твоя воля!»

Маша Разуваева, нет, теперь уже Гончарова, в длинном подвенечном платье, в трехслойной фате, сияла ослепительной красотой. Рядом с ней, в темном костюме, в белой рубашке с бабочкой стоял... Боже, тот самый мальчик, которого он, Антон, видел на лестнице Машиного дома, уходя от нее под утро. Вернее, дом был не Машин, а ее подруги Надежды. Да вот и она! Стоит рядом с невестой. Понятно, свидетельница. Надо же! Машка вышла замуж... От этого открытия, от внезапности и какой-то киношной неправдоподобности встречи у него заныло сердце.

А он-то, старый дурак, хотел позвонить ей, пригласить в гостиницу... Невесту! Теперь уже жену этого юного создания. Он ведь моложе ее лет на пять, вспомнил Антон. Выходил все же Марию. Высидел на подоконниках свое счастье... Но Машка-то! Зачем ей этот юнец? Так рвалась в Москву, как «Три сестры» в одном флаконе. Приперло, что ли? Может, залетела? А может, от него, Антона? Он впился глазами в плоский живот невесты, не замечая, что спускается вниз.

— Гости дорогие, рассаживайтесь! — Командовала сухощавая брюнетка. — Маша, Сережа, приглашайте гостей к столу!

— Дорогие гости! Просим вас к столу! — звонко и весело выкрикнула Маша.

Теперь, когда он услышал ее голос, сомнений не оставалось — это она, Маша Разуваева. То есть теперь Мария Гончарова. Ах, как жаль! Как жаль, что больше он не сможет проводить с нею ночи. Жаркие ночи любви... М-да-а, пропал целый город! На черта теперь ездить сюда на сессию?

— Антон Владимирович! — услышал он и вздрогнул.

К нему устремилась Надежда, подружка невесты.

— Вот так встреча! А вы что здесь делаете?

— Да вот, приехал Марию поздравить, — попытался пошутить Антон.

— Она вам сообщила о свадьбе? — округлила глаза Надя.

— Я сердцем почувствовал, — пошутил Антон.

— Здорово! Я сейчас скажу Маше...

— Не нужно! Не сейчас! Неудобно.

— Почему? — как бы удивилась Надя. — Вы не бойтесь, места лишние есть, — простодушно добавила она. — Машкина родня не приехала.

— Почему?

— А она им ничего не сообщила. Свекрови сказала, что пригласила, а сама не пригласила, сказала, что они там все заболели у нее. Вот лишние места и образовались. Ну... Вы же помните, из какой она семьи...— не преминула добавить Надя

— Ничего я не помню. А эта брюнетка? Я думал, это Машина мама. Она кто?

— Это посаженная мать. Машкина начальница. Алла Юрьевна.

— Где свидетельница? — громогласно спросила брюнетка.

— Я иду, иду, Аллюрьевна! Правда, пойдемте! Маша будет очень рада! — Надя буквально вцепилась в его руку.

— Нет, Надя. Я здесь не один. Мы с другом... — вырывался Антон Владимирович. Да что же она в меня впилась, как клещ энцефалитный? Бред какой-то...

— С другом? С тем самым? Из рекламы?

— Из какой рекламы? Ах, ну да... Мы наверху, вон наш столик. Я попозже спущусь, если удобно будет.

— Обязательно, ладно? Обещаете?

— Надежда? Ты с кем там любезничаешь? Пригласи мужчину к столу и займи свое место!

— Ой, я бегу, бегу, Аллюрьевна!

— С кем это ты там любезничал? — спросил Трахтенберг.

Он был нетрезв. Вернее, пьян. Не в общепринятом смысле слова. Антон никогда не видел приятеля вдребезги пьяным. Он всегда держался на ногах, балагурил, мог часами «держать стол», отражать шутки и всякие подколки, на которые так щедра актерско-режиссерская братия. И при этом в нем «сидело» порядка литра водки или коньяка. Антон сам неоднократно был свидетелем подобных застолий. Единственное, что выдавало степень опьянения Трахтенберга — возникавшая под парами страсть к авантюрам, мистификациям. Он мог, словно Воланд, запросто забросить компанию из двадцати человек в другой город, купив целый вагон. И ящиками лить шампанское на изумленных проводниц. Бывали такие случаи. Поутру компания очухивалась где-нибудь в Мурманске. И злой с похмелья Арнольд далеко не всегда обеспечивал публику обратными билетами. Сама, сама, сама...

Еще опаснее была другая ипостась пьяного Арнольда: угрюмая решимость устроить шумный скандал с далеко идущими последствиями... Например, набить морду заместителю министра на банкете по случаю закрытия кинофестиваля. Свидетелем такого события Антону тоже довелось быть... Короче, куда ни кинь, всюду клин.

Антон оглядел стол. Ого! Одну бутылку коньяка приятель уже «усадил». Оленька как раз принесла вторую... Григорий вообще был, что называется вусмерть... И все пытался что-то объяснить шефу заплетающимся языком.

— Пошел вон, пьяная скотина! — оборвал его Трахтенберг. — Пересядь за другой стол. Вон туда, к окну. И жди, когда я тебя позову.

Охранник с трудом поднялся, едва держась на ногах, дошел до пункта назначения, где и рухнул на стул, уронив голову на натруженные в спортзалах руки.

— Вот так! Тень, знай свое место! — злобно проговорил вслед Арнольд.

— Алик, ну что ты завелся? Отдохнуть ведь приехали, а ты вечер портишь...

— Ладно, не лезь, не твое дело! Скажи лучше, с кем это ты любезничал? Уже снял девчонку? — хохотнул Арнольд.

— Нет, знакомую встретил. Даже двух...

— Двух — это хорошо! Нас тоже двое! Кто такие? Покажи!

— Перестань, Арнольд! — поморщился Антон. Но желание поделиться переживаниями пересилило. — Представляешь, невеста — моя бывшая студентка!

— Ну и что? Плохо училась?

— Училась хорошо. Она не только училась. Она и на это дело мастерица...

— Любовница твоя, что ли?

— Ну... Теперь уже бывшая. Нет, ну представляешь, приехать в этот городишко, где я не был четыре месяца, случайно зайти именно в это кафе и попасть

234

на свадьбу бывшей возлюбленной! Каково? Готовый сценарий мелодрамы, ей-богу!

— Ну... Пока еще не очень интересно. Я понимаю, если бы она с тобой с этой свадьбы сбежала... Но она этого не сделает... Постой-ка, я хоть посмотрю на нее.

Трахтенберг взглянул вниз.

Прелестная девушка в подвенечном платье выполняла какое-то задание из так любимых в народе свадебных игр. Ага! Ей протянули блюдо с пирожным. Она должна была съесть его, не прикасаясь руками. Вот девушка высунула острый розовый язычок и старательно облизала крем. Затем надкусила, демонстрируя ровный ряд зубов... Затем рассмеялась, схватила пирожное рукой и принялась его есть. Как красиво она это делала! Все рассмеялись вместе с нею.

— Проиграла, проиграла! — кричали гости.

Но невесту это не обеспокоило. Она доела бисквит, облизнулась эдакой кошечкой и звонко прокричала:

— Ну и пусть! Зато вкусно!

Все опять рассмеялись.

А ведь это готовый ролик! Трахтенберг даже текст придумал в мгновение ока. Могло бы пойти для рекламы, да, для любой. Любого товара. Поскольку девушка уж больно хороша! Так хороша, что хочется сломать, как красивую игрушку, подумал вдруг он.

Жених, совсем мальчик, не спускал с нее обожающих глаз. И такому мальчишке такую прелесть? За что? За какие такие заслуги?

Антон тревожно поглядывал на хищное выражение, появившееся на лице приятеля.

— Что ж, Антоша, барышня хоть куда! От такой и я бы не отказался. Что за девушка? Расскажи о ней.

— Ну что рассказывать... Обычная история. Родом

из какого-то захолустья. Закончила заочно наш вуз. Мечтала о карьере актрисы или модели. Вышла замуж за студента. Все. Точка. Ру.

— А родители здесь?

— Нет. Она вообще с родней отношений не поддерживает. Так я понял.

— А что это за телка ее опекает?

— Это ее начальница. Посаженная мать.

— Понятно. А та, с другой стороны, личико кулачком — это, надо понимать, мать жениха?

— Наверное.

— А ведь она невестку не любит, — хмыкнул Арнольд.

— С чего ты взял?

— А ты понаблюдай, как она на нее смотрит. Старается вообще не смотреть. А если приходится, то выражение у нее такое, будто она жабу проглотила. И все шушукается с родственницами, видишь? И все они вздыхают, головами качают... Не приживется твоя пассия в этой семье...

— Что ты каркаешь? — Как бы поморщился Антон, всем нутром чувствуя, что он и не хочет, чтобы Маша прижилась в семье мужа.

— Ладно, Антоша, пойдем...

— Куда? — не понял Антон Владимирович.

— Представишь меня невесте. Я хочу с ней потанцевать. Могу я исполнить танго с невестой? Как столичный гость. Идем!

Свадьба, как в песне поется, пела и плясала... Невеста с женихом кружились в вальсе.

Алла Юрьевна слушала Надежду, глядя на двух приближающихся мужчин весьма респектабельного

236

вида. С другой стороны ей на ухо нашёптывала что-то взволнованная хозяйка заведения Марина.

— Хорошо, хорошо! Я поняла... Здравствуйте! — улыбнулась подошедшим Алла Юрьевна. — Мы очень рады гостям! Говорят, неожиданные гости на свадьбе — это к деньгам! Как вас представить?

Она склонила аккуратную головку, слушая Антона Владимировича. Короткий внимательный взгляд на Трахтенберга.

— Замечательно!

Алла Юрьевна сделала знак двум молоденьким скрипачам, те опустили инструменты.

Танцующие пары в недоумении остановились.

— Дорогие друзья! У нас гости! Как вы, наверное, слышали, в нашем городе будут проходить съёмки нового фильма известного и горячо любимого нами режиссёра. Так вот, сейчас здесь, среди нас, продюсер фильма господин Трахтенберг...— она чуть запнулась.

— Арнольд Теодорович, — подсказал Арнольд.

— Да, да. Арнольд Теодорович, который помимо прочего ещё и видный деятель рекламного бизнеса. Всякие там ролики про тётю Асю... Это он! Так что можете сказать гостю всё, что вы по этому поводу думаете... Это я шучу, конечно. Мы гостей не обижаем. А рядом с ним его друг, Антон Владимирович — преподаватель Маши по институту! Машенька, принимай гостей!

Маша освободилась из рук Сергея и бросилась к Антону. Смотрела она при этом не на него, а на стоящего рядом с ним мужчину.

— Здравствуйте, Антон Владимирович! Как я рада вас видеть!

— Здравствуй, Маша! Поздравляю тебя! Познакомься: Арнольд Теодорович.

— Очень рада, — улыбнулась Маша. — Я много слышала о вас от Антона Владимировича и давно мечтала познакомиться.

— Вот и познакомились. Сегодня такой день: все ваши мечты должны сбываться!

Он смотрел на нее в упор. Маша замерла, не в силах отвести глаз от властного взора мужчины. Он был похож... на того грузина-армянина... Ей показалось, что она видит в его руке плеть... Она даже зажмурилась на мгновение.

— Сережа! Иди сюда! — позвала она, отведя наконец глаза. — Вот! Познакомьтесь, это мой муж! Сереженька, это Антон Владимирович, а это Арнольд Теодорович.

— Очень приятно, — Сергей пожал протянутые руки

Один из мужчин был смутно знаком. Как будто Сергей где-то его видел.

— Сережа! Подойди, пожалуйста!

— Сейчас, мама! Извините, я на минуту.

— Какой симпатичный юноша. И хороший сын, — произнес Арнольд.

В его словах явно слышалась насмешка. Он назвал Сергея юношей и сыном, но не мужем, отметила Маша. И ей стало неудобно. Неловко за Сергея, побежавшего по первому зову своей драгоценной мамочки.

Потом они танцевали танго. Арнольд, разумеется, испросил разрешения у Сергея, которого взяла в плен мамаша. Тот рассеянно кивнул, любуясь женой и как бы подтверждая известное: «большое (в данном случае прекрасное) видится на расстоянии».

Арнольд положил ладонь на ее спину, и у Маши снова побежали мурашки... Он прекрасно танцевал, уверенно вел Машу, крутил ее, опрокидывал на ладонь... А она, которая никогда ни с кем не танцевала настоящее танго, слушалась его как скрипочка в руках искусного скрипача. Они не говорили ни слова. Он только смотрел ей прямо в глаза. Смотрел властно, уверенно, будто все уже было решено и требовалось лишь соблюсти некоторые формальности.

В какой-то момент Маша закрыла глаза. Господи, она танцует с самим Трахтенбергом! С рекламным королем, о знакомстве с которым так просила Антона. И этот негодяй ничего ему о ней не говорил! Это же ясно как день! Так же ясно, как то, что она нравится Трахтенбергу. Мужчине, которому готова служить не только потому, что он богат и влиятелен, а еще и потому, что он *ее* мужчина — она это кожей чувствует!

Танец закончился. Им аплодировали.

Трахтенберг усадил Машу на один из диванчиков в фойе.

— Слушайте меня внимательно! У нас мало времени, поэтому я буду говорить, а вы — только слушать. Я предлагаю вам уехать со мной в Москву. Сегодня, сейчас же. Я обещаю вам карьеру актрисы. Вы ослепительно, невозможно хороши собой, чрезвычайно милы и органичны. Что вам здесь делать? Вы, извините, протухнете в этой семейке, с блаженным мальчиком-мужем, который годится вам в младшие братья. И со свекровью, которая вас уже ненавидит. Неужели вы всего этого не видите?

— Я... А когда ехать? — слабо спросила Маша.

— Я же сказал вам: сегодня, сейчас!

— Но как же Сережа? Я же замужем...

— Только не стройте из себя Татьяну Ларину. Это ваш единственный шанс прожить жизнь яркую, насыщенную, богатую событиями и впечатлениями. Или вы думаете, что я приеду сюда из-за вас еще раз? Я очень, очень занятой человек. Наша встреча — полнейшая случайность. И если вы не воспользуетесь этой минутой, значит, вы простая провинциальная дура. И тогда мне вас не жаль. Живите с мужем-подкаблучником, который будет разрываться между вами и матерью. И ведите со свекровью затяжную войну до летального исхода одной из сторон. А если ваш Сережа действительно вас любит, он приедет за вами в Москву. И вы будет жить самостоятельной семьей, а не на птичьих правах в квартире его родителей. Вы ведь там собираетесь жить?

Маша кивнула. Ее словно гипнотизировали.

— Но... Можно, я с ним посоветуюсь? Он же все равно за мной приедет? Можно, я спрошу разрешения? — Она не соображала, что говорит. Ее словно затягивало в сладкий омут, на дне которого была погибель. И нужно было сопротивляться, но сил почти не оставалось.

— Спросить? У мужа? И вы думаете, что он отпустит вас прямо со свадьбы? М-да, похоже, я ошибся.

Он встал. Маша вскочила следом.

— Я согласна! — быстро проговорила она.

— Хорошо! Тогда через двадцать минут вы выйдете на улицу. Освежиться. Подышать воздухом.

— Меня одну не пустят. Кто-нибудь увяжется...

— Главное, чтобы муж за вами не увязался. Остальное мы уладим. Ну, смотрите, не разочаруйте меня! Не передумайте! Иначе будете жалеть всю жизнь! А теперь идите к жениху. Отдайте эти минуты ему.

Он встал, поцеловал Маше руку и подвел ее к Сергею.

— Возвращаю вам вашу красавицу жену. Она у вас еще и умница! Мне очень приятно было с ней побеседовать.

240

Маша села на свое место. Сережа взял ее руку и не отпускал, словно ребенок, едва не потерявшийся в супермаркете.

Трахтенберг поднялся наверх. Там, возле своего столика, достал мобильный, связался с Семеном.

— Друзья! Друзья! Минуту внимания! Еще тост! — постукивала вилкой по бокалу Алла Юрьевна. — Антон Владимирович просит слова!

Антон Владимирович никакого слова не просил. Он сидел рядом с Надеждой, слушая историю сватовства Сергея. Чуткая Алла Юрьевна уловила краем уха слова, которые не следовало произносить вообще, а здесь и сейчас — тем более.

— Он ушел из дома и обещал покончить с собой. Тогда его мать и сдалась, — излишне громко шептала Надя.

— Антон Владимирович! Мы вас слушаем!

Антон поднялся. Говорить ничего не хотелось. Вообще все было грустно. Жаль было Машу, ее юного мужа. И почему-то больше всего было жаль себя. Тем не менее он поднял бокал.

— Что ж, я, разумеется, желаю молодым счастья, мира в доме, детского смеха... Видите ли, господа, я знаю Машеньку давно...

Маша подобралась, впившись глазами в старого любовника. Еще этого мне не хватало!

— ...Я учил ее русской словесности в течение пяти лет. Она была хорошей ученицей. Маша прекрасно читала стихи и помнила их великое множество. Сейчас мы проверим, какая у нее память... Я начну, а Маша продолжит. Идет?

Маша улыбнулась, пожала плечиком.

— Итак:

...Есть что-то в ней, что красоты прекрасней.
Что говорит не с чувствами — с душой;
Есть что-то в ней над сердцем самовластней
Земной любви и прелести земной...

— Маша?..
Маша вздохнула, чуть помедлила и продолжила:

... Как сладкое душе воспоминанье,
Как милый свет родной звезды твоей,
Какое-то влечет очарованье
К ее ногам и под защиту к ней...

Антон Владимирович, волнуясь и не поднимая глаз
от бокала, перебил ее:

... Когда ты с ней, мечты твоей неясной
Неясною владычицей она:
Не мыслишь ты, — и только лишь прекрасной
Присутствием душа твоя полна...

Маша закончила:

...Бредешь ли ты дорогою возвратной,
С ней разлучась, в пустынный угол твой, —
Ты полон весь мечтою необъятной
Ты полон весь таинственной тоской.

Сильный грудной голос ее звучал глубоко, страст-
но, привораживая. Но вот она замолчала.
— Браво, Маша!
— Да ты у нас актриса!
— А пусть Машу возьмут в кино сниматься!
— Кто автор этих строк? — тоном экзаменатора
спросил Антон Владимирович.
Посыпались варианты:
— Лермонтов!

242

— Пушкин!

— Жуковский!

— Вяземский!

— Маша, кто автор? — спросил преподаватель бывшую студентку.

— Баратынский, — улыбнулась Маша.

— Молодец! Ставлю пятерку! Пусть и семейная твоя жизнь идет только на «отлично»!

Антон Владимирович подошел к невесте с бокалом. Маша поднялась и задела свой бокал рукавом. Вино пролилось на платье.

— Ах! — вскричала невеста, испуганно глядя на пятно.

Сергей тут же вновь наполнил ее бокал. Маша торопливо чокнулась с Антоном, стараясь смотреть мимо его наполненных слезами глаз, куда-то в переносицу...

Едва пригубив бокал, она наклонилась к мужу:

— Сережа, я в туалет, пятно замыть. Ты тут займи его разговором. А то он перебрал, кажется, — шепнула она.

— Хорошо, — послушно кивнул тот. — Антон Владимирович, а как вы относитесь к творчеству... Ахматовой и Цветаевой? Кто более талантлив?

— Ну, батенька, нельзя же так ставить вопрос, — утирая платком глаза, витийствовал Антон. — Ахматова — поэт сложившейся традиции. Цветаева во многом новатор...

Все это Маша слышала уже спиной, пробираясь через ряды гостей к туалетной комнате. Она включила воду, замывая ткань платья и глядя на себя в зеркало. Глаза горели, щеки пылали. Через пять минут она должна выйти на улицу и... в новую жизнь как головой в омут. Или остаться? Сережу жалко, конечно, но

243

он действительно совсем ребенок. Ну какой он муж? Одно недоразумение. Маменькин сынок. Вот пусть и докажет, что не маменькин! Пусть приедет за ней! А она, как только устроится, сразу ему напишет, успокаивала себя Маша. Нехорошо, конечно, что вот так, со свадьбы... А и хорошо! Ну какая из нее жена? Все это она выдумала назло себе, назло судьбе. А судьбу-то не обманешь. Судьба-то сама за ней приехала... Значит, будь что будет!

Словно бес вселялся в нее: «И пусть... И пропаду... И ладно... А может, и не пропаду, а прославлюсь! Стану знаменитой! И кто тогда меня осудит? Победителей не судят!»

— Невеста! Невеста! — кричали из зала.

Что же делать? Нужно возвращаться... а время идет.

В туалет влетела Надежда.

— Ты что здесь застряла? Там этот Трахтенберг такой букет приволок! Корзину роз! Иди скорее! Везет же тебе, Машка!

Маша на негнущихся ногах вошла в зал. Арнольд Теодорович действительно стоял возле огромной корзины алых роз.

— А вот и невеста! — воскликнул он. — Машенька, поскольку, как уже было отмечено, мы оказались здесь случайно, то и подарок приготовить не успели. Пусть эти цветы будут своеобразным извинением.

Маша посмотрела на него. Ее испуганный взгляд говорил: «Что? Неужели все отменяется?»

«Ни в коем случае!» — ответили его глаза.

— Спасибо! — произнесла Маша, чувствуя, что хочет уехать немедленно, сейчас же, сию же минуту. Она не выдерживала напряжения этих мгновений.

— Семен, цветы в студию!

Плечистый крепыш внес еще одну корзину, на этот раз чайных роз.

— А эти цветы я хотел бы преподнести женщине, которая вырастила такого замечательного сына. Прошу вас, примите этот скромный дар!

Семен понес корзину в конец стола. Поставил ее возле Сережиной матери, склонился к ней и тихо произнес:

— Там в цветах конверт. Вы потом разверните, когда гости уйдут.

И быстро повернул назад, не дав женщине опомниться. Проходя мимо Антона Владимировича, он шепнул тому на ухо:

— Шеф велел немедленно на выход! Через пять минут уезжаем! И тихо! Уходим по-английски, чтобы народ не волновать. Понятно?

Антон кивнул, стряхнул с локтя Надежду, направился к выходу.

Гости отвлеклись на розы, обсуждая, где, в каком магазине и почем были приобретены цветы... Сережа заметил белый шлейф платья, встал было, увидел, как Маша обернулась, улыбнулась ему, показывая условным знаком, что ей нужно в туалет.

«Что это она? Только что оттуда...» — подумал Сергей.

Но его опять отвлекла мама:

— Сережа, ты считаешь, это удобно — принимать такие дорогие цветы? Главное, еще и мне! Мне-то за что?

— Как за что? Ты же самая главная! — улыбался Сергей. Он старался уделять маме побольше внимания, чтобы она не чувствовала себя одиноко.

У Аллы Юрьевны, которая на правах посаженной матери тоже не спускала глаз с Маши, почему-то екнуло сердце. Она видела, что московские гости вышли на улицу, стараясь сделать это незаметно. Ну ладно, это их дела. Посидели и ушли... Но почему Маша тоже вышла? Попрощаться? Они же ей не близкие друзья... И потом, если уж выходить провожать гостей, то вместе с мужем. А Сергей все сидит возле мамаши... Да, права она была, когда говорила Маше, что рано ему жениться. Ну да что теперь?

Нужно вернуть Марию, а то уже неудобно становится.

Алла Юрьевна вышла на улицу. На переднее сиденье черного джипа грузно усаживался Антон Владимирович. На заднем она увидела Трахтенберга, а за ним, в глубине салона — Машу!

— Это что? Вы куда ее? — изумилась Алла Юрьевна.

Задняя дверца приоткрылась, Трахтенберг, хищно улыбаясь, произнес:

— Похищаем невесту! Согласно обычаю!

Дверца захлопнулась. Машина рванула с места. Последнее, что услышала Алла Юрьевна, был окрик Трахтенберга:

— Семен, гони! До Москвы не тормози!

Глава 27
ДОРОГА В НИКУДА

Машина мчалась по шоссе, разрезая темноту ночи светом фар. Маша сидела, сжавшись в комок. Ей было холодно в тонком платье, но попросить отключить кондиционер она стеснялась. Рядом храпел Трахтенберг. Вот этого она никак не ожидала. Ей казалось, что ее путь в Москву будет усеян розами. Что они будут останавливаться у каждого ночного ресторанчика, коих на оживленной трассе было предостаточно. Что в каждом из них будет литься шампанское, букеты цветов будут падать к ее ногам... Но едва они выехали за пределы города, Трахтенберг расслабился. Он лишь спросил водителя:

— За ужин расплатился?

— Не только за ужин. Все сделал, как вы велели, шеф, — ответил Семен.

— Хорошо.

— Арнольд Теодорович! Мы же Григория там оставили, — напомнил водитель.

— А черт с ним. Нечего нажираться, как скотина. Проспится, сам приедет.

После этого короткого обмена репликами Арнольд прикрыл глаза и через минуту захрапел.

«Как же это? Что же он мне ни слова... Как будто куклу купил... Не думай так! — приказала себе Маша. — Он просто устал. Конечно, за один день такая дорога! Сначала сюда, потом обратно...» О том, что сейчас делается в кафе «Шуры-муры», думать не хотелось. Нужно смотреть вперед! Впереди, прямо перед нею, торчала кудрявая голова Антона с круглой лысиной во весь затылок. Надо же! Она и не замечала, что у него такая большая лысина.

— Антон Владимирович! — тихо позвала Маша. Очень хотелось хоть с кем-то поговорить.

Тот не ответил.

— Спит он, — сообщил водитель.

Антон не спал, просто прикрыл глаза. Но отвечать Маше не хотелось. Что он мог ей сказать? Что она сама сунула голову в петлю? Когда же они сговориться успели? За те пять минут, что сидели вдвоем на диванчике? Получается, что так. Быстро Машенька предала своего мальчика-мужа. Еще и петух не успел прокукарекать. Не то что трижды, а даже единожды... Как он берег ее от Арнольда! Несмотря на все ее просьбы, никогда не говорил с ним о ней. Потому что прекрасно знал, чем все это кончится... Но, видно, от судьбы не уйдешь.

Маша зябко ежилась. Тело начала сотрясать крупная дрожь.

— Что, замерзла? — Семен смотрел на нее в зеркало.

— Да.

— Справа от тебя бар. Открой, там бутылка коньяка. Хлебни хорошенько, полегчает, — как-то даже сочувственно произнес он.

Маша нащупала дверцу, достала бутылку, сделала большой глоток. Даже поперхнулась. Но по телу сразу потекло тепло. Она приложилась еще пару раз.

«Все будет хорошо! Не мог же он увезти меня просто так...» — не очень вразумительно подумала девушка и задремала.

Она проснулась от голоса Семена:

— Подъезжаем к городу, Арнольд Теодорович! Кого куда везти?

Арнольд открыл глаза, посмотрел за окно. Там брезжило серенькое утро.

— По домам, естественно. Сначала меня, потом Антона.

— А ее куда?

От этого «ее» у Маши упало сердце.

— Кого? — явно не понял Арнольд. И лишь затем обернулся на Машу: — О господи, — простонал он.

«Если сейчас он даст мне денег на обратный билет, я утоплюсь», — очень спокойно подумала Маша.

248

— Может, на базу? — предложил Семен.

— Нет-нет, пока еще нет, — окончательно проснувшийся Трахтенберг решительно отверг предложение водителя. — Отвези ее на квартиру... Какая у нас сейчас свободна?

— На Солянке хата пустая, потом на Арбате, в Староконюшенном.

— Вези на Солянку. — Он посмотрел на девушку. — Что глаза таращишь? Испугалась? Волков бояться, в лес не ходить. Не бойся. Я тебя сегодня есть не буду. Оставлю на потом. Отсыпайся, приходи в чувство. Послезавтра будем тебя снимать.

Маша расцвела розой.

— Хорошо, Арнольд Теодорович! Только у меня же с собой ничего... Ни тапочек...

— Там есть все необходимое. У нас по типу «все включено». Я тебе туда позвоню. Ну, Семен, гони! Домой очень хочется!

— Вот, девушка, располагайся! — Семен включил свет. Маша оглядела просторную прихожую-холл с телевизором, кожаным диваном и креслами. Высокая стойка отделяла его от маленькой кухоньки.

— Там в холодильнике жратва всякая, — указывая на кухню, сообщил Семен. — Ешь, не стесняйся. Вот санблок.

Он открыл дверь. Маша увидела блистающую чистотой ванну-джакузи, душевую кабинку, биде... Начищенные краны сверкали, на вешалке висело несколько махровых халатов. На полках узкого белого шкафчика — множество полотенец.

— Там в зеркальном шкафчике косметика всякая. Бери, не стесняйся. Показать, как краны работают?

— Я знаю, — надменно ответила Маша, не имеющая никакого понятия, как пользоваться торчащим из раковины коротким широким никелированным дулом. Словно пистолет, подумала она.

— Пойдем, покажу спальню.

Он открыл следующую дверь. Широкая двуспальная кровать, накрытая шелковым покрывалом. Окна закрыты наглухо шторами того же шелка. Встроенные шкафы с зеркальными дверцами.

— Ты там в шкафах поройся. Шмоток полно, все — новье. Мы запасы обновляем регулярно. Ну, птичка, отдыхай пока, — хмыкнул Семен и направился к выходу.

— А как же...

— Тебе позвонят, все скажут. И машина за тобой приедет. Тебе думать ни о чем не надо. Все за тебя решат. А ты свои мозги отключай. Чем раньше ты это сделаешь, тем лучше для тебя, — непонятно высказался Семен и отчалил.

Сутки Маша была предоставлена себе. Ей никто не звонил, никто ею не интересовался. Более того, оказалось, что она заперта в этой квартире. Захвачена в плен. Ключей от входной двери не было. Впрочем, она их и не искала. Она плескалась в джакузи, напустив туда душистой пены, она перепробовала на своей коже все кремы, что нашла в шкафчике ванной. Закутавшись в халат, она лениво перебиралась на кухню, открывала холодильник, раздумывая, открыть ли банку консервированных ананасов, или разогреть в микроволновке куриные котлетки? И чем запить? В винах она не разбиралась, взяла одну из бутылок наугад, прочла на этикетке: «Orvietto».

Открыла, попробовала. Понравилось.

После «угла» в доме Александры, после последней предсвадебной ночи, проведенной в детском саду, ей казалось, что она попала в рай. И что еще нужно? Все есть. Люди? А зачем они? В раю были одна женщина и один мужчина. И райский сад. Все так и есть. Нет лишь ее мужчины. Но он скоро придет. Не зря же он посадил ее в эту золотую клетку. Значит, придет, возьмет за руку и поведет в светлое будущее, где ее ждут слава, богатство, успех...

Вечером ей позвонили. Неприветливый женский голос сообщил, что она должна быть готова к десяти утра следующего дня. За ней приедут.

— К чему готова? — не поняла Маша.

— К работе, к чему же еще! — раздраженно ответил голос и отключился.

Маша так разволновалась, что всю ночь не спала. Ворочалась с боку на бок, вставала, пила валерьянку, снова ложилась, опять поднималась, наливала рюмку коньяку...

Бесконечные вопросы, догадки роились в голове. Что ее ждет? Что за работа? Неужели сразу же в настоящем фильме? И какая роль? Нет, если бы роль в фильме, должны были бы сначала дать прочесть сценарий. Значит, просто переговоры? Может быть, с ней будут заключать контракт на работу в его рекламном агентстве? В качестве постоянной модели... Может, она будет лицом какого-нибудь элитного товара? Парфюма или косметической фирмы. Он же говорил, что она невозможно хороша... И естественна... Нет, наверное, все же роль в кино.

Измученная этими мыслями, она забылась коротким сном под утро. И проспала.

В дверь звонили длинными, настойчивыми звонками. Маша вскочила. Часы показывали без пяти десять. Она заметалась по квартире: туалет, зубная щетка, господи, даже душ не успеть принять...

В квартиру кто-то вошел, были слышны два голоса — мужской и женский.

— Ну и где она? Уж не сбежала ли? — это женщина. Голос резкий, неприятный.

— Отсюда, пожалуй, сбежишь, — лениво отвечает мужчина.

— А чего он ее сразу на базу-то не отправил?

— Ну-у. Решил не травмировать преждевременно. И потом, право первой ночи...

Маша вышла из ванной, завернувшись в халат.

— Это еще что? Почему не готова? — набросилась на нее длинная, как каланча, тетка.

— Извините, я... будильник не слышала.

— Господи, ну и вид! Синяки под глазами, растрепана... Ты что, пила всю ночь?

— Нет, — испуганно ответила Маша.

Женщина прошла на кухню, заглянула в бар.

— Ну конечно, совсем не пила! Полбутылки коньяка усадила, а больше ни-ни. Я сколько раз говорила, чтобы не оставляли здесь спиртное!

— Попробуй тут без него в одиночке этой, — вставил мужчина.

— Никто не заставляет! Что стоишь? Одевайся! И быстро! Тебя гримировать час как минимум. А в одиннадцать нам павильон дают!

— А что надевать?

— Что хочешь, какая разница? Тебя там переоденут.

Маша ушла в спальню, судорожно перебирала вешалки в шкафу и никак не могла выбрать что-нибудь подходящее

— Поторапливайся! Эй, как там тебя?

— Маша, — ответила та, натягивая тесноватые джинсы.

— Ну так торопись! Маша-простокваша... Господи, навезет всякого добра...

— Он у нас натура творческая. Порывистая, — усмехнулся мужчина.

— Ага. А мы его порывы расхлебывай...

Маша застыла, слушая эту перепалку. И оскорбительное «Маша-простокваша». Ее так никто никогда не называл. Даже в детстве не дразнили. Все, что они говорили друг другу, предназначалось ей, Маша это чувствовала. Зачем они ее обижают? Ведь ее привез сюда *сам*! Это должно было окружать ее неким ореолом, так она думала. А здесь откровенное хамство какое-то...

— Ну где ты там? Слава тебе господи, вышла! Не прошло и часу. И что он в ней нашел? — спросила каланча у мужчины и, не дожидаясь ответа, направилась к выходу.

Внизу их ждал синий «форд».

— Садись на заднее сиденье, туда, в угол, — приказал мужчина и сел рядом с Машей. Женщина заняла место возле водителя.

— Гони, Андрюха, что есть мочи! Горим синим пламенем!

Они мчались по московским улицам, водитель отчаянно нарушал правила, обгоняя то справа, то слева, то вообще выезжая на встречную полосу и там опять кого-то обгоняя. Он бесконечно сигналил, выкрикивал в окно ответные матюги... У Маши голова пошла кругом. Ее начало тошнить.

— Мне... плохо! Остановите, пожалуйста, — жалобно попросила девушка.

— Ага! Сейчас! Может, ты думаешь, что едешь в карете «скорой помощи»? Плохо ей! А кому сейчас хорошо?

Эта тетка просто гестаповка какая-то, подумала Маша, едва сдерживая спазмы.

— Эй, Марго, она сейчас блевать начнет! — мужчина на всякий случай отодвинулся от Маши.

— С чего это? Беременная, что ли? Нам только таких не хватало. Ты там дурака не валяй! Мы противорвотные средства не рекламируем. У нас нынче другая программа.

— А... где Арнольд Теодорович?

— Зачем он тебе?

— Я.. поговорить с ним хотела...

— Успеешь еще. Наговоришься, — недобро усмехнулась женщина.

Арнольд Теодорович сидел в своем кабинете, слушая доклад начальника службы безопасности, Алексея Смирнова.

— Григорий приехал дневным автобусом, отправился домой. И выяснилось, что его жена пропала.

— Как пропала?

— Оставила записку, что уходит от него. Чтобы он ее не искал.

— Нормально! Вот до чего бабу довел! Куда же она делась?

— Григорий считает, что она у вас. Что вы ее прячете на одной из наших квартир.

— Кретин! С чего он чушь такую придумал?

— Говорит, вы заставили его согласиться на то, чтобы его супруга побыла пару недель вашей... секретаршей.

Арнольд расхохотался.

— Вот идиот! Я его просто проверить хотел! Это же библейский сюжет. Господь проверяет преданность Авраама. Повелевает принести в жертву единственного сына, Исаака. А когда старец заносит нож над сыном, всевышний свое требование отменяет. Это же такая «проверка на дорогах»...

Смирнов кинул мгновенный взгляд серых глаз на шефа.

— ...Нужна мне его баба! А то у меня их недостаток! Хотя, должен тебе сказать, Алина эта телка клевая. При случае я бы ее трахнул. Хороша штучка. Ну да не о ней речь. Так что Григорий?

— Как с цепи сорвался. «Береттой» размахался... Грозится вас убить, — после некоторой паузы закончил Алексей.

— Убить? Меня? Ты соображаешь, что говоришь?

— Я-то да. Да вот запись, послушайте. Это сегодня утром записано.

Он достал диктофон, нажал кнопку. Послышался голос Григория. Голос захлебывался от ярости.

«— Я, в натуре, все понял! Это он нарочно меня выволок в городишко сраный. И бросил там, как шавку, а сам слинял. Да еще девку прихватил. А на меня потом все шишки. Кто, да откуда? В ментовку попёрли... Я еле отмазался. Ментам по три сотни сунул каждому. Высоко же ты думаю, Алик, верных людей ценишь. Ладно. Приезжаю, значит, а Алки дома нет. И записка. Там все ясно: к другому ушла! Значит, этому кобелю старому мало тех девок, что он на улицах хватает. Ему теперь наших жен подавай!

— Григорий, уймись, думай, что несешь!

— А что уймись-то? Он завтра и твою бабу захочет. Так ты что, отдашь ему?

— Я не женат.

— Вот! Ты не женат! Это правильно. Когда у такого козла похотливого работаешь, жену лучше не заводить... свою старую клячу не трогает... А на мою, ишь, хотелка поднялась...

— Прекрати! Не смей в таком тоне!

— Не смей? Да что ты мне сделаешь? Что он мне сделает? Я вот пойду да показания дам по прошлым делам. То-то менты обрадуются! То-то у них раскрываемость повысится! Или пойду сейчас к нему и шлепну его как муху. И мне ничего не будет! Потому что у меня справка есть. Посижу в больничке пару месяцев — и свободен! Да я и тебя хлопнуть могу запросто! Прямо сейчас!»

Послышалась возня, матерные выкрики.

— Это я его разоружил, — объяснил Алексей и отключил диктофон.

— Это уже запредел, — медленно проговорил Трахтенберг.

— А я вам о чем два месяца толкую? Он опасен, Арнольд Теодорович! Опасен!

— Что ж, Леша, придется убирать.

— Есть! — коротко ответил Смирнов. — Дурное дело не хитрое...

— Да? А ты учитываешь, что он постоянно рядом со мной находится? А если его удалить, он сразу заподозрит что-то неладное. И опять-таки может свечку выдать. В ментовку, например, дурак, с каким-нибудь липовым признанием попрется... Ты меня понимаешь?

— Вы не беспокойтесь, Арнольд Теодорович. Я все просчитаю. Это моя работа.

— Ну хорошо, Леша. Иди. И успокой его пока как-то...

— Да все уже сделано. Лекарства дали успокоительные. Спит он. Пока...

Глава 28

МОСКВА СЛЕЗАМ НЕ ВЕРИТ

Они наконец приехали. Автомобиль замер возле длинного одноэтажного ангара.

— Выходи! — скомандовала женщина.

Маша выбралась из машины, глотая свежий воздух.

— Что ртом хлопаешь, как рыба? Рот-то закрой! Идем!

Над входом в ангар красовалась вывеска: «Киностудия «АРТ-фильм», и чуть ниже: «Съемочный павильон рекламного агентства «АРТ».

«Слава богу, не на расстрел привезли», — старалась не терять чувства юмора Маша. В вестибюле возле вертушки сидели два парня в милицейской форме.

— Это со мной. Новенькая, — небрежно бросила женщина в сторону Маши.

Они двинулись вдоль коридора, так вначале показалось Маше. Потом она поняла, что коридор — это центральная часть помещения. А слева и справа оно разделено на «зоны», или павильончики. Как в мебельных магазинах, подумала Маша.

Каждая зона была декорирована под уголок кухни или спальни, ванной комнаты или спортивной площадки. Были там и небольшой бассейн, и гараж, и офис с компьютерными столами, и кафе с двумя столиками, и «уголок природы» с искусственной зеленой травой и чучелом какого-то животного. Козы, что ли? — не успела разглядеть Маша. В некоторых павильончиках осветители устанавливали свет, в других что-то снимали. Операторы, облокотясь о камеру, переругивались с режиссерами или их помощниками. Стоял общий гвалт, суета, носились реквизиторы то с телефоном, то с вазой для фруктов...

«Вот он, мир кино!» — благоговейно подумала Маша, забыв на секунду о злобной тетке. Но та напомнила о себе:

— Куда поперла, коровища? Иди сюда! — И, ухватив Машу за рукав, втащила ее в небольшой закуток. Он представлял собой спальню. Тахта, застеленная шелковым покрывалом, маленький круглый столик, рядом, на перевернутом почтовом ящике, сидела другая тетка: маленькая, худущая до невозможности, с беломориной в желтых зубах. Маша окрестила ее про себя Воблой.

— Вот, Инесса, привезла тебе последнюю находку великого и ужасного. Желаю успеха, в чем сомневаюсь, впрочем, — окинув Машу еще одним презрительным взглядом, выдала на прощание Каланча.

— Вы опоздали на десять минут, — не отрывая глаз от блокнота, процедила Вобла.

— Это не по моей вине. Это она до десяти дрыхла.

«Вот сволочь! Зачем же закладывать!» — едва не заплакала Маша.

Вобла оторвалась наконец от блокнота, смерила Машу оценивающим взглядом.

— А ты улыбаться умеешь?

— Да, — испуганно улыбнулась Маша.

— Так за пять минут до смерти улыбаются. За что же мне горе такое... Привезут черт-те что... Так, подойди поближе. Что это у тебя глаза блестят? Наркотой балуешься?

— Нет, что вы!

— Плакала, что ли?

— Н-нет, это я так, от волнения.

— А что тебе волноваться? У тебя уже все случилось, — философски заметила Вобла.

«Это в каком смысле?» — подумала Маша, но думать дальше было некогда.

— Таня! Таня!! — рявкнула Вобла в пространство ангара.

Откуда-то возникла полная Таня с длинной белой косой.

— Веди это чучело к гримерам. Пусть сделают из нее «милую кокетку». Если у них получится, — со вздохом добавила она.

— Пойдем, девушка, — лениво произнесла Таня и пошла по коридору, качая крутыми бедрами. Маша поспешила за ней.

— Какие у вас все... неулыбчивые, — попыталась Маша завязать разговор.

— А чего зубы-то скалить? За день так накувыркаешься, не знаешь, на какую полку их положить, — степенно ответила Таня.

Они вошли в гримерную. Почти как парикмахерская, все искала сравнения Маша. Чтобы потом рассказать... Кому, собственно? Рассказывать совершенно некому.

У двух кресел колдовали мастера, одно было свободным.

— Кто «милую кокетку» готовит? — спросила Таня.

Из подсобки вышел плотный мужчина кавказской наружности.

— Я готовлю, моя радость. И сациви хорошо делаю!

— Вот и сделай — потрудись над этой курицей, — как бы пошутила Таня. — Инесса ждет через полчаса.

Машу снова в жар бросило. Да что же это такое? Что они себе позволяют? Корова, курица... нужно будет обязательно пожаловаться Арнольду! Он, наверное, не представляет, что здесь творится!

— Иди ко мне, голубка, — ласково позвал ее мужчина. — Меня зовут Виктор. А тебя?

— Маша, — едва не расплакалась девушка от неожиданно человеческого обращения. Пусть и птичьего. Главное, тон был ласковым, и это растрогало бедную Машу почти до слез. «Вот и мужчины-гинекологи всегда ласковые, а женщины — сущие ведьмы!» — невпопад подумала она.

— Ну что глазки красные? Обидели нашу девочку? А ты держись! Москва слезам не верит. Ну-ка, улыбнись. Так, так, пошире.

И ласковый Виктор буквально залез Маше в рот, осматривая и ощупывая зубы.

— Зубки будут играть у нас главную роль, — приговаривал он при этом. — Что ж, зубки хорошие. Немножко отбелить и все. И вообще ты девочка красивая. Так что выше голову! И, кстати, пойдем ее мыть.

Он увел Машу в уголок, где стояли широкие парикмахерские раковины.

— Садись, голову назад.

Девушка запрокинула голову. Руки Виктора массировали ее, втирая пахучий шампунь.

— Так, теперь бальзамчиком... Вода не горячая?

— Нет.

— Вот и хорошо. Посиди так секундочку.

Маша замерла с закрытыми глазами. И вдруг почувствовала, что рука мужчины забралась в вырез кофточки и ощупывает ее грудь. Она рванулась, больно стукнувшись затылком о край раковины.

— Вы что? — вскричала Маша, распахнув глаза. Двое мастеров, две девицы, сидящие в креслах, с интересом смотрели на них и разразились дружным корпоративным смехом.

— Как вы смеете? — задохнулась Маша.

— Тихо, тихо, птичка моя! — Виктор на всякий случай отступил на безопасное расстояние. — Что я такое сделал? Я как доктор. Доктору все можно. Ну не буду, не буду... Все, начинаем работать.

Он сполоснул ее волосы, закутал полотенцем, пересадил ошеломленную Машу в свободное кресло.

— Ну-с, с чем мы имеем дело? С хорошей фактурой. И плохим внешним видом. Не выспалась? Ничего, мы все исправим. Будешь у нас очаровательной «милой барышней».

Он колдовал над нею, над ее глазами, лицом, волосами.

— Ну вот и все! Лучше не бывает!

Маша открыла глаза. Из зеркала на нее смотрело испуганное, затравленное создание с красиво уложенными волосами, и аккуратным, едва заметным макияжем.

«А еще позавчера, в день свадьбы, я была так красива, так красива! И без всяких гримеров... Ладно, что уж теперь. Москва слезам не верит».

— А ты улыбаться умеешь? Так улыбнись! Вот так! Таня! Таня! Забирай ее! Полуфабрикат готов.

Откуда-то возникла полная Таня, повела Машу в костюмерную, где не нее надели длинную мягкую домашнюю юбку и очаровательную маечку с глубоким вырезом, открывающим чуть выступающие ключицы и ложбинку на груди. Наряд очень шел ей, и Маша повеселела. В конце концов, кто знает, какими шипами усеян путь к славе?

Когда они вернулись в павильон, свет уже был выставлен. Упор делался на край тахты и столик. На нем — поднос с крошечными пирожными, орешками, восточными сладостями. Оператор возился возле камеры, Вобла давала какие-то указания.

— Пришла? Ну наконец-то я вижу перед собою что-то похожее на человека, — оглядев Машу, произнесла она. — Значит, установка такая: ты болтаешь по телефону с подругой, шутишь с ней, даже кокетничаешь. И ты очень любишь пирожные. Болтаешь с ней и ешь пирожные, поняла?

У Маши, не перехватившей с утра и хлебной корки, при виде сладостей даже голова закружилась.

— Поняла установку?

— Да, — не очень уверенно ответила девушка.

— Вот текст. Пять минут на то, чтобы его выучить. Здесь полстраницы. Делать нечего.

Она отвернулась от Маши, опять переключившись на оператора.

Маша пробежала глазами текст. От волнения в первую секунду буквы расплывались. Но, взяв себя в руки, она поняла, что слов в ее первой в жизни роли действительно мало, успокоилась, и через пять минут была готова.

— Выучила? Садись на тахту с ногами. Нет, не так. Ноги подогни и вытяни...

— Как это? Одновременно подогнуть и вытянуть? — не поняла Маша.

— Ты здесь не умничай. Делай, что говорят! Тоже мне Мерил Стрип нашлась!

Вобла подошла, каким-то диким образом вывернула Машины ноги, приподняла подол юбки.

— Так, теперь бери трубку телефона. Хорошо. Другой рукой — пирожное.

— Но мне так неудобно! Мне не на что опереться...

— А ты держи спину! Вот так!

Маша замерла в неестественной позе, жмурясь в лучах прожектора, чувствуя, что не сможет сказать ни слова. Но пирожное так вкусно пахло, что страх перед камерой как-то ушел...

— Ну, попробуем. Мотор, дубль один.

Маша произнесла первую фразу... Пауза.

— Теперь кусай, только понемножку. И говори.

И Маша откусила нежнейшее, свежайшее пирожное. И даже зажмурилась от удовольствия... И проговорила весь текст, успев ухватить и второе пирожное.

— Стоп! — рявкнула Вобла. — Ну и как, по-твоему? — обратилась она к Маше.

Та пожала плечами.

— По-моему, просто отлично, — тихо сказал оператор. — И переснимать не нужно.

— Кто здесь режиссер? — рявкнула на него Вобла. — А по-моему, отвратительно! Сидишь неестественно. Спину гнешь, будто ты на гимнастическом помосте. Глаза прижмуриваешь, словно у тебя в них песку по килограмму в каждом. И что за улыбочка идиотская? Переснимаем! Измени позу. Вот так. Соберись! Дубль два.

Щелкнула хлопушка. Маша поняла, что забыла

слова. Она держала телефонную трубку, смотрела на пирожные... и не могла вымолвить ни слова.

— Стоп! Ну что мы молчим?

— Текст забыла... Вспомнила! — вскричала Маша.

— «Забыла, вспомнила»... — передразнила Вобла.— Привезут недоразвитых... Третий дубль. Мотор!

Они отсняли двадцать дублей. Каждый чем-то не устраивал. То не так выгнулась, то не так согнулась. То улыбайся, то не улыбайся. «Как ты ешь? Ты любишь пирожные, понимаешь?» — орала Вобла. Маша их уже ненавидела. И пирожные, и Воблу, и всю свою дурацкую жизнь. В конце концов она попросту разрыдалась. И Вобла сразу как-то успокоилась.

— Нечего реветь! Ты что думала, актером быть — это срывать цветы удовольствий? Ладно, кое-что получилось. Можно смонтировать. Не знаю, понравится ли Трахтенбергу, но я сделала все, что могла, — заявила она.

Оператор тяжело вздохнул и сочувственно посмотрел на Машу. Та сидела на стуле, опустив плечи, глядя в пространство пустыми заплаканными глазами.

«Словно из гестаповских застенков вышла, — подумал он. Опять отбракуют хорошую девчонку. Сколько их проходит здесь, через эту «фабрику грез». И ни одна не устраивает. А ведь все могли бы сниматься! По крайней мере, большинство. Сказать им ласковое слово, растормошить, рассмешить — такие могли бы быть чудные ролики! Они и так получаются хорошими. Но, как правило, именно первые дубли. Потом Вобла замордовывает девчонок до полусмерти. И они не проходят отбор. И эта девчонка не пройдет. А как хорошо все сделала с первого раза. Именно первый дубль и будет запущен в производство, так уже быва-

264

ло. Кому это нужно?» — недоумевал про себя оператор, устроившийся сюда недавно и не знавший, разумеется, всех тайн этого двора.

Когда Машу увезли из павильона, туда явился Трахтенберг.

— Ну как там ролик с пирожными? Кто снимал? — поинтересовался он.

— Волегжанина, — доложили начальству.

— Позовите.

Побежали за Воблой.

— Ну что там у вас получилось?

— Ах, Арнольд Теодорович! Это сплошная мука! Девочка, конечно, хорошенькая, но абсолютно бесталанная. Я с ней измучилась. Двадцать дублей! Кое-что все-таки вышло. Но на последнем дубле. Чего мне это стоило, не могу передать!

— Что ж, давайте посмотрим.

К этому моменту пленка была уже смонтирована таким образом, что первый кадр стал последним. Арнольд увидел и неестественную позу, ту, с перегнутой спиной. И испуганные глаза. И «я забыла слова...» И слезы в три ручья. И последний дубль.

— Что ж, вот это то, что нужно! Последний дубль — это отличная работа.

— Да, но чего мне это стоило! Сколько пленки перевели, сколько времени!

— То есть, вы считаете, что она не перспективна?

— Абсолютный ноль.

— А я делал на нее ставку...

— Напрасно, Арнольд Теодорович, увы, напрасно. Она не актриса и никогда ею не станет. Слава богу, что хоть что-то получилось.

— Благодаря вашему мастерству, — не преминул отметить Арнольд.

— Что вы, я просто делаю свою работу, — как бы засмущалась Волегжанина.

— Ну хорошо. Вы свободны.

И они расстались довольные друг другом. Волегжанина прекрасно знала свою роль: отбраковывать хороший материал. Ибо ни одна из девушек, снимавшихся в рекламе, не должна была «застрять» здесь надолго. Их отбирали не для киношной карьеры... Совсем для других целей. Но выглядеть все должно было пристойно.

Машу привезли в ту же квартиру. Она скинула туфли, прошла в спальню, рухнула на постель и дала наконец волю слезам. Все было совсем не так, как она себе представляла. Совсем не так! Конечно, она слышала о трудностях актерской профессии. Но чтобы так... Чтобы до такой степени унижали... Унижали все, кому не лень: водители и какие-то жуткие бабы, «шестерки», которые сами гроша ломаного не стоят! Гример, костюмерша, сказавшая, что у нее, Маши, жирный живот! Какая ложь! Живот был плоским! На себя бы посмотрела, жирная корова! А эта Вобла? Это вообще что-то запредельное. Если все режиссеры такие, непонятно, как еще актеры остаются в живых! И если все режиссеры такие же, понятно, отчего артисты вообще сплошь и рядом спиваются и умирают во цвете лет! А я не хочу умирать, всхлипнула Маша. Я еще такая молодая...

И что же делать? Вернуться назад, в «угол» Александры? Увидеть глаза Сережи, Аллюрьевны? Вернуться к вечному позору? Нет, нет и нет!! Нужно выйти на улицу, погулять, что ли, отвлечься. Но Маша вспомнила, что она взаперти! Что же это такое? Зачем они держат ее здесь как... заложницу, что ли? Может, за нее выкуп попросили, мелькнула совсем уж бредовая мысль. У кого попросили? У Сережи? Это просто смешно! О Сергее думать не хотелось категорически! Она запретила себе это. Позвонить Наде, узнать, как он? Вообще кому-нибудь позвонить...

Она вскочила, бросилась к телефону. Никакого гудка не было слышно. Проверила, включена ли вилка в розетку. Все в порядке. Но ей же сюда звонили! Это что, получается, что ей могут позвонить, а она — нет? И от этого простого открытия ей стало по-настоящему страшно.

Телефон вдруг зазвонил. Маша подскочила на стуле, боясь брать трубку. Но звонки продолжались.

— Алло? — не выдержала Маша.

— К вам едет Арнольд Теодорович. Примите душ и переоденьтесь, — сказал мужской голос.

И все. Короткие гудки.

Маша выключила душ, завернулась в широкое полотенце, другим промокнула волосы, нацепила на ноги шлепанцы, прошла к зеркалу, расчесала щеткой волосы, думая, сделать по-быстрому маску для лица или просто нанести легкий крем.

Что-то изменилось за ее спиной. Она увидела в зеркале отражение Трахтенберга, который подпирал плечом дверь ванной комнаты.

— А-ах, — прямо как в романах воскликнула Маша.

— Переигрываешь, — усмехнулся Трахтенберг.

— Почему? — растерялась Маша. Она вообще не играла. Возглас вырвался непроизвольно.

— Потому что ты ждала меня, что же ахать-то? Ждала ведь?

Он направился к ней. Ноги задрожали. Маша плотнее закуталась в полотенце.

— Глупости ты какие делаешь, — усмехнулся Трахтенберг, подошел вплотную и одним махом сдернул с нее полотенце.

И Маше стало очень страшно. И очень сладко. Сладкий страх... Спроси ее кто-нибудь, что это такое, она бы не смогла объяснить. Девушка отшатнулась, прижалась спиной к прохладному кафелю стены. Трахтенберг остался на месте, разглядывая обнаженную фигуру.

— Хороша! Что правда, то правда. Пожалуй, я не жалею, что украл тебя...

Как это: «пожалуй, не жалею?» А если бы пожалел?.. В помойку бы кинул? — едва не вымолвила она, все вжимаясь спиной в стену. Потому что он снова приближался к ней.

Медленно, очень медленно. Маше казалось, что прошла целая вечность, прежде чем его рука коснулась ее шеи... И эту вечность она трепетала, как животное, как самка, поджидающая самца. Он провел пальцами по ее шее, по груди, животу. Он трогал ее так, как трогал бы статую, спокойно любуясь ее красотой, словно не чувствуя, как она дрожит под его пальцами. Его рука поднялась к ее лицу, он провел пальцами по ее губам. И Маша, неожиданно для себя, стала целовать его пальцы. Другая его рука забралась в мокрые пряди волос, добралась до корней, нежно массируя кожу. И новая волна сладкого озноба словно облила ее сверху донизу.

— Возьми меня, — почти жалобно попросила Маша.

— Нет... Еще рано... — задумчиво ответил он.

— Но... я хочу! — Маша принялась расстегивать ремень его брюк, торопясь, обламывая ногти. Он позволял ей делать это, все так же медленно скользя пальцами по ее телу.

Наконец она справилась с проклятым ремнем, подняла глаза.

Он посмотрел на нее так, что она готова была распластаться на холодных плитках пола, лечь на муравейник, на кратер вулкана, лишь бы он взял ее, свою женщину!

Не в силах более сдерживаться, Маша обвила руками его шею, ища губами рот. Но он оборвал поцелуй. Он почти отшвырнул ее, продолжая держать в руках, словно куклу. Затем резко развернул, заставил нагнуться... Маша уже знала, что последует дальше... И боялась, и желала этого. Ремень хлестнул ее по спине, и одновременно в ее плоть вошел его член.

— Ты дрянь! — произнес Трахтенберг. — Ты дрянная девчонка, и тебя следует проучить, да?

Маша ухватилась руками за край ванны, принимая его в себя всего, до конца.

— Отвечай! – новый натиск, заставивший ее застонать.

— Да!

— Ты иуда! Ты бросила мужа, потаскуха!

И опять удар ремнем и бешеные толчки, сводившие ее ноги судорогой.

— Я... Да... Я дрянь. Но как я тебя хочу! Я твоя женщина, слышишь? — бормотала Маша, принимая его натиск, его мощь, его жестокость.

— Потаскуха... Сладкая потаскуха! Ах, какая же ты сладкая... Повернись! Возьми его!

Она выполняла все его приказы с упоением, с наслаждением наложницы, выбранной им из сотни других, избранной им — пусть на ночь, на час, на миг...

Он застонал, сжимая руками ее голову. И она была счастлива, что услышала этот стон.

...Потом она омывала его тело, нежно водя губкой по стареющей коже, по обвисшей, как у увядающих женщин, груди.

Этот вечер вспоминался ей потом мгновениями, вспышками. Вот они лежат в постели, его рука на ее животе. Пальцы скользят по коже и вдруг так сильно стискивают плоть, что она невольно вскрикивает.

— Знаешь, тебя хочется разорвать, сломать, настолько ты хороша. Знаешь, что такое сладкая женщина? — говорит он.

— Нет.

— Потому что ты не мужчина. Каждый мужчина знает, что это такое, но никто не может объяснить.

— А ты можешь?

— И я не могу. Мне лень, — добавляет он. И впивается губами в грудь, покусывая торчащий розовый сосок. И она выгибается ему навстречу.

...Вот они сидят на кухне за столом. Между ними бутылка вина. Два бокала и больше ничего. Говорит Трахтенберг:

— Как ты могла вот так взять и уехать со мной? Бросить мужа, убежать с собственной свадьбы?

— А как я не могла? Как я могла не уехать с тобой? Я влюбилась в тебя с первого взгляда, понимаешь?

— Брось, это все чушь. Все так говорят.

— Не знаю, что говорят все, знаю одно: если ты отправишь меня обратно, я утоплюсь.

— В Москве утопиться невозможно, — усмехается он.

— Я утоплюсь в Подмосковье. Тебя устраивает?

— Пока не решил, — все усмехается он.

— Послушай, но ведь ты уговаривал меня уехать! Ты обещал мне карьеру!

— Какую карьеру, какая чушь... — морщится он.

— Ты обещал мне карьеру актрисы! — ее голос звенит. — Ты говорил, что я красива!

— Говорил...

— Органична!

— Было такое...

— Талантлива!

— А вот этого не было. Ты не талантлива. Более того, ты бездарна.

— Но... Почему ты так думаешь? Ты даже не видел... — Ее голос сник.

— Видел. Я видел весь материал, который вы сегодня отсняли. Ты никуда не годишься как актриса. Но ты замечательно приспособлена для совсем другого дела. И тебе оно нравится. Наверное, даже больше, чем карьера актрисы. Просто ты пока этого не понимаешь. А я, как опытный боец этого фронта, говорю тебе однозначно: если ты и актриса, то только порнофильмов. Вот там ты сможешь засиять звездой.

— Порнофильмов? — изумляется она. — Разве их у нас снимают?

— У нас снимают все, что пользуется спросом. Поэтому предложение такое: я беру тебя на контракт в порнофильмы.

— И их будут показывать по телевизору? — пугается Маша, на мгновение вспомнив Сергея.

— Ну что ты! Конечно нет! Это снимается только на кассеты.

271

— Но... Я... Не умею.

— Ты все умеешь. А тому, чего не умеешь, мы тебя научим.

— Кто — мы?

— Я и мои друзья.

— Ты хочешь, чтобы я спала с твоими друзьями?

— Почему нет? Отчего не угостить их такой вкусной конфеткой? Они тебе понравятся. Они тоже любят всякие... штучки.

— А если я откажусь?

— Деньги на обратный билет и колодец в Московской области. Или пруд с лягушками. Что больше нравится.

— Но... Как же... Я же тебе нравлюсь! Почему ты не хочешь оставить меня для себя?

— Милая! Ты мне, безусловно, нравишься. Но здесь и сейчас. Я выйду на улицу и забуду о тебе, потому что у меня куча дел, семья, друзья. И потому, в конце концов, что ты не одна такая вкусная конфетка. У меня их целая коробка, ха-ха. Все, что я тебе предлагаю, это устроить тебя в этот шоколадный набор. И ничего более. Но там, внутри коробки, хорошо, уверяю тебя. Там тепло, сытно, уютно. Ты будешь сниматься в кино, будешь встречать меня и моих друзей. Будешь жить в веселой компании ровесниц, ни в чем не нуждаясь. И будешь зарабатывать деньги. Они будут идти на твой счет. Когда контракт закончится, ты будешь свободной, обеспеченной женщиной. Девушкой, известной в узких кругах. Возможно, тебя пригласят в легальное кино. Почему нет? Вон, Чиччолина в свое время даже стала членом парламента.

— То есть, ты приглашаешь меня в публичный дом? — очень спокойно спрашивает она.

— Ну... если хочешь, назови это так. А вообще это

закрытый клуб для избранных. Твоя роль — это роль гетеры, а не публичной девки, если ты улавливаешь разницу.

— Я улавливаю. Значит, ты украл меня со свадьбы, чтобы засунуть в публичный дом?

— Мы уже проходили эту мизансцену. Да, если угодно, то в публичный дом. И я не собираюсь тебя никуда засовывать. Очнись и послушай: я взял тебя, чтобы снимать в рекламе. Оказалось, что ты для этого не пригодна. Я видел на свадьбе веселую, раскрепощенную, уверенную в себе женщину. А что я увидел на пленке сегодня? Убогое, заплаканное, зажатое создание, жертву репрессий. В моей рекламе такие героини не нужны. Я не рекламирую концентрационные лагеря. Ты не прошла кастинг. Разве я в этом виноват? Я предлагаю тебе другую работу. А мог бы попросту вышвырнуть за порог.

В этом месте, как она потом вспоминала, она заплакала, горько, как девочка, обманутая взрослыми. Он протянул ей салфетку.

— Ну-ну! Перестань! Москва слезам не верит.

— Скажи, — сквозь слезы спросила она, — а тот ролик, который мы сегодня снимали, он что... В помойку?

— Почему? В конце концов, кое-что получилось. Может быть, я запущу его на первый канал.

— Значит, меня увидят по телевизору? — немного оживилась она.

— Тебя будут видеть по сто раз на дню, если ты согласишься на мои условия. От проката этой рекламы ты будешь получать свои проценты. Но если ты не умная девочка, а полная дура, ты не получишь ничего, кроме билета в обратный конец.

Потом он усадил ее на колени, стал утешать, вытирать слезинки, целовать заплаканные глаза, убаю-кивать, уговаривать...

Она успокоилась и подписала контракт.

Глава 29
ТРУДОВЫЕ БУДНИ

Арнольд Теодорович сидел у стола, нервно бараба-ня костяшками пальцев по его поверхности. Был поздний вечер, из распахнутого окна, выходившего на березовую рощицу, раздавались громкие соловьиные трели.

— Вот орут, спасу нет! — раздраженно проговорил Арнольд.

— Что ж, май — брачный период, — откликнулся сидевший напротив Алексей Смирнов.

— Конец мая, пора бы уж угомониться... И вооб-ще, у кого брачный период, а у кого замороченный...

Алексей не отреагировал на реплику. С деловым невозмутимым видом он проглядывал ежедневник.

— Что молчишь-то?

— А что говорить?

— В больнице был?

— Да, только что оттуда, вы же знаете.

— И как он?

— Да ничего. Врачи говорят, все идет нормально. Ест нормально, стул, моча...

— Что ты мне про мочу! Я тебя о другом спраши-ваю! О его моральном состоянии.

— Ну... мне кажется, он еще в шоке. Не очень адек-ватен. Смеется, радуется, что жив остался.

— Смеется, говоришь? А мне вот не до смеха. Я сам в шоке! Ты же и меня мог...

— Не мог! — строго оборвал его Смирнов.

— Да? Я же сзади сидел! А если бы осколки в меня...

— Шеф, я вам уже несколько раз объяснял, что взрыв был строго направленного действия, — терпеливо и медленно, словно старому маразматику, объяснял Смирнов. — А это значит, что рвануло именно там, где и должно было рвануть. И вас даже пылью с его сапог не задело. И не могло задеть!

— Все равно... Я испытал такой ужас... Нет, ты не должен был подвергать меня такому стрессу! Можно же было взорвать, когда я вышел из машины!

— Нельзя было. Из машины первым выходит охранник, вы это прекрасно знаете. И потом, если бы взрыв прогремел в ваше отсутствие, он мог бы догадаться, что вы решили его устранить.

— Как? — Трахтенберг даже перегнулся через стол, глядя на Алексея. — Как он мог бы догадаться, если бы он был мертв?

Смирнов крутанул в руке авторучку, улыбнулся.

— Вот если бы он был мертв, могло достаться и вам! Была рассчитана такая сила взрыва, которая гарантировала вашу безопасность, но не гарантировала гибель Григория.

— А что она гарантировала?

— Что он останется калекой. Разве этот вариант хуже? Мне кажется, как мера наказания — даже лучше. Одноногий Григорий в ментовку с признаниями не побежит.

— Это почему же? Чего ему терять?

— Жизнь. Потеря ноги срока за убийство не отменяет. А сидеть у Хозяина калекой, без поддержки с воли — это труба. Аллес капут.

— И что мне теперь с ним делать прикажешь? Отправить в дом инвалидов для киллеров-ветеранов?

— Ну почему... Оставьте его на работе. Его через пару недель выпишут.

— Уже? Через две недели?

— А что? Организм молодой, культя заживает хорошо. Я беседовал с врачом, он так и сказал: еще две недели, не больше.

— И куда я его через две недели суну?

— А на базу его киньте. Пусть девок стережет. Как главный евнух.

— Ха-ха-ха... О-хо-хо, ну ты даешь... Ох, рассмешил... Ну не могу...

Смирнов, улыбаясь, пережидал пароксизмы смеха.

— А что? Вообще-то, это мысль, — уже серьезно произнес Арнольд. — Будет мне благодарен по гроб жизни, что не выкинул его... Как там баба его, нашлась?

— Нет.

— Кто ж за ним ухаживал?

— Сестра. У него сестра родная есть. Она и ухаживает.

— Понятно. Нужно будет заплатить ей, что ли...

— Сделаем!

— И вот что. Я хочу заменить автомобиль.

— На какую модель? — Смирнов приготовился записывать.

— Не важно. Важно, чтобы машина была бронированная, понял?

— Понял, — невозмутимо сделал пометку Смирнов.

— Что ты понял?

— Что вы хотите застраховать себя от случайностей. Это правильно! Григорий все же малый неадекватный. А береженого Бог бережет.

— Правильно понимаешь. Так что принимай к исполнению. И побыстрей.

— Думаю, решим вопрос в течение недели. Максимум — двух.

— Ладно. А с Григорием решено: из больницы прямо на свежий воздух, за город!

Прошел месяц. Жаркий июнь раскрасил луга акварелью полевых цветов. Яркое полуденное солнце било сквозь жалюзи в комнаты старинного особняка — бывшей дворянской усадьбы, потом военного санатория, после — пустующего обветшалого здания эпохи больших перемен. А ныне, восстановленное, выкрашенное в белый цвет, оснащенное, как гостиница на четыре «звезды», это здание являло собой то самое заведение, куда стекались отбракованные рекламным бизнесом искательницы приключений и успеха.

В холле первого этажа на затянутых в чехлы диванах полулежали три барышни шестнадцати — восемнадцати лет. Они маялись от жары, потягивая из высоких стаканов сок, и лениво болтали.

— Купаться хочется! — вздохнула коротко стриженная брюнетка.

— Ага! Так он и отпустит! — возразила длинноволосая блондинка.

— Можно же на машине... Тачка стоит в гараже. Смотаемся на озеро, на песке поваляемся...

— Да не отпустит он.

— Блин! Нам загар нужен!

— Иди в солярий, — ответила рыжая, вихрастая, похожая на мальчишку девушка.

— Да пошел этот солярий! На улице живое солнце... А в солярии этом жаришься как кура в гриле...

— Нужно на него Машку натравить.

— Машка вчера так перебрала... лежит никакая. Я

277

к ней заходила. Спиртным на всю комнату смердит... Как он ее терпит?

— Кто? Гриня?

— Нет, Арнольд.

— Ха! Так она у нас прима-балерина. Мужики за ней в очередь. Она у нас все по любви делает, а мы за деньги... — Блондинка тряхнула челкой.

— Ладно, тебе-то что? — лениво отозвалась брюнетка. — Нам нагрузки меньше.

— Ага. Особенно в групповухах. Сачкануть можно...

Девушки рассмеялись.

— Ну, Алена, сходи к Машке. Растормоши ее!

Брюнетка поднялась, встала на цыпочки, демонстрируя стройные ноги, и лениво направилась по витой лестнице на второй этаж, где располагались спальни.

Через некоторое время она подошла к перилам, свесилась вниз, сообщила:

— Встает! Просит пива. Танек, кинь пару банок.

Рыженькая полезла в холодильник. Две банки перекочевали в руки Алены.

— Сейчас я ее реанимирую! — пообещала Алена.

Через некоторое время вниз спустилось неопределенного возраста и пола создание в длинной мужской рубашке, с отекшим лицом и спутанными волосами.

— Машка! Ты на кого похожа! Если Альбина тебя такую увидит — хана! Она же на тебя Траху нажалуется!

— А у нас нынче выходной, — лениво ответила Маша, усаживаясь на ступеньку и допивая пиво.

— Слышь, Машка, зря ты так на пиво-то... Ты глянь на рожу-то свою... И вообще, ты на последнем взвешивании килограмм прибавила. Это ведь от пива! Смотри, Альбина его вообще уберет!

278

— А мне по фигу! Я себе достану, — лениво ответила Маша. — Вы меня зачем с постели подняли, чтобы нотации читать?

— Нет, Машуля, нет! Попроси Гришку, чтобы он нас на пляж отвез! Жара же безумная, так купаться хочется! Ну попроси!

— А что там у нас на улице? — Маша отогнула полоску жалюзи. — И правда, солнце, воздух и того... Ладно, попробую.

Она поднялась, направилась в коридор, шаркая шлепанцами.

— Уговорит! Ставлю пять баксов.

— Не-а, не уговорит, — возразила блондинка. — Он сам вчера нажрался до потери пульса.

— Так они вместе с Машкой и пили.

— Ну и что? Это, как говорится, не повод для знакомства.

— Мочалки, собирайтесь! — шаркая в обратном направлении, лениво произнесла Маша.

— Уговорила?

— Йес. Готов сопровождать. Сбор через полчаса. — Ур-р-а!

Компания подъехала к берегу пустынного лесного озера. Одноногий мужчина на костылях выбрался из «газели». Девушки вынесли из салона инвалидное кресло, усадили в него Григория. За рулем остался скучать водитель.

— Вон туда, под сосну меня поставьте, — как о предмете мебели, сказал о себе Григорий.

Девушки перекатили кресло в тень, тут же скинули платья, юбки, бросились в прогретое солнцем, круглое, как блюдце, озеро.

279

Поднялся ворох брызг, смех, веселый визг — одним словом, пионерский лагерь на водных процедурах.

Маша хорошо плавала. Размеренно взмахивая то одной рукой, то другой, она уплыла на середину озера и легла на спину, покачиваясь на воде, подставив лицо солнцу.

Странно. Она здесь всего месяц, а кажется, год прошел. В этом общежитии, где она оказалась в свои двадцать три самой старшей, она сумела стать лидером. Впервые за свою самостоятельную жизнь она чувствовала себя хозяйкой. Хозяйкой своих апартаментов из трех комнат, своего счета в банке и положения в обществе «гетер» («Какие они, к черту, гетеры? Обыкновенные продажные девки», — усмехалась про себя Маша). Потому что, как бы ни напилась она ночью и какой бы уродиной не встала следующим утром, к вечеру, к приезду гостей, она всегда была удивительно хороша. Арнольд гордился ею, приводил к ней самых важных для него гостей, от которых зависело, например, заключение солидного, выгодного фирме контракта. И гости всегда оставались довольны. У нее оказался дар — дар ублажать мужчин. Быть покорной рабыней или властной госпожой, трепетной недотрогой или умелой любовницей — все эти роли удавались ей на славу. Может быть, потому, что ей самой все это нравилось. Нравилось нравиться. Нравилось заниматься любовью, нравилось участвовать в оргиях, нравилось доводить солидных, респектабельных господ до поросячьего визга. Еще ей нравилось напиваться с Гриней до того же визга, нравилось чувствовать свое превосходство над остальными обитательницами особняка. Даже Альбина, надсмотрщица над девушками, побаивалась Машу. И не задевала ее. Странно, но в этом доме Маша обрела некое успокоение. К тому же каждый вечер она могла включить телевизор и увидеть себя в рекламном ролике и услышать от других: «Машка! Как ты здорово сыграла! И какая же ты хорошенькая!» И ее утешала мысль, что в ее городке Алла Юрьевна, Надя, Александра, в общем, все, кто ее знает, тоже видят этот ролик, и говорят, наверное, те же слова. И считают, что она, Маша, преуспевает, делает карьеру актрисы. И это как-то оправдывало ее побег. Потому что единственное, что ей не нравилось, это сны. Сны, в которые часто приходил Сергей. И плакал, и уговаривал ее вернуться.

Она просыпалась, спускалась вниз, к Григорию. И всегда между ними происходил один и тоже разговор:

— Что, опять твой Серега приходил? — говорил Гриня и доставал бутылку.

Маша кивала, садилась к столу.

— А мне моя баба никогда не снится. Наверное, потому что бил я ее крепко.

— Зачем же ты ее бил?

— Дурак был. Совсем дурак. Все ревновал ее.

— К кому?

— К каждому столбу. И бил.

— Ну и дурак!

— Так я ж так и говорю! А ты сама-то? Не дура ли: с собственной свадьбы сбежать... Эх, жаль я тогда отключился, я бы тебя остановил.

— Как?

— Да так. Посадил бы Арнольда и укатили бы без тебя. Он же чумовой. Ему люди — что животные. Не, даже не животные. Растения! Сорвал, бросил. Зачем рвал? Спроси его — сам не знает...

— Он мной доволен! — горделиво заявляла Маша.

— Дура ты! Доволен... От тебя через пару лет такой жизни ничего не останется... Только счет в банке.

— Плевать, — говорила Маша. — Наливай!

Они напивались, а потом любили «пошугать девок», как называл это Гриня. То есть Гриня, грохоча костылями, врывался в спальни, Маша за ним. Они врубали свет и проводили курс молодого бойца: «упал-отжался». Правда, бить девчонок Маша ему строго-настрого запретила. И он ее слушался!

Девочки жаловались Алине. Та пыталась жаловаться Арнольду. Он лишь смеялся: «Ничего, зарядка еще никому не мешала». В общем, жизнь проистекала веселая, народ подобрался дружный...

— Ма-ша! Ма-ша!! — кричали хором девчонки.

Она повернулась, поплыла к берегу.

— Слышь, Машка, Альбина звонила. У нас аврал! Трах везет каких-то иностранцев. Боевая готовность через два часа, — тараторила Алена. — Поехали скорей, Альбина там на психе вся!

— Пусть психует, — лениво откликнулась Маша. — А чем зря психовать, взяла бы да за нас поработала.

Девочки подобострастно рассмеялись. Дуры паровозные! Почему паровозные? Двоих — Аленку и Таньку — подручные Трахтенберга взяли прямо на вокзале, можно сказать, сняли с поезда, когда барышни возвращались из столицы в свои уездные «города невест». Взяли их на гениальный в своей примитивности вопрос: «Девушка, вы хотите сниматься в кино?» Девушки, конечно, хотели. Шикарные визитки «помрежей» с логотипом рекламного агентства «АРТ» и студии «АРТ-фильм» завершали обработку, длительность которой никогда не превышала десяти минут. Кого-то сняли на сочинском пляже, кого-то вынули из ларька, где претендентка торговала нехитрым винно-водочным товаром. Главным условием отбора, помимо внешних данных, разумеется, было отсутствие у барышни длинного хвоста любящих родственников. А таковых в эпоху больших перемен оказалось не так уж и мало...

«Газель» подъехала к парадному крыльцу особняка, на пороге которого стояла «руки в боки», свирепая, как полковая овчарка, Альбина.

— Быстро все по своим комнатам и готовиться к приезду гостей! — пролаяла она.

Ровно через два часа к особняку подъехал целый кортеж из иномарок. Холеные мужчины в легких одеждах спортивного стиля (мероприятие проходило под лозунгом «встреча без галстуков») столпились на ступенях крыльца. Нарядная Альбина, на правах гида и домоправительницы, рассказывала историю особняка: « Перед вами памятник архитектуры девятнадцатого века...» Арнольд Теодорович легко и непринужденно переводил ее слова на английский. Господа уважительно кивали. Рядом с хозяином стоял шеф службы безопасности, а в данный момент и личный охранник Трахтенберга, Алексей Смирнов.

Их провели по небольшому парку, окружавшему особняк, показали пруд с утками, большой искусственный бассейн со столиками по периметру. Наконец экскурсия закончилась, гости были приглашены на ужин. В холле был накрыт длинный стол, который, что называется, ломился от изысканных блюд. Севрюжка, форель, непременная черная икра — блюда легкие, но сытные. Обилие дорогих вин, коньяков и запотевших, ледяных на ощупь бутылок водки — все это приковало оценивающие взоры мужчин. Но не надолго. Очень быстро взоры эти устремились на девушек, сидевших в креслах, на диванчиках-канапе, прогуливающихся возле кадок с пальмами.

Тихое «О-о-о!» вырвалось из груди каждого, слившись в единый возглас восхищения. Девушки были безусловно и очень по-разному красивы. Мужчины приглядывались к ним, переговаривались вполголоса, посмеивались особым, похотливым смехом.

— Где Мария? — шепотом спросил Трахтенберг стоявшую рядом Альбину.

Та пожала плечами:

— Наверное, сейчас выйдет. Вы же знаете, она всегда позволяет себе опоздать...

И в этот момент вздох восхищения раздался еще раз. Вниз по лестнице спускалась, вернее, легко сбегала, постукивая каблучками, юная девушка в легком светлом платье. Перехваченные лентой шелковистые волосы крупными волнами спускались до плеч. Лицо без единой морщинки, без малейших намеков на пристрастие к вредным привычкам, сияло свежестью, чистотой и... невинностью. Да-да, именно невинностью. Девушка весело улыбалась, демонстрируя ровные зубы и очаровательные ямочки на щеках. И сразу стала очевидна разница между нею и остальными. Те были красивы, только красивы и не более. Эта была хороша! Так хороша, что невозможно было оторвать от нее взгляд. И мужчины разом обернулись к ней и смотрели теперь только на нее, улыбаясь ей и чему-то радуясь.

Довольный Арнольд подал Маше руку, подвел ее к одному из мужчин и представил:

— А это Машенька. Наша краса и гордость. Мария, знакомься: господин Миллер, наш американский партнер.

Партнер Трахтенберга был красивым, подтянутым, загорелым мужчиной лет сорока, не больше. Стопроцентный янки с белозубой улыбкой. Он склонился к Машиной руке.

Девушки, сидевшие на диванах и креслах, мгновенно перекинулись быстрыми, злыми взглядами.

Глава 30
ПЛАН МЕРОПРИЯТИЯ

Время близилось к полночи. Холл был пуст, гости переместились на второй этаж. Откуда слышались то пьяные песни, то хохот, то вскрики вполне определенного свойства... Короче, все шло путем.

— Все идет путем, Леша! — уверенно произнес уже принявший на грудь Григорий.

— То есть прижился ты здесь? — уточнил Алексей, наливая Грине полную стопку.

— А что? Работа не пыльная. Зарплата идет. Спасибо Арнольду, — помолчав, добавил он.

— Да уж, Арнольду ты особое спасибо сказать должен, — криво улыбнулся Смирнов.

— Ты к чему это? — Григорий махнул стопку, зажевал огурцом, внимательно разглядывая своего непосредственного начальника.

— Так, вообще... По жене-то скучаешь?

— Ну скучаю, а что? — тяжело роняя слова, спросил Гриня.

— Да так. Ты помнишь, что просил меня найти ее? Или это ты спьяну?

— Помню. И не спьяну это было. Так что, нашел?

— Нашел! — Алексей тоже взял огурец, хрустнул крепкими зубами.

— Где же она? — не сводил с него острого взгляда мигом протрезвевших глаз Гриня.

— Она у Трахтенберга. Как ты и думал.

— Вона как! Где он ее прячет?

— На хате конспиративной.

— На какой именно?

— Какая разница? Она у него там под охраной сидит.

— Да? А ты ее там видел?

— Там же видеокамеры скрытые. Как на всех наших хатах.

— И что он там с ней? Того?..

— Гриня, ну что ты как маленький? Того... Этого... Е...т он ее там. Вот и все.

— А может, ты врешь все? Может, хочешь поссорить меня с Трахом? Доказательства есть? — тихо спросил Григорий. По щекам его заходили желваки.

— Есть. Вот, пожалуйста, — пожал плечами Смирнов.

Он достал из кейса конверт с пачкой фотографий, кинул через стол:

— Смотри!

Григорий несколько мгновений не прикасался к конверту, затем под насмешливым взглядом Алексея раскрыл его, разложил снимки перед собой.

Алла, его Алина, в самых разных разнузданных позах занималась любовью с Трахтенбергом. Он отшатнулся.

— Это фотомонтаж! Приклеил ее голову к другой бабе, вон их тут сколько по номерам...

— Конечно, Гриня! — усмехнулся Алексей. — Конечно, фотомонтаж. А скажи, ты тело своей жены помнишь еще?

Григорий молчал.

— Если помнишь, так, наверное, есть у нее какие-нибудь приметы на теле. Ну там родинки...

Григорий снова пододвинул снимки, впиваясь глазами в каждый из них, и вдруг застонал, завыл, швырнув всю стопку на пол. Алексей нагнулся, подобрал фотокарточки, аккуратно сложил в конверт. Григорий налил себе полный стакан водки, опрокинул одним махом.

— Сволочь! — процедил он.

— Ладно, Гриня, не расстраивайся! Что ж теперь поделаешь? Закрыли тему!

— Закрыли? — зарычал Гриня. — Как это — закрыли? Мы ее только открыли! Он же, сволочь, еще там, в кабаке, где Машку украл, там еще велел мне ее, Алиночку, отдать ему на съедение, дракон сучий! Мало ему баб! А вы все уговаривали меня, что он пошутил...

— Да разве можно было поверить? Чтобы у своего личного охранника жену украсть?! Это уж за пределами добра и зла... — сокрушался Алексей.

— Я его, суку, сейчас грохну! Прямо здесь! Покажу ему эти фотки и расстреляю из «беретты».

Григорий полез в ящик стола.

— Но! Ты это брось, парень! — прикрикнул Алексей. — Совсем мозги пропил? Прежде чем ты в него прицелишься, я уже должен буду обойму в тебя разрядить. Потому что сегодня я его телохранитель! И я успею раньше, мне за костыль держаться не нужно!

— Так зачем ты мне все это показал, мразь? Ты с ним заодно?

Григорий перегнулся через стол и схватил Алексея за горло. Тот едва оторвал от себя крепкие руки.

— Все! Уймись! — кашляя и отплевываясь, приказал Смирнов. — Прекрати истерику и слушай меня: его нужно убить, это точно! Но не здесь и не сейчас!

Гриня сразу затих, разглядывая поверхность стола.

— А тебе-то это зачем? — медленно проговорил он, разглядывая товарища.

— Зачем? А ты не понимаешь? Я из-за тебя, дурака, тоже под дулом хожу. Не знаю, когда бабахнет!

— С чего это?

— С того! Помнишь, как мы здесь сидели месяц назад? Ты, да Семен-водила, да Димка и я. Помнишь, что ты, дурья башка, болтал тогда? Что можешь на Траха заяву сделать! Что под сто пятую статью его подведешь, говорил?

— Ну... Говорил.

— Так вот! Уж не знаю, каким образом, а только тот разговор был на пленку записан. Альбина уж постаралась или кто другой, не знаю, но Трах эту пленку видел! Он ее при мне прокручивал. Еще орал на меня, почему я ему о твоей трепотне не донес!

— И что?

— И то! Ты, дурья башка, понимаешь, что мы все, кто этот твой треп слышал, все мы свидетели, от которых лучше избавиться! Ты думаешь, что покушение именно на Арнольда было сделано?

— А на кого? Говорили, что его Горбань заказал.

— Горбань! Если бы он заказал, мы бы уже безработными были. Ты вспомни, где взрывчатка была? На каком месте?

— Ну... Впереди.

— Вот именно! И кто пострадал? Димка насмерть, а ты — калека! То есть на одного свидетеля меньше стало, понял? А ты, полуживой инвалид, — вообще ходячая мишень. Я не удивлюсь, если та же Альбина тебе порошок какой-нибудь в стакан с водярой сыпанет. А ты потом от сердечной недостаточности...

— А я-то дурак! — Обхватив руками голову, закачался на стуле Гриня. — Я-то думал, он меня пожалел!

— Ага! Пожалел волк овцу!

— Что ж делать-то?

— Нужно его убирать! Но по-умному! Его же методом. Не знаю, какого он киллера нанял, но сделано было классно, ты уж прости, конечно, — взглянув на культю, добавил Алексей. — Но и мы не лыком шиты. В конце концов, такую бомбочку собрать — дело нехитрое. Я ведь весь этот механизм адский на месте взрыва видел, разговор экспертов слышал. Мол, пластит, кумулятивное действие, радиоуправляемое устройство. Ничего там особо сложного нет. Воспроизвести можно. Это я на себя беру.

— А мне что делать?

— Исполнителя нужно искать.

— Где ж его найдешь? Объяву в газету дать, что ли? Можно, конечно, выйти на людей... Найдут профессионала.

— Можно, но не нужно! Любая утечка информации чревата! И не нужен нам профессиональный киллер. Они свою жизнь сохранять умеют. И потом, они очень дорого стоят. А нам такой исполнитель нужен, который будет не в курсе, понимаешь? Положил, скажем, сумку на крышку машины и как бы пошел дальше.

— Ага! Так уже было. Так убили депутата из Питера, помнишь? И взяли парнишку, что мимо как бы случайно шел. А он всю цепочку сдал.

— Правильно мыслишь. Значит, нам нужно сделать так, чтобы не сдал. То есть чтобы не ушел далеко парнишечка, понимаешь?

— Остался пустяк: парнишку найти, — усмехнулся Григорий.

— Вот это твоя задача и есть! Что, у шалав здешних на воле не осталось никого? Ни братьев, ни отцов, ни мужей?

— Откуда у них, зассых, мужья? А постой-ка!.. У Машки как раз муж имеется! Ее же прямо со свадьбы уволокли! Я этого парнишку помню! Он мне чуть челюсть не высадил! Арнольд, скотина, невесту уволок, а меня взять позабыл. Или не захотел. Так этот женишок, когда все понял, на меня тигром набросился. Всю рожу размолотил. Чуть глотку не перегрыз. Сильный, сволочь! Еле оттащили его. Потом еще кореша его меня ногами чуть не насмерть запинали! Пока кто-то милицию не вызвал... Арнольда, суку, за одно это убить следует!

— Послушай, а если этого парнишку сюда вытянуть? Позвонить или написать? Приедет, увидит, что с его женой здесь сделали... Показать, кто сделал. Я бы точно своими руками задушил.

— А что?.. Это мысль! Только как же его вытянешь?

— Вот это ты и придумай, понял?

— Понял, — кивнул Григорий.

— Вот это мужской разговор! Теперь я перед собой мужика вижу, а не пьяную развалину. А мужик должен свою женщину защищать. А уж если защитить не смог, так отомстить за нее!

— Это верно! Это ты хорошо сказал!

...Довольные отдыхом на лоне природы, иностранные гости рассаживались по автомобилям, машины одна за другой отъезжали от особняка. Альбина, стоя на ступенях, махала рукой. Прямо Ярославна!

Арнольд пока находился в холле, где выпивал с девушками «на посошок».

— Вы у меня молодцы, малютки! — чокнулся он с каждой. — Сегодняшний вечер, как авральный, будет оплачен по двойному тарифу.

— Спасибо, — захлопали в ладоши малютки.

— А тебе, Маша, премия! — он поцеловал ее руку.

— Очень мило, — слегка взмахнула ресницами Маша.

«Она определенно набирает силу! — думал Трахтенберг, любуясь девушкой. — Этакая небрежная благодарность опытной куртизанки, знающей себе цену... Пожалуй, можно будет выгодно продать ее в гарем какого-нибудь арабского принца или богатому афроамериканцу. Говорят, они очень темпераментны. И Маша будет довольна, и мне прибыль! Или сдавать ее внаем как эскорт-герл. Тоже прибыльное дело!»

Он улыбнулся своим мыслям.

— Все, девочки, отдыхайте! Три дня обещаю вас не беспокоить. Отсыпайтесь и все такое прочее...

Трахтенберг ушел, девушки потянулись к столу, дабы спокойно поесть и выпить. Маша ушла к себе, чувствуя спиной завистливые взгляды товарок.

Поздно ночью зазвонил телефон.
— Алло?
— Спишь, Машка?
— Нет, я и не спала.
— Выпить хочешь?

— Можно. А то настроение хреновое.

— Так спускайся, я поправлю.

Маша спустилась, как всегда в это время суток растрепанная, в длинной мужской рубашке.

— Садись, подруга! Эй, ты че, плакала, что ли? — пригляделся он.

Она кивнула, забралась с коленями на стул, сунула ноги под рубашку, охватила их руками. Маленький, растрепанный воробушек, подумал Григорий.

— А че ревела? Птичку жалко?

— Типа того.

— Что будешь пить? — Григорий полез в бар.

— Коньяк.

— Хороший выбор, — одобрил Гриня.

Наливая девушке янтарную жидкость в пузатый бокал, он думал, как вывести Машку на нужный ему разговор.

— Полнее наливай, чего жмотишься?

— Пожалуйста, можно и полнее. — Он наполнил фужер почти до краев, приглядываясь к подружке.

Как же так получилось, что они подружились? Наверное, потому, что поселились здесь почти одновременно. И потому, что она отнеслась к нему, как к человеку, а не как к злобному тюремщику. К тому же он был для нее связан с прошлой жизнью, хоть чуть-чуть, хоть краешком. Он рассказывал ей, как Сергей едва не убил его в кафе «Шуры-муры». Маша смеялась и плакала. У них были общие воспоминания, пусть мимолетные, но важные для обоих. Потому что Гриня столкнулся тогда с предательством шефа, а Маша сама оказалась предательницей.

— Ну, поехали? — Григорий поднял рюмку водки.

Маша чокнулась с приятелем и долгим единым

глотком опорожнила бокал. Вздохнула, кинула в рот маслинку, долго молчала, прислушиваясь к себе.

— Ну, дошло? — тоном заботливого участкового доктора спросил Гриня, увидев знакомый блеск в ее глазах.

— Ага, — откликнулась Маша и улыбнулась.

— Так чего ты зареванная-то? Американка сильно мучил?

— Нет. Он совсем не мучил. Он, понимаешь ли, очень ласковым оказался. Прямо как мой Сережа. Ласковый котенок. И, понимаешь ли, оказывается, я соскучилась по ласке, вот дело-то в чем!

— Женатый?

— Конечно. Фотографию показывал. Милая жена, двое детишек.

— А чего Арнольд в него вцепился, все хороводы вокруг него водил?

— Он миллионер. Думает делать здесь бизнес. Арнольд хочет, чтобы Джим вложился в порнофильмы. Вот дурак! Сразу видно, что человек семейный в такое говно вкладываться не будет.

— Это ты зря! При чем здесь семья? Бизнес есть бизнес. И потом, приехал же он сюда, трахал же тебя, весь из себя семейный такой!

— Это другое. Это ерунда. Просто я ему очень понравилась. Я оказалась похожа на девочку, в которую он был влюблен в детстве.

— Это они все тебе так говорят. Их послушаешь, ты на всех девочек похожа, которых они по малолетству не могли трахнуть.

— Может, так оно и есть.

— Так ты чего ревела-то? Девочку стало жалко? Из его американского детства?

— Нет. Себя. И Сережу. Этот Джим, он на Сережу

похож. Мой Сережа таким же будет через двадцать лет. И будет у него другая жена. И двое детишек. Все у него будет хорошо, — всхлипнула вдруг Маша.

— Эй! Ты это прекрати! Ты похожа, он похож...

Разговор вертелся возле нужной темы, но как подвести ее, Машку, к делу?

— Наливай, а то уйду, — сквозь слезы пошутила Маша.

— Есть! Опять по полной?

— Ага. Чего терять-то кроме невинности?

— И то верно.

Они снова выпили. Опять маслинка в рот и долгое молчание.

— Ты, Марья, так сопьешься, ей-богу! Вливаешь в себя алкоголь литрами!

— Плевать! — привычно бросила Маша.

— Да что это тебе плевать-то на все? Плачешь здесь, напиваешься... Думаешь, я не знаю, почему ты напиваешься? Сережу своего забыть не можешь.

— Я могу. Только он мне не дает. Он мне снится все время... Мне все хочется у него прощения попросить, а у меня рот залеплен. Вот такие сны...

— Так возьми и напиши ему. И повинись.

— Ха! Кто ему мое письмо передаст? Его мамаша? Как же!

— Ну-у, позвони ему.

— Тоже не факт, что он подойдет. И потом, разве по телефону все объяснишь?

— Слушай! А ты его попроси сюда приехать. Пусть приедет, я Альбину нейтрализую, дам вам побеседовать. Ты повинишься, тебе легче станет. А если он тебя простит, может, уедешь с ним обратно, а?

— Нет, уехать не уеду... Но, может, Арнольд нас отпустит? — оживилась Маша. — У меня деньги уже накоплены кое-какие. Можно комнату снять. Я работать пойду... Он переведется в Москву учиться...

— Ну да! Правильно! — подыгрывал Григорий, думая про себя: «Она, никак, с катушек съехала. Кто ее отпустит? Какая работа? Да ты, Маруся, теперь никогда никакой работой заниматься не будешь, кроме как под мужиком лежать. Лежать-то оно не пыльно! А работать — это ж работу делать надо. Чтобы из проституток в передовые производственницы выходили, это вряд ли... Жизнью проверено и классиками неоднократно описано!»

Вслух Григорий продолжал горячо поддерживать девушку:

— Правильно, Машка! Ты здесь долго не выдержишь. Сопьешься, и не будет на тебя спросу. И выгонит Арнольд тебя на помойку. Ему людей не жалко. А Серега твой тебя любит. И простит. Молодые прощать умеют. У них еще силы на это есть. Так что давай, звони!

Он придвинул к ней телефонный аппарат. Маша отшатнулась.

— Нет, я не буду! — Она задумалась. — Знаешь что? Давай так сделаем: ты позвонишь моей подруге, скажешь, что я тяжело заболела, вообще умираю. И пусть она сообщит об этом Сергею. И скажет, что я хочу с ним повидаться перед смертью! — Маша вошла в образ и даже руки прижала к груди, показывая, что смертельная болезнь таится именно там. — И дашь свой телефон. Чтобы он позвонил сюда. И объяснишь ему, как добраться. Если, конечно, он захочет приехать, сможет простить... Если нет, что ж, я пойму... — голосом угасающей «дамы с камелиями» закончила Маша.

Григорий завороженно слушал. Какая, черт побери, актриса! Комиссаржевская отдыхает!

— Лады! Давай телефон.

— Так три часа ночи! — Маша взглянула на настенные часы.

— Вот и хорошо! По ночам как раз и помирают. Вернее, под утро. Пока позвоним, то да се... Как раз будет.

— Вообще-то — да! — согласилась Маша, уже видевшая себя нарядно убранной в нарядном гробу. — Набирай, я номер помню.

Она продиктовала номер Надежды и бессильно прислонилась к стене, прикрыв глаза.

Григорий быстро щелкал кнопками, с тревогой поглядывая на умирающую. Успеть бы!

Долгие длинные гудки.

— Не отвечают...

— Жди, она спит, — слабо ответила Маша.

— Алло? — заорал вдруг Григорий. — Мне Надю!

— В отпуске? Понял... — Он положил трубку. — В отпуске твоя Надя. Вот облом! Может, еще кому позвонить можно?

Маша задумалась.

— Звони Александре! Она хоть и сучка, но последнюю волю умирающей, думаю, не нарушит.

— Диктуй номер! — Гриша снова набрал ряд цифр. — Мне Александру. Александра? Здесь у меня Маша умирает! Какая? Господи, какая Маша? — прикрывая рукой трубку, спросил Григорий.

— Ра-зу-ва-ева, — шепотом произнесла по слогам Маша.

— Разуваева! Очень тяжело больна! Просит, чтобы, значит, Сергей позвонил. Я? Врач. Ну да, лечащий врач! Вы ему обязательно сообщите, поняли? Это ее последняя воля! Поняли? Пусть он позвонит по телефону... Спросит Григория Николаевича, ясно? Все, отбой!

— Ну? И что она сказала? Позвонит? — открыв глаза, лениво произнесла Маша.

— Ничего не сказала. Промолчала она. А что я говорил, ты слышала.

— Тогда наливай!

— Машка, ты же пьянущая уже в задницу!

— Плевать! Наливай, а то уйду...

Глава 31
СЕРГЕЙ

Первое время он вообще не вставал. Лежал сутками на тахте лицом к стене и смотрел на обои. Он уже знал наизусть каждую выбоинку в стене, каждую щелочку. Вот маленькая дырка от гвоздя. Здесь висел когда-то календарь. Чуть выше и левее кусок обоев отклеился, был виден край газеты и часть заголовка: «Ускор...» Он пытался угадать, что написано дальше. Ускорим выпуск чугуна и стали? Ремонт делали восемь лет назад, то есть газета восьмилетней давности. Возможно, тогда еще выпускали сталь. И ускоряли выпуск чугуна. Хотя — вряд ли. Это был девяносто шестой год. Какая сталь? Может, что-нибудь про выборы? Ускорим выборы президента? Или просто «ускорение свободного падения». Чему там оно равно? Весу тела, массой в... умноженному на... Черт его знает. Он забыл все формулы. Это его любовь к Маше — ускорение свободного падения.

Он вспоминал, как у них все начиналось, он тогда

маялся и верил и не верил в ее любовь. Часами ждал на лестнице, потому что вот-вот он должен был что-то узнать. Что-то такое, что от него скрывалось. И видел, как кто-то уходил или приходил туда, где была Маша. И медлил принять решение, ему все требовалось еще одно доказательство ее неверности, ее лживости. Еще одно — и все, и конец. Но она умела так улыбаться ему, так ласково смотреть в его глаза, что все подозрения улетучивались. А ведь он видел этого мужчину, что привел на их свадьбу того, другого, кто разрушил его жизнь. Он видел, что этот мужчина выходил под утро из квартиры, и Маша провожала его! Но тогда, зимой, он отказывался поверить в ее неверность и лживость, потому что тогда нужно было принимать решение. И он перестал видеть, следить, замечать. Потому что, если раньше ему казалось, что любовь основана на доверии, то потом он понял, что его любовь выше доверия, ясности, определенности, она выше всего. И в его отказе от выяснения отношений заключалась вера в продолжение его любви. Оказалось, что продолжения нет. Есть гибель. Его любовь упала с высоты его чувств с ускорением свободного падения и разбилась вдребезги...

Мама заходила к нему по сто раз на дню, пыталась кормить с ложки бульоном, паровыми котлетками... Он не двигался, он просто не мог шевельнуть пальцем, вымолвить слово... Приходили друзья, чтобы растормошить, утешить, развеселить его, он накрывал голову одеялом и лежал так, пока не оставался один.

Мама вызвала какого-то известного доктора, тот долго сидел возле Сережиной постели, а потом долго беседовал с мамой.

Слышались обрывки фраз про академический отпуск, про путешествие или что-то, «что заинтересует его, обрадует, отвлечет. Понимаете, это депрессия, тяжелейшая депрессия. И нужны лекарства, сам он не выберется!».

Мама, плача, стоя перед ним на коленях и ломая руки, уговаривала его принимать таблетки. И он начал их принимать. Не потому, что ему было жалко маму, а потому, что она мешала ему лежать и рассматривать обои.

Но понемногу он начал оживать. Однажды понял, что уже очень давно не мылся, что от него просто воняет. Встал, пошел в ванную и принял душ. А потом попросил есть. Это был такой праздник в семье! Отец, который все недели, что его сын лежал живым покойником, был растерян и не знал, как вести себя, за этим первым за время его болезни совместным ужином рассказывал всякие истории из жизни в горячих точках. Про молодых ребят, которые лишились ног или рук или еще чего-нибудь, но не сдались! Стали инженерами, предпринимателями. В общем, почти космонавтами. Мама толкала отца локтем и все подкладывала Сереже лучшие кусочки, приговаривая: «Ты ешь, ешь, сынок!» Бабушка вынесла к ужину припрятанную бутылку кагора. Сережа выпил рюмочку. И ему стало легче.

— А где телевизор? — спросил он, увидев на месте «Панасоника» большую вазу с цветами.

Мама излишне быстро ответила, что телевизор сломался, что потом они купят новый. А пока можно обойтись.

— Потому, — торопливо добавил отец, — что мы хотим купить тебе мотоцикл!

Сергей давно мечтал о мотоцикле, еще в той, прошлой жизни.

— Спасибо, — безразлично произнес он, лишь бы что-то ответить.

Ему были безразличны и телевизор, и мотоцикл. Но отец притащил красивый глянцевый журнал, сел рядом с сыном, начал листать страницы.

— Ты смотри! Смотри, какие классные модели! Ну, выбирай какую хочешь.

И Сергей ткнул пальцем в самую дорогую — в спортивный «Сузуки». Просто так.

— Хорошо! — в один голос согласились родители.

Это было просто смешно! Откуда у них такие деньги? И Сережа даже улыбнулся.

— Вы шутите, — сказал он.

— Нет! Завтра же пойдем и купим! — серьезно ответила мама.

Разумеется, Сергей не знал, что в тот букет роз, что был подарен его маме Трахтенбергом, был вложен конверт. Денег, что были оставлены им в качестве отступного за Сережину невесту, хватило бы на покупку квартиры. Отец хотел сжечь эти проклятые деньги, но мама не позволила, сказав, что они понадобятся Сереже. И что с паршивой овцы хоть шерсти клок.

Короче, Сергей стал единственным в городе обладателем шикарного мотоцикла, мощного красавца, послушного мустанга. И жизнь вернулась. Нужно было получить права, и Сергей пошел на курсы. Потом он купил и экипировку — кожаные штаны, куртку, шлем — все, как полагается. Начал гонять по улицам, сводя с ума сидящих на лавочках бабулек. Местные байкеры приняли его в свою стаю, у него появились новые знакомые, а с ними – всякие байкерские мероприятия. В институте был оформлен академический отпуск, и Сергей мог предаваться новому увлечению все свое время. И начал выздоравливать.

Однажды он встретил на улице Надежду, и та рассказала ему, что Машу теперь можно чуть ли не каждый день увидеть по телику в рекламном ролике. Тогда он понял, почему в их доме исчез телевизор.

Встреча с Надей едва не загнала его назад, на диван, к обоям. Но в это время нужно было ехать с байкерами в Питер, и он уехал. Надя осталась в прошлом. А потом и ролик сняли с проката, он узнал об этом от кого-то из приятелей. Так он ни разу и не увидел Машу по телевизору. И слава богу! Он запретил себе заглядывать внутрь себя, туда, где в холодном, мертвом куске его сердца находилась его жена.

Он вернулся из Питера веселым, голодным, загорелым. И узнал, что бабушка в больнице с переломом шейки бедра. Мама дежурила там каждую ночь, нанятая медсестра была согласна ухаживать только днем. Отец был в отъезде. Сергей подключился к уходу за бабушкой. Менял пеленки, кормил ее. Только ему удавалось накормить ее так, чтобы ничего не пролилось на подвязанную салфетку.

В этот день он как раз дежурил. К одиннадцати вечера пришла мама, чтобы сменить его на ночь. Сережа сдал вахту, доложил, как ели, как писали, как делали гимнастику. Бабушка спала. Мама села возле нее с книжкой. А Сережа пошел домой. Он шел не спеша, вдыхая свежий вечерний воздух, думая о том, что лето подходит к середине, начался июль — можно еще смотаться на мотоциклах куда-нибудь на Селигер, скажем. Позагорать и накупаться вволю. А в августе нужно будет устраиваться на работу, хватит сидеть на шее родителей. В институт он вернется после Нового года, но все равно будет продолжать работать. Он очень повзрослел за это время.

Дома он поужинал и завалился с книжкой в постель.

Его разбудили настойчивые телефонные гудки.

«Бабушка! — сразу пронеслось в его мозгу. — Все кончилось».

Он снял трубку двумя руками, чувствуя, что очень боится услышать мамин голос. Но звонила не мама. Звонила Александра. Он сначала не мог взять в толк, кто это, какая Александра, что ей нужно от него. Имя Маши поначалу отскакивало от его мозга как пинг-понговый мячик от стола. Видимо, в мозгу работала некая охранительная система.

Аля повторяла уже с десятый раз, что «..Маша умирает, хочет проститься...»

Когда он наконец понял, руки его затряслись так, что он едва смог записать номер телефона.

Тут же позвонил. Узнал адрес. Прикинул, что может добраться на своем мустанге за три часа. И больше он ни о чем не думал. Лишь нацарапал несколько строк маме.

— Слышь, Машка, он сказал, что приедет!

— Кто? — удивилась та, пытаясь открыть глаза.

— Да проснись ты! Со стула свалишься! Серега твой едет, поняла?

— Куда?

— Сюда, дура! Через три часа будет!

Маша расхохоталась.

— Ладно врать-то!

— Ты вот что, иди поспи. А то вообще до утра не доживешь! Ну, быстро в койку!

— Не, мне не подняться...

— Ладно, хрен с тобой, здесь поспи. Ну, поднимайся, блин!

Он заставил девушку дойти до топчана, уложил ее, накрыл пледом. Все складывалось! Да еще так скоро! Григорий позвонил Смирнову, доложил обстановку.

— Иди ты! — удивился заспанный Алексей. — Что ж, если и вправду приедет, ты мне тут же отзвонись. Я мигом примчусь. А ты ему пока глаза-то раскрой.

— В смысле?

— Просвети, кто из его жены б... сделал.

— Понял!

— Все, конец связи.

Сергей подъехал к особняку ранним утром. Григорий, который наблюдал за дорогой из окна, увидел его издалека и вышел, стараясь не стучать костылями, на крыльцо. Все обитатели особняка еще спали, и будить кого бы то ни было в его планы не входило.

— Здорово, парень! — произнес Григорий.

Сергей не сразу узнал в одноногом инвалиде охранника, едва не забитого до полусмерти на его свадьбе. А узнав, изменился в лице. Он подошел к нему вплотную.

— Где Маша? — рука его непроизвольно сжалась в кулак.

— Без рук! — предостерегающе поднял костыль Гриня. — Идем. Только тихо! У нас все спят еще.

Они прошли в узкую комнату с одним окном. В комнате было сумрачно и пусто.

— Машка, вставай. Муж приехал!

Сергей озирался. В комнате никого не было. Григорий прокостылял к топчану, скинул плед.

— Вставай, Маша! Сергей твой приехал.

Под пледом барахталось какое-то существо в клетчатой мужской рубахе. Существо пыталось приподняться и снова падало.

— Вставай, говорю! — свирепо шипел Гриня. — А то Альбина сейчас прискочит!

— Плевать... Пива дай!

Он даже голос не узнал. Это был сиплый, пропитой, бесполый какой-то голос.

Гриня сунул ей в руку банку пива, затем взял под мышки, легонько встряхнув, придал женщине сидячее положение. Она тут же, не раскрывая глаз, открыла банку, начала жадно пить длинными глотками. По худой шее ходил кадык. Это не Маша! Какая же это Маша? Это тетка лет сорока, давно и тяжело пьющая, что видно по ее отечной физиономии. Спутанные, клочьями волосы...

Женщина покончила с пивом, отбросила банку, открыла глаза.

— Маша?! — изумился Сергей.

Не отвечая, она повела рукой, словно отгоняя муху, и снова упала на топчан.

— Мария! Ты мне брось это! Сама мужика вызвала! — задергался Григорий.

Сергей бросился к ней, кинулся на колени, начал тормошить, гладить по спутанным волосам.

— Господи, Маша, Машенька, что они с тобой сделали? Ну, вставай, маленькая, вставай! Я тебя увезу, Машенька! Ты только поднимись, встань, девочка!

Маша вырвалась из его рук.

— Осторожнее, мужчина! Я никуда отсюда не поеду, — погрозила она ему пальчиком.

— Да она невменяема! Что вы с ней сделали?

Наркотой накачали? — заорал Сергей, бросаясь на Григория. Тот опять выставил костыль.

— Тихо, парень! Никто ее ничем не накачивал. Она у нас сама кого хочешь уделает.

— Да что это за место? Вы говорили, она в больнице? Это не больница!

Пиво, видимо, оказало благотворное воздействие на организм. Маша прокашлялась, раскрыла наконец глаза, которые приобрели осмысленное выражение.

— Это, Сереженька, публичный дом, — сказала Маша и улыбнулась мужу.

— Ты врешь! — одними губами произнес Сергей.

— Вот тебе истинный, благородный крест! — широко перекрестилась Маша.— А я здесь прима-балерина. На ведущих ролях, представь себе! А ты изменился! Повзрослел, на мужика стал похож. Хочешь, я с тобой пересплю? Или ты с мамой приехал? — она расхохоталась.

— Вставай! Я увезу тебя! — он рванул ее за руку.

— Тихо, тихо, — вырвалась Маша. — Никуда ты меня не увезешь против моей воли. А и была бы воля, тоже бы не увез. Не дали бы. Отсюда, Сергунчик, на волю не выпускают. А как ты? Как живешь? Как бабуля? — светским голосом спросила она.

— Мне сказали, что ты умираешь, я мчался ночью...

— Да? — изумилась Маша. — Кто сказал?

— Ты что, дура, забыла все? Мы же с тобой ночью... — прошипел Григорий.

— А-а, вспомнила! У меня вчера мужик был, Сереженька, ну... клиент, очень на тебя похожий! Вот я и расчувствовалась. А Гриня и говорит, давай, мол, позвоним. Вдруг приедет. А ты и вправду приехал. Ох, умора! А я не умираю, — Маша рассмеялась хриплым истерическим смехом, все приговаривая: — Ой, не могу! Поверил!.. И вправду приехал! За проституткой!..

Это было так невыносимо, что Сергей зажмурился. Маша замолчала, затем проговорила печально и ласково:

— Ну что ты? Расстроился? Не нужно! Я не умираю, Сереженька! Я уже умерла. Похороны за счет фирмы. Правда, Гриня?

Григорий переместился к другому концу стола, подальше от Сергея.

— Вы! Сволочи! Я вас всех! — тихо и яростно проговорил Сергей, надвигаясь на Григория.

Он подошел почти вплотную. Гриня выхватил из ящика «беретту».

— А ну-ка, стой, пока жив! Стреляю на поражение! Стой и слушай!

И столько силы было в его голосе, что Сергей замер.

— Убить нужно, это ты прав! Я бы и сам убил! Знаешь почему? Этот гад и у меня жену увел! У своего личного охранника, понимаешь? Это все равно что у брата. Я бы его, суку, на куски порвал. Да он опередил меня. Видишь, кто я теперь? Ты-то меня еще на двух ногах помнишь. А теперь я калека. Мне с ним не справиться. А ты можешь! Так отомсти за жену! Убей выродка!

— Это вы о ком?

— О Трахтенберге! Рекламном короле, содержателе притона! Ты думаешь, Маша здесь одна такая? Он их по провинции собирает, как грибы после дождя. Каждой дурехе карьеру обещает. «Девушка, хотите сниматься в кино?» — передразнил он кого-то. — Все хотят! Ни одна не отказалась! Машка, тебе он что говорил?

— Что сделает звезду экрана. А что? Он и сделал. Я довольна!

— Ага! Порнозвезду он из тебя сделал.

— Плевать... — Маша рухнула на топчан.

— Вот, видишь? Это не человек уже, это не та Маша, что замуж за тебя выходила. А всего-то месяц прошел! А что с ней дальше будет? Ты думаешь, увезешь ее? Да не поедет она никуда. Все, аллес капут! Из проституток не возвращаются. Бывают, конечно, исключения, но это не тот случай. Машке-то все это понравилось! Это он ее, сволочь, растлил, развратил и спокойно глядит, как она спивается! А сопьется до конца — усыпит как собачонку. Бывали уже такие случаи. Вот так!

Сергей подошел к топчану. Маша спала, раскрыв рот и похрапывая.

И от безысходности он разрыдался горько, как мальчишка.

— Ну наконец-то! — радостно воскликнул Григорий, глядя мимо Сергея.

Тот обернулся было, но двое мужчин уже навалились на него, вывернули руки, потом в плечо вонзилась игла и Сергей отключился.

Глава 32

ИНСТРУКТАЖ

Он очнулся в просторной, почти пустой комнате. Напротив него журнальный столик с двумя креслами. В одном из них сидел незнакомый коренастый мужчина лет сорока. Сам Сергей лежал на кровати. Он быстро вскочил и едва не упал.

— Спокойно, Сережа! Не делай резких движений. Сядь рядом и поговорим как мужик с мужиком.

Сергей переместился в свободное кресло.

— Вы кто? Где я? — озираясь, спросил он.

— Сразу два вопроса не задают. Ладно, отвечу на оба. Я из охраны Трахтенберга. А ты в одной из наших конспиративных квартир.

— Вы хотите меня убить? — понял Сережа. И почему-то не испугался.

— Нет. Это, кажется, ты хотел кого-то убить, так?

— Вашего Трахтенберга? Да, хотел! Хочу! И когда вы будете в меня стрелять, я это повторю!

— Ну-ну, спокойно. Никто в тебя стрелять не будет, чушь какая! Вот что я хочу сказать тебе: если твое намерение серьезно, я тебе помогу. Если это так, эмоции... что ж, отлежишься еще пару часов и езжай назад, домой.

— Где мой мотоцикл?

— Внизу, на стоянке. Отличная машина! Ты хорошо им управляешь?

— Да, а что?

— А то... Это нам пригодится. Вот в чем дело. Тебе это покажется странным, но у каждого из нас свои счеты с Трахтенбергом. У Гриши он отнял...

— Жену? Это правда?

— И ногу. У тебя — Машу. И у меня есть свой счет. Этого подонка давно следует убить. За то, что девчонок растлевает, за то, что люди для него — пыль, мусор. Ты знаешь, сколько он судеб искалечил? Не счесть! Да ты еще многого не знаешь. Известно тебе, что Маша твоя участвует в оргиях? Диких, безобразных, садомазохистских. И оргии эти снимаются на видео. И гуляют эти порнофильмы в том числе по Интернету. Да и кассеты продаются. Не видел?

— Нет.

— Что ж, полюбуйся!

Мужчина щелкнул пультом, на экране телевизора появилась заставка с каким-то названием, которое Сергей не успел прочесть, и сразу, в следующем кадре он увидел Машу... Она стояла на коленях обнаженная, стояла перед пожилым голым мужчиной с обвисшим животом, глаза которого скрывала полумаска. Но Сергей узнал его, это был Трахтенберг. В его руке была плеть. И он стегал обнаженную спину женщины, а она вскрикивала гортанно, сладострастно и... целовала его ноги. Потом пошел следующий кадр — было много голых тел, мужских и женских. Но он видел лишь тело своей жены, по которому прохаживалась плеть, и слышал ее стон — сладострастный стон блудницы.

Сергей закрыл лицо ладонями.

— Я убью его!

Экран погас.

— Это мы убьем его, — поправил его крепыш. — Смотри и слушай!

Он развернул на столике лист бумаги, на который был нанесен рисунок, вернее, чертеж. Какой-то уличный перекресток, понял Сергей.

Мужчина долго говорил, объясняя, водя карандашом по бумаге, указывая на изображение автомашин.

— Ты будешь ждать здесь, в ближайшем переулке. Я буду сообщаться с тобой по рации. Потом, когда ты положишь сумку, резко бьешь по газам — и вперед! Ты успеешь оторваться, прежде чем рванет. И сразу вот этим маршрутом выскакиваешь вот сюда, — он опять ткнул карандашом. — Здесь, в этом дворе, мотоцикл бросаешь, пересаживаешься на свой и линяешь из города. Можно было бы использовать другую модель, но раз ты привык к «Сузуки», не станем рисковать. Потом...

Сергей не слушал его. Ясное, четкое решение уже было принято. Детали не имели значения. Главное, он успокоился.

Они провели два тренировочных выезда. Сергей проехал весь маршрут. Смирнов, в красного цвета «девятке», изображал «вольво» Трахтенберга.

Днем четырнадцатого июля Смирнов сообщил шефу, что на базе буянит Григорий. И что ему нужно туда выехать. Трахтенберг отпустил его, взяв слово, что Алексей вернется к вечеру. Впрочем, в охранниках недостатка не было. Учитывая, что на праздновании юбилея ожидалось присутствие большого количества народа, охрана Арнольда была усилена.

Вечером четырнадцатого июля Сергей ждал в указанном месте. На поясе потрескивала рация, ее шум отдавался в наушнике, закрепленном за ухом.

— Сережа! Они выехали. Через пару минут будут возле тебя. Приготовься! — услышал он голос Алексея.

Почти тотчас по улице промчал «Вольво» и джип сопровождения. Сергей дал по газам, выехал из переулка, нагоняя кортеж. Его колени сжимали сумку. Светофор сиял «красным». Автомобили замерли. Сергей сбавил скорость, остановился возле «вольво», заглянул через слегка затемненные стекла в салон. Все правильно, Трахтенберг сидел там, внутри. Сергей положил сумку на крышу.

«Сматывайся! — услышал он в наушнике. — Сергей, сматывайся быстрее! У тебя секунды остались!»

— Все, я отомстил! — рассмеялся Сергей, не трогаясь с места.

— Дурак, уезжай немедленно!

Последнее слово потонуло в грохоте взрыва.

Глава 32
БЛЮДЦЕ С КАЕМОЧКОЙ

Александр Борисович Турецкий решил лично присутствовать при вскрытии квартиры Григория Малашенко. Следствие вязло в деле об убийстве Трахтенберга, словно телега на проселочной дороге, размытой распутицей.

Бывший охранник Арнольда как сквозь землю провалился. Более того, исчез и нынешний начальник службы безопасности — Алексей Викторович Смирнов. Уехал вместе с семьей на отдых, так сказали соседи. Это с подпиской о невыезде! Нормально! Сколько же времени они будут морочить ему голову? Кто «они», Александр не мог четко сформулировать, но ощущение, что некто хитроумный и неуловимый, как юный мститель из известного фильма, морочит ему голову, это ощущение не оставляло его.

На лестничной площадке кроме представителей прокуратуры находились участковый милиционер, начальник ЖЭКа, слесарь того же ведомства и двое понятых — пожилая пара из соседней квартиры.

Турецкий зачитал постановление, разрешающее проникнуть в жилище. Для порядка позвонили пару раз, подождали несколько минут. После чего слесарь приступил к делу.

Вскоре дверь открыли.

Квартира была пуста. Слава богу, хоть трупа нет, подумал Александр, обходя комнаты. Слой пыли с палец толщиной указывал, что здесь давно не прибирали. Холодильник отключен, дверца приоткрыта и закреплена в таком положении. Так делают хозяева, собираясь, скажем, в отпуск. Опера открывали шкафы, ящики письменного стола, криминалист без дела бродил по комнатам вслед за Турецким.

— О, какая красивая женщина! — отметил он.

— Где? — повернулся Турецкий.

На тумбочке возле широкой двуспальной кровати стояла в деревянной рамочке семейная фотография: мужчина и женщина, обнявшись и улыбаясь фотографу, сидели на диване. Турецкий впился глазами в фотографию. Малашенко обнимал женщину, лицо которой показалась ему знакомым!

Так, так, так... Да ведь эту же самую женщину он видел в доме Артеменко! Ну конечно! У него была хорошая память на красивых женщин!

Александр подозвал понятых.

— Скажите, пожалуйста, кто снят на этой фотографии?

— Как кто? Гриша и Аллочка.

— Кто такая Аллочка?

— Как кто? Жена его.

— Это жена Малашенко? — переспросил Турецкий. — Это точно?

— Ну конечно! Мы же десять лет с ними бок о бок... Эту квартиру Аллочке родители на свадьбу подарили. Они уж умерли, к сожалению.

— Понятно... То есть... Скажите, как они жили? Вы ведь рядышком, через стенку. Дружная была семья?

Супруги переглянулись. Муж едва заметно кивнул, давая «добро». Женщина вздохнула:

— Нет, дружной семьей их назвать нельзя было. Григорий очень обижал Аллочку.

— Как обижал?

— Ну... Он ее бил, сильно бил.

— Часто?

— Да, довольно часто.

— Что же она терпела?

— Боялась его. Он ведь раньше в таких спецслужбах работал... Аллочка говорила, что он ее все равно найдет. И убьет. Правда, так и говорила. Но потом, видно, не выдержала, уехала.

— Куда?

— Я не знаю. Просто я видела, как она уходила из дома. Григорий тогда куда-то уехал на целый день. Я утром гуляла с собакой, видела, что он в машину садится. Он и сказал мне, что вернется следующим утром. Еще попросил меня, чтобы я за Аллочкой приглядывала. Чтобы, дескать, к ней никто ночевать не пришел. Я его пристыдила, конечно. Разве можно было так о ней? Аллочка святая просто. Ведь он до чего довел ее? Она в последний год заикаться начала. Даже разговаривать стеснялась.

«Ах вот оно что... То-то она все молчком, — вспомнил Турецкий безмолвную жену Артеменко, то есть, получается, Малашенко. — Да чья же она жена, черт возьми?»

— А что? С ней случилось что-нибудь? — испугалась женщина.

— Нет-нет. Продолжайте. Вы говорили, что Григорий Малашенко уехал ранним утром. А что было потом? Вы увидели его жену? В какое время?

— Около полудня. Я из магазина шла, а Аллочка мне навстречу. Как раз из подъезда выходила. В брючках, с рюкзачком. Я ее спросила, не за город ли она.

Она ответила, что да, хочет отвлечься, отдохнуть. Ну и правильно, говорю. А она вдруг так обняла меня, прижалась... Как будто прощалась. И ушла. Я стою, вслед ей смотрю... Не слежу, не думайте. Просто как-то сердце у меня защемило... Вижу, машина возле нее остановилась, она села и уехала.

— А что за машина? Номер не запомнили?

— Что вы! Зачем мне? Я и марку назвать не могу. Такая машина... из дорогих. Округлая такая.

— И что же потом?

— Потом вернулся Григорий. Не на следующее утро, а через день примерно. И такое тут устроил! Оказывается, Алла оставила ему записку, что уходит от него и чтобы он ее не искал. Он так на нас кричал! Как будто мы в чем-то виноваты! Я даже боялась, что он мужа ударит. Мы дверь заперли на все замки, хотели уж милицию вызывать. Но он сел в машину и уехал куда-то. Это ж надо довести жену до такого состояния, чтобы она убежала из своего собственного дома с одним рюкзачком за спиной! Ну а потом мы узнали, что с ним такое горе приключилось... Что ж теперь... Жаль его, конечно, но Господь все видит!

— А он здесь больше не появлялся? После того как из больницы вышел?

— Нет, мы его не видели. И в квартире тихо было. У нас здесь слышимость повышенная. У них тихо было.

— А помнишь, Лизонька, дней десять тому назад, поздно вечером... — вставил вдруг супруг.

— Ах да! Я и забыла. Да-да, мы как-то вечером слышали, будто телевизор у них работал. Но может, и показалось, потому что очень недолго, две-три минуты. Потом тишина. Я им позвонила по телефону, думала, Аллочка вернулась. Но никто не ответил.

— И дверь не хлопала, не слышно было?

314

— Нет. Конечно, мы всю ночь не слушали, но пока не заснули, было тихо.

Турецкий взглянул на столик, на котором соседствовали телевизор и видеомагнитофон.

— Хорошо, спасибо вам, Елизавета...

— Елизавета Дмитриевна, — подсказала женщина.

— Спасибо, Елизавета Дмитриевна! Вы, пожалуйста, все, что мне рассказали, повторите еще раз моему коллеге для протокола, ладно? Это очень важно! Можно к вам в квартиру пройти?

— Конечно! Неужели с Аллочкой что-нибудь?

— Нет-нет, — успокоил женщину Турецкий. — Просто нам нужно знать, где она. Нужно ее найти. Как свидетеля.

— Григорий что-то натворил?

— Вы меня, пожалуйста, не расспрашивайте. Я вам ничего сказать не могу. До свидания. Спасибо за помощь. Шура, сними показания!

Фонарев отправился в соседнюю квартиру. Турецкий подошел к столику. В видеомагнитофон была вставлена кассета.

— Олег, иди-ка сюда! — позвал он Левина, который беседовал на кухне с участковым.

Тот подошел. Турецкий взял пульт, щелкнул.

На экране, в странно узкой комнате, напротив друг друга стояли Малашенко и молодой человек. Малашенко, опираясь одной рукой о костыль, в другой держал пистолет, целясь в юношу. Отчетливо был слышен разговор:

«— А ну-ка, стой, пока жив! Стреляю на поражение! Стой и слушай! — кричал одноногий. — Убить нужно, это ты прав! Я бы и сам убил! Знаешь почему? Этот гад и у меня жену увел! У своего личного охранника, понимаешь? Это все равно что у брата. Я бы его, суку, на куски порвал. Да он опередил меня. Видишь, кто я теперь? Ты-то меня еще на двух ногах помнишь. А теперь я калека. Мне с ним не справиться! А ты можешь! Так отомсти за жену! Убей выродка!

— Это вы о ком? — спросил юноша.

— О Трахтенберге! Рекламном короле, содержателе притона! Ты думаешь, Маша здесь одна такая? Он их по провинции собирает, как грибы после дождя. Каждой дурехе карьеру обещает. «Девушка, хотите сниматься в кино?» — передразнил он кого-то.— Все хотят! Ни одна не отказалась! Машка, тебе он что говорил?..»

Сиплый женский голос за кадром что-то неотчетливо промычал.

— Да это же киллер, — указывая на юношу, воскликнул Левин.

Александр молча кивнул. Запись оборвалась. Турецкий перемотал назад, посмотрел на дату.

— Двенадцатое июля, — прочитал Левин. — За два дня до взрыва!

— Что ж, вот и кандидат на роль заказчика! Осталось только найти его, — странно усмехнулся Александр. Борисович.

Уже в машине Турецкого по мобильному достал Грязнов.

— Саня! У нас здесь новости потрясающие! — возбужденно тарахтел друг. — Можешь ко мне подскочить?

— Легко. Тем более что у меня еще более потрясающие!

— Да? Тогда жду с нетерпением!

Едва Турецкий зашел в кабинет, Вячеслав обрушил на него информационный поток:

— Садись, слушай! Представляешь, ребята наши из ОБЭП вели группировку одну. Ребятишки занимались хищением икон и прочей церковной утвари. Сплавляли краденое за границу. А обносили, в основном, приходы в небольших городах. Там и охраны меньше, и икон еще предостаточно. Один из главарей шайки — Арам Балаян, он же Каха Боргулия, он же Абрам Шнеерсон, так вот он — настоящий искусствовед, с дипломом Академии художеств. Он у них главным оценщиком был. Выезжал со товарищи в провинции, ходили они там по церквам и соборам, специалист этот указывал, что именно брать. А подручные затем проводили операцию изъятия церковных ценностей.

— Ну и что? К нам-то какое отношение? — не выдержал Турецкий.

— Как какое?! Взяли их всех, всю шайку! Ну, одни в несознанку пошли, а Арам, значит, у которого за плечами уже две ходки, тот сразу начал активно сотрудничать со следствием. И на первом же допросе, еще в отделении, увидел фотографию нашего мальчика-киллера. Ага, говорит, я его знаю! А может, и ошибаюсь. Дали ему фотографию. Точно, говорит, он! Кто он? Фамилию, говорит, не знаю, а зовут Сергей. И могу, мол, показать дом, где я его видел. И где же этот дом, спрашивают его. Он называет город.

— Владивосток?

— Нет, гораздо ближе, часа за четыре можно доскакать.

— Так он, небось, в бега собрался, искусствовед ваш.

— Он не наш, это раз. А может, и наш с тобой, это два. Так как может вывести нас на дом, где знают киллера.

— Что за дом-то? Что там искусствовед делал?

— Показывает, что в гости приходил к бабе. А к ней одновременно пришел наш мальчик.

— Там и встретились два одиночества. У одной бабы. Ну-ну. И какие действия?

— Так Колобов туда уже рванул.

— Здорово! Когда?

— Да часа три тому назад. Скоро можно ждать сигнала.

— А что же ты раньше не сообщил?

— А чего тебя тревожить? Ты занят был, чай не груши окучивал.

— Это верно. У меня тоже новости есть. У тебя «видак», надеюсь, работает?

— А как же!

Турецкий достал из кармана видеокассету, сунул в прорезь магнитофона, включил запись. Грязнов молча просмотрел материал, взъерошил волосы.

— Так это же киллер! — указал он на юношу. — А второй — Малашенко?

— Да, — кивнул Турецкий.

— А ну-ка еще раз прокрути!

Посмотрели еще раз.

— За два дня до убийства снимали!

— Ага. Вот тебе, Славочка, и киллер, и заказчик. На блюдечке с голубой каемочкой.

— Где пленку нашел?

— В квартире Малашенко.

— Бред какой-то!

— Как сказать... Там кто-то был, в его квартире. — Турецкий изложил разговор с соседями Григория. —

Получается, кто-то снимал эту беседу на пленку, а потом принес ее на хату Григория. Просчитал, что мы там непременно побываем в рамках розыскных мероприятий. Ты понял, что конец пленки стерт?

— Да. А кто стер?.. Да тот, кто запись организовал! — сам себе ответил Грязнов.

— И я так думаю. Тот, кто и был заказчиком.

— Не понял? Из пленки явствует, что совершенно отчетливый мотив на убийство был у Малашенко. Мы только что видели, как он мальчишку накрутил.

— Все правильно. Есть лишь одно «но». Эту женщину, жену Малашенко, я видел в доме Артеменко. Где она числилась женой хозяина. И было это три дня тому назад.

— Так нужно туда смотаться! Прояснить ситуацию!

— Не получится. Эта парочка два дня тому назад умотала за рубеж. Кстати, Смирнов с супругой тоже в отпуск отчалил. Все понятно?

— Ну... Не совсем, но отчасти. Постой, Саня, значит, этот подпольный публичный дом существует! Помнишь, мы об этом говорили?!

— Помню, конечно.

— Уверен, Малашенко там и отсиживается!

— Хорошо бы, чтобы в настоящем времени, а не в прошедшем.

— Вот, Саня! Деньги идут к деньгам, а улики к уликам!

— Кто нам эти улики подбрасывает, вот что интересно, — произнес Турецкий.

— Мне интереснее скорее в это логово попасть и одноногого за его копыто ухватить! Мальчишку под бомбу сунули, сволочи!

Телефон на столе Грязнова ожил. Вячеслав схватил трубку.

— Слушаю! Ну? Ну! Ну... Давай, диктуй! — Пока Грязнов искал на собственном столе ручку, Саша про себя подумал: как много различных интонаций может быть вложено в короткое междометие. Он сразу понял, что звонит Колобов и что опытный сыщик, гордость Грязнова, надыбал что-то важное. Грязнов записывал довольно долго.

— Ага! Вот оно что... Ну понял, понял... Сразу вези его сюда. А мы помчались на место! Значит, так, — бросив трубку, возбужденно вскричал Грязнов, — есть телефон, с которого звонили Сергею. Так зовут убийцу! Сейчас пробьем по этому телефону адрес и нужно ехать!

Он уже набрал внутренний номер и попросил определить адрес. Через пять минут девушка в форме лейтенанта принесла компьютерную распечатку.

— Так, берем бригаду, человек десять, и поехали!

— Кто звонил-то? Подробности можно?

— Расскажу в машине.

Глава 33

ВОСЕМЬ ЛЕТ, ДЕВЯТЬ ДНЕЙ

После того как Сергея увезли с базы, Маша запила по-настоящему. Ушла в запой. Григорий пытался было прятать от нее спиртное, но через двое суток случилось то, чего он так ждал и желал, и ему стало не до Маши.

Когда Алексей Смирнов позвонил ему и сообщил о взрыве, Гриня приказал водителю «газели» срочно везти себя в Москву. Он еще не верил. Он хотел убедиться сам. А когда увидел, перепугался. Говорить с

Алексеем там, на месте катастрофы, было невозможно — сновала целая свора ментов, каждое слово могло быть услышано. Единственное, что успел сказать ему Смирнов, чтобы он, Гриня, немедленно дул назад и сидел тише воды, ниже травы. Что и было сделано. Вернувшись, Григорий сам надрался до чертиков. И пил дня два, что называется, не просыхая.

Потом, когда пить уже не было сил, обнаружил, что на базе почти никого не осталось. Смылась Альбина, сбежала обслуга. Девицы, одна за другой, тоже покидали базу. В конце концов у каждой был счет в банке. Теперь, когда сюда со дня на день могли нагрянуть менты, все как-то разом вспомнили, что существует другая жизнь, где люди уходят утром на работу, возвращаются вечером домой, ложатся спать и не боятся милиции.

В конце концов Григорий остался почти один. Он ежедневно названивал Смирнову несчетное количество раз. Но «мобильник» был отключен. Он позвонил в офис агентства «АРТ». Там сказали, что Смирнов исчез. Куда — неизвестно. И что вообще пусть он, Малашенко, пока не звонит — без него тошно. У них там милиция работает, прокуратура — короче, после. Все после.

Гриня психовал, опять напивался. Забывался тяжелым сном, просыпался, понимая, что и ему нужно что-то делать, куда-то ехать... Но куда? Домой? Там его накроют тотчас же. Как он ругал себя, что появился на месте взрыва! Его видели, его невозможно было не запомнить с его костылями. И, наверное, его ищут! Что же делать? Бежать было некуда. Да и далеко ли убежишь на одной ноге?

Но постепенно он успокоился. Сережа погиб, кто же расскажет ментам, что это он, Гриня, надоумил мальчишку взорвать Траха? Да и к организации взрыва он отношения не имеет. Ни к взрывпакету, ни к чему вообще. Только к продажным девкам. Так что ж здесь такого? Не он же участвовал в оргиях. Да и девки-то были, в основном, совершеннолетние. И он здесь, извините, не хозяин, а лишь охранник. Чтобы, значит, девушек не обижали. Так что никакого криминала. В общем, получалось все довольно гладко. Было, правда, неясно, на что жить дальше. Но, в конце концов, когда все уляжется, нужно будет опять позвонить Ханину, скажем. Он главный менеджер фирмы, пусть пристроит ветерана и инвалида. Или назначит пенсию.

Под такие думы пить стало веселее. Захотелось компании. И он вспомнил, что на втором этаже в гордом одиночестве пьет как лошадь его подруга Марья.

Он спустил вниз бесчувственное тело, сунул под холодный душ. Тело очнулось. Смотреть на нее было, конечно, страшно, но ничего, привыкнуть можно.

Два дня Марья отлеживалась, молча пила молоко, которое он грел ей в ковшике.

Вообще, и еды и алкоголя было еще достаточно. Запасы на базе делались солидные. Ни прислуга, ни девки с перепугу ничего не потаскали. Альбина, конечно, ушла не с пустыми руками. Она унесла столовое серебро и хрусталь, гобелены и все такое. Когда успела упаковаться? Наверное, в те дни, что Гриня пил до невменяемости. Ладно, черт с ней!

Через три дня Маша поднялась, сама приняла душ, даже причесалась.

Григорий радостно поджидал подружку в своей каморке, готовил закуску. Сегодня был в некотором роде праздник — девять дней со дня смерти Арнольда. Как говорится, грех не отметить.

Вот ведь странно: он мог теперь сидеть и в гостиной за длинным столом, и в любом другом месте. Но в своей комнате все было удобно, под рукой. Можно было обходиться без костылей, опираясь то на стол, то на полку. Короче, он предпочитал свое убежище всем хоромам особняка.

Маша вошла, остановилась у двери. Ее покачивало.

— Маруся, давай стол придвинем, и садись-ка ты на топчан! Устанешь, сразу приляжешь.

— Хорошо, — безразлично ответила Маша.

Они пододвинули стол.

— Ну помоги накрыть-то!

Он доставал из холодильника закуски, передавал их Маше. На столе появились соленые опята, малосольные огурчики, шмат ветчины, пара банок рыбных консервов.

— Вот! Богатый стол! — удовлетворенно отметил Гриня. — Ну, забирайся на топчан, там в угу под одеялом чугунок с картошечкой. Эх, как мы сейчас вздрогнем!

Он выставил запотевшую бутылку водки. Маша достала картошку. Потом вынула из ящика стола тарелки. Вилок не было. В другом ящике сверкала хромированным корпусом «беретта». Она задвинула ящик.

— А где у тебя вилки?

— Ой, вот же они! И нож здесь. Я, вишь, помыл, да в банку сунул и забыл. Я консервы открою, а ты хлеб порежь.

— А чего так тихо? — спросила Маша, нарезая неровные ломти. — Где все?

— А кто — все? Кто тебе нужен-то?

— Ну... Люди.

— Люди, Манечка, это мы с тобой. Ну, наливаю.

— А где теперь Сережа? — ровным голосом спросила Маша.

— Эка вспомнила! Где? — Гриня задумался, подняв рюмку. — Так, наверное, еще в чистилище. Ты давай, выпей лучше. Ну, не чокаемся, как говорится.

Они выпили. Маша занюхала куском хлеба.

— Ты ешь! А то вообще в воблу превратилась. В протухшую.

— Почему в протухшую? Я душ приняла.

— Рожа у тебя опухшая, как у тухлой рыбы, ты уж извини, конечно. Я это по-дружески.

— Ничего, от такого же слышу. Наливай, а то уйду!

— Во! Это разговор! Давай-ка теперь за нас, за нашу дружбу, как говорится!

Они чокнулись, выпили.

— Закусывай, закусывай! — Гриня заботливо подкладывал еду.

— Спасибо. — Маша лениво ковыряла вилкой. — Я сколько дней пила? — спросила она.

— Это... Дней семь-восемь без передыху. Бутылку усядешь и падаешь в койку. Потом очнешься, опять к бутылке. Не знаю, как у тебя организм выдержал. Могла подохнуть запросто. А с чего это ты запила-то так? — недоумевал Гриня.

— Да так...

— Но я тебе умереть не дал! В воде вымочил, два дня молоком отпаивал, стала ты у меня лучше прежней!

— Почему это у тебя-то? — Маша подняла на него глаза. — И вообще, где все? Где Альбина? Как же она мне дала столько пить? Где Танька, Алена? Вообще, где все?! Где Трахтенберг? Он что, столько времени не приезжал?!

— Здрасте! Ты чего? Убили ж его! Забыла?

— Как это? Когда? — оторопела Маша.

— Постой, ты с какого момента помнишь-то?

— Ну, как сюда охранники ворвались и Сережу забрали.

— Ну, было такое.

— И что они с Сережей сделали? — напряженно спросила Маша.

— Ничего они с твоим Сережей не сделали. Он сам...

Маша молча перекрестилась, глубоко вздохнула.

— Знаешь, я тогда перед ним изгалялась, как тварь последняя, — торопливо заговорила она. — Стыдно очень было. Очень стыдно перед ним, понимаешь? Я когда увидела, как он упал к моим ногам, я... Я думала — умру. — Маша схватила себя за горло. — Господи, какая же я подлая! Дрянь! Последняя дрянь! Как же я могла так с ним поступить... Налей мне! Слава богу, что они с ним ничего не сделали! Я-то думала, забьют его насмерть, правда! Я от этого и запила. От стыда и ужаса. Ну давай, давай чокнемся! За Сережу моего.

Гриня чокнулся, опасливо глядя на подружку.

— Ладно, мне на себя плевать! — повеселела она. — И на Траха плевать! Убили, и черт с ним! А-а, так поэтому и нет никого? Разбежались все, что ли?

— Ну да! — Гриня обрадовался ее оживленному лицу, пусть и опухшему. — Представляешь, все слиняли! Как крысы с корабля. Мы здесь с тобой вдвоем остались. Весь особняк наш! Можем хоть внаем сдавать!

— А чего ж они, дуры, испугались-то? Чего же им после порнофильмов бояться-то? Все равно вся страна в курсе...

— Вот именно! — рассмеялся Гриня, подливая в рюмки водку. — Ну, за нас!

Маша принялась за картошку, почувствовав, что жутко голодна.

— Вот и молодец! Вот и ешь! — радовался хмельной Гриня. — Сразу цвет лица вернется! И телом нарастешь, а то совсем исхудала!

— А кто его убил-то? Арнольда-то? — подцепив на вилку гриб, мимоходом спросила Маша.

— Так Серега твой и убил, — с ходу ответил Гриня.

Маша застыла с вилкой в руках.

— Ну чего ты? Чего глаза вылупила?

— Он жив? — едва выговорила Маша.

— С чего это ему живым-то быть? — нервно вскричал Гриня. — Там так рвануло! Всех в клочья. Водителю Семену вообще башку снесло! А ты говоришь — жив! Как же! Разбежалась! Чего ты глядишь-то на меня как... звереныш...

— Это ты его подговорил... Тогда, когда он за мной приехал... — просипела Маша мгновенно охрипшим голосом.

— Чего ты врешь, дура!

— Я все слышала! Вы думали, что я сплю, а я нарочно храпела, чтобы он уехал скорее. Очень уж мне тошно было. Но я все слышала! Это ты...

— Заткнись, дура, — заорал мужчина. — Совсем спятила? Пьянь подзаборная! Да я тебя за такие слова сейчас вышвырну отсюда! Будешь побирушкой ходить, пока не сдохнешь! Подговорил я его! Что же он, дурак, подговорился? Сколько ему годков-то? Видать, совершеннолетний, раз его, дурака, с такой б... в ЗАГСе расписали, а?

Он орал, глядя ей в лицо, не видя, как рука ее открыла ящик стола, вытащила оттуда блестящий белым металлом предмет.

— Брось! Брось, сука! — успел крикнуть Григорий.

Она выпустила в него всю обойму. Григорий рухнул на стол, заливая его кровью.

Маша брезгливо отодвинулась и, прихватив со стола бутылку, забилась в угол топчана.

Приехавшая из Москвы бригада застала следующую картину: мертвый мужчина, лежащий грудью на залитом кровью столе, и женщина, спящая в углу топчана с пустой поллитровкой в руке.

Глава 34

КАЖДОМУ ПО ДЕЛАМ ЕГО

Турецкий с Грязновым сидели на Дмитровке, в компании с Колобовым и Левиным.

На столе Александра стояла бутылка коньяка. Табачный дым поднимался клубами и устремлялся в открытое окно, словно выпущенный на волю джин. Они перебрасывались отдельными фразами, надолго замолкая, мысленно прокручивая события последних дней. Излишне возбужден был лишь оперуполномоченный МУРа Колобов, всего час тому назад вернувшийся в Москву из поездки по провинциальным городам.

— А почему Сергея Гончарова никто не искал? — спросил Олег Левин. — Сюжет о взрыве по телевизору показывали. Потом фотографии давали. И как в вату.

— Искать было некому, — ответил Колобов. — Там ситуация такая: его мать увидела в теленовостях сюжет с улицы Вавилова в больнице, где ухаживала за своей матерью. Никому ничего не сказала. Вернулась домой — и инфаркт. Ее соседи нашли. Те уже в курсе были, тоже телик смотрели. Начали звонить, она не открывает. А муж ее был в Чечне, в командировке. Он военврач. Отбили ему телеграмму. Когда он вернулся, жена в реанимации лежала под аппаратами всякими. И он решил, что сына уже не вернешь, а за жену нужно бороться. И сидел возле нее сутками.

— Спасли?

— Спасли. Не знаю, надолго ли... Видел там начальницу Гончаровой. Она в шоке. Вообще весь город в шоке. Он хороший мальчик, она — неплохая девочка. И такие шекспировские страсти, понимаешь! А вы здесь, я знаю, преуспели в раскрытии преступления. Заказчика нашли! Всего-то за десять дней. Это должно войти в анналы!

— Кто это тебе сказал, что мы его нашли? — поднял бровь Турецкий.

— Ну как же! Охранник этот, Малашенко. Это же он парня накрутил. Я слышал, пленка есть, на которую процесс обработки парня снят. Где снимали? И кто?

— Снимали в борделе, — ответил Левин. — Там в каждом углу жучки и скрытые видеокамеры понатыканы. А кто снимал? Само снималось. Аппаратура была включена круглосуточно. Кто эту пленку привез в квартиру Малашенко, вот в чем вопрос! Так что с заказчиком вопрос не совсем ясен. Или вообще неясен.

В кабинет заглянула секретарь Наташа, поморщилась от дыма, сказала:

— Александр Борисович! Я из канцелярии почту для вас принесла. Смотреть будете?

— А есть что-нибудь интересное?

— Несколько писем есть.

— Ну давай письма, прогляжу.

Девушка положила перед ним несколько конвертов. Александр мельком проглядывал их, откладывая в сторону. И вдруг замер.

— А вот это уже интересно!

Он показал длинный узкий конверт, на котором под типографским «от кого» значилась фамилия Артеменко.

— Не вскрывай, Саня, — как бы в шутку посоветовал Грязнов. — А вдруг там белый порошок?

— Зараза к заразе не пристает, — откликнулся Турецкий, отрезав узкий край.

Он извлек несколько листков, исписанных аккуратным, четким почерком.

— И что нам пишет матерый человечище? — язвительно поинтересовался Вячеслав Иванович.

— Сейчас услышишь. — Саша надел очки, начал читать:

«Александр Борисович!

Мы виделись с вами всего один раз, но Вы произвели на меня хорошее впечатление.

Я откровенно провоцировал Вас, Вы на провокацию не поддавались. И я видел, что Ваша сдержанность объясняется не столько христианской терпимостью, сколько нежеланием дать должный отпор инвалиду. Вы не стали играть на моем поле, посчитав это недостойным для себя. Уважаю! Да и собранная мною о Вас информация вызывает уважение. Посему я решил рассказать вам о том, чего вы еще не знаете, и о том, о чем уже догадываетесь, так как понимаю, что Вы не успокоитесь, пока не разгадаете каждой загадки свершившегося преступления. Да и преступления ли? Возможно, вы уже сами задаетесь этим вопросом.

История долгая. Для начала сообщу Вам, что вы были правы относительно меня: безусловно, у меня были мотивы совершить убийство Трахтенберга. Но их было больше, чем вы думаете. С чего начать? Начну, пожалуй, с начала.

Моя деятельность в рекламном бизнесе, наверное, Вами прослежена. Да и разговор об этом был у нас во время Вашего визита. Я вел этот бизнес по-честному, насколько это вообще было возможно в начале девяностых. Во всяком случае, мои руки не замараны ничьей кровью. Мне удавалось сдерживать и участников данного рынка услуг от кровавых разборок. А ведь тогда среди нас были и натуральные братки, бандиты, для которых жизнь человека дешевле копейки. Я создал Российскую ассоциацию (об этом мы тоже говорили), мы развивались цивилизованно. Все было хорошо. У меня были успешная работа и любимая женщина. Потом появился Арнольд. Он внедрялся в наши ряды осторожно, щедро расточая свое обаяние. Он нравился очень многим, ему доверяли, с ним сотрудничали. Но ему было мало. Ему всегда и всего было мало.

Перед его талантом обольстителя не устояла и женщина, которая была мне дорога. Он соблазнил ее походя, как дикарь срывает редкие цветы, зная, что через пару часов букет завянет. Что ж, это был удар для меня. Но такие удары жизнь наносит многим из нас. Что делать в такой ситуации? Стараться сохранять достоинство. Что я и делал. Мы продолжали сотрудничать с Арнольдом, я ни разу не позволил себе перенести личные чувства на деловые отношения. А потом эту женщину, Нину Шелестову, убили, когда она выходила вместе с Арнольдом из своего дома. Ее расстреляли в упор. Это была акция устрашения, направленная против Трахтенберга, но погибла Нина. Ее смерти я простить им не мог!

Знаете, кто убил ее? Григорий Малашенко. Вы вообще знаете, кто он такой, Малашенко? Офицер одной из спецслужб, изгнанный из «органов» за жестокость и неадекватность в работе с... населением, редкие даже для сотрудников данной системы. Его подобрал набиравший тогда силу нынешний опальный олигарх Осинский. Затем было организовано покушение на меня. Исполнитель тот же. Малашенко должен был убить меня. Но он сделал меня калекой. Видимо, так ему показалось интересней. Трахтенбергу понравилось решение проблемы, он выпросил Малашенко в свою свиту. Осинский не возражал. Так Малашенко стал личным охранником Трахтенберга. А я стал парализованным калекой, из которого сиделка, извините за подробности, выковыривала по утрам дерьмо. Конечно, у меня были мотивы на убийство! Но я не спешил. Я наблюдал, как Трахтенберг расчищает поле, устраняя конкурентов. На его совести смерть еще троих бизнесменов. Исполнитель тот же. Поверьте, я имею вполне четкие доказательства на этот счет. У меня было время их собрать. Если будет угодно, я их Вам предоставлю. Итак, Трахтенберг набирал обороты, а я ждал своего часа. Помните, у Зюскинда в «Парфюмере» есть описание того, как насекомое, клещ, скрывающийся в ветвях дерева, дожидается своего часа, чтобы впиться в тело животного, когда оно окажется рядом. Ждет неделями, месяцами, дожидается жертву и впивается в нее, и она оказывается в его власти.

Я ждал восемь лет. Мне нужно было окружить Арнольда людьми, преданными мне, а не ему. Сначала я сумел внедрить Алексея Смирнова, а уж затем он сам, осторожно, год за годом, сменил всю охрану Арнольда. Оставался лишь Малашенко. Без его устранения добраться до Арнольда было невозможно. И мы его устранили. Поверьте, невозможно было предугадать, что взрыв сделает его калекой, но, видимо, на небесах кому-то показалось интересным сделать именно так. Дальше — все просто. И сложно.

Помнится, вы сказали мне фразу, застрявшую во мне занозой. Вы произнесли: «Каждому по делам его». Чувствую ли я себя победителем? Нет. Я чувствую себя отмщенным. Я знаю, что наказал зло, ибо Трахтенберг — это абсолютное, чистейшее зло.

Сегодня я почти счастливый человек. Вас интересует, как я познакомился с Алиной? Представьте, через Интернет. Мы общались через Всемирную паутину несколько лет. Не видя друг друга, не зная, что за человек разделяет нас. Это выяснилось много позже, когда между нами уже возникло глубокое, настоящее чувство, незадолго до ухода Алины из дома. И как тут не подивиться? Чудны дела твои, Господи!

Они действительно чудны, так же как и дела человеческие. Вы знаете про такое чудо, как «стволовые клетки»? Думаю, нет. Вам это не нужно, вы здоровый человек. А меня эта чудесная технология поставила на ноги. Уже два года я ничем не отличаюсь от вас или другого мужчины. Я бегаю, плаваю, играю в футбол. Мы с Алиной ждем рождения нашего ребенка. Простите за мистификацию, свидетелем которой вы были в моем доме. Но на тот момент еще не пришло время раскрывать карты.

Итак, милейший Александр Борисович, хочу сообщить Вам, что не вернусь в родные пенаты. Это было бы весьма неосмотрительно. Все мои друзья — Алеша Смирнов и остальные — они тоже уехали, не ищите их. Не ищите и высокого мужчину из «девятки», фотороботы которого лежат в каждом отделении милиции.

Для отчетности я приготовил вам заказчика преступления — это все тот же Малашенко.

Вы, конечно, нашли видеозапись, где Малашенко обрабатывает мальчика. Это Вам в качестве вещдока. Самого Григория удалось восстановить против шефа, подсунув ему некие фотографии. Не буду нагружать Вас ненужными подробностями. Скажу одно: современные компьютерные технологии позволяют изготавливать фальшивки высокого качества.

Итак, все свершилось. Возмездие настигло злодеев. Я ошибся в главном: человек не Всевышний. Он не может брать на себя ответственность вершить самосуд.

На мне смерть мальчика, Сергея Гончарова. Поверьте, мы не планировали его гибели. Он должен был успеть скрыться. Он не захотел этого сделать. Знаете, что он сказал за секунды до взрыва? «Я отомстил». У него были свои счеты с Арнольдом. Мы не могли знать, что мальчик не захочет больше жить. Мы не учли этого. И эта вина будет сидеть во мне всю оставшуюся жизнь. И когда придет время ответить за этот грех, что ж, я отвечу.

Искренне ваш, Иван Артеменко».

Александр положил листки на стол, снял очки, протер глаза. Мужчины молчали. Каждый думал о своем. О своих грехах, вольных или невольных. О своих обидах, разочарованиях. О предательстве. О любви и прощении.

Простые слова, вечные истины.

Оглавление

Литературно-художественное издание

Фридрих Евсеевич Незнанский

РЕКЛАМНАЯ ЛЮБОВЬ

Редактор *В. Вучетич*
Художественный редактор *В. Щербаков*
Художник *Л. Рябинин*
Компьютерная верстка *М. Ананко*
Корректор *Е. Новикова*

ООО «Агентство «КРПА «Олимп»
121151, Москва, а/я 92
E-mail: olimpus@dol.ru
www.rus-olimp.ru

ООО «Издательство «Эксмо».
127299, Москва, ул. Клары Цеткин, д. 18, корп. 5.
Тел.: 411-68-86, 956-39-21.
Home page: www.eksmo.ru   E-mail: info@ eksmo.ru
По вопросам размещения рекламы в книгах издательства «Эксмо»
обращаться в рекламный отдел. Тел. 411-68-74

Оптовая торговля книгами «Эксмо» и товарами «Эксмо-канц»:
109472, Москва, ул. Академика Скрябина, д. 21, этаж 2.
Тел./факс: (095) 378-84-74, 378-82-61, 745-89-16,
многоканальный тел. 411-50-74.
E-mail: reception@eksmo-sale.ru

Мелкооптовая торговля книгами «Эксмо» и товарами «Эксмо-канц»:
117192, Москва, Мичуринский пр-т, д. 12/1. Тел./факс: (095) 411-50-76.
127254, Москва, ул. Добролюбова, д. 2. Тел.: (095) 745-89-15, 780-58-34.
www.eksmo-kanc.ru   e-mail: kanc@eksmo-sale.ru

Подписано в печать 30.08.2004. Формат 84x108¹/₃₂. Гарнитура «Таймс».
Усл. печ. л. 17,64.
Тираж 16 000 экз. Заказ № 4402439.

Отпечатано с готовых монтажей
на ФГУИПП «Нижполиграф».
603006, Нижний Новгород, ул. Варварская, 32.